TIM BOWLER
BLADE
3

BLADE series (FIGHTING BACK)
Copyright © 2009 by Tim Bowler

BLADE series (MIXING IT)
Copyright © 2010 by Tim Bowler

"FIGHTING BACK/MIXING IT" was originally published in English in 2009/2010.
This translation is published by arrangement with Oxford University Press.

Korean translation copyright © 2012 by Dasan Books Co., Ltd.
Korean translation rights arranged with OXFORD PUBLISHING LIMITED through EYA(Eric Yang Agency).

이 책의 한국어판 저작권은 EYA(Eric Yang Agency)를 통한
OXFORD PUBLISHING LIMITED 사와의 독점계약으로 한국어 판권을 '다산북스'가 소유합니다.
저작권법에 의하여 한국 내에서 보호를 받는 저작물이므로 무단 전재와 복제를 금합니다.

블레이드 3

두 번째 복수의 시간

팀 보울러 지음 신선해 옮김

일러두기_
한국판 〈블레이드〉 시리즈는 총 여덟 권인 원서 시리즈를 두 권씩 합본하여 총 네 권으로 제작한 것임을 알려 드립니다. 또한 원 문장의 의미에 충실하되 한국적 상황에 맞게 변형한 표현이 있음을 알려 드립니다.

무자비한 폭풍이 깨어났다.
준비해두는 게 좋으리라.

1

거대한 '야수'의 품으로 온 것을 환영한다. 지옥에 잘 왔다.

구경꾼 양반, 주위를 둘러봐라. 이른 아침, 11월의 태양. 자그마한 거리들, 아담한 학교, 팔랑팔랑 정문을 지나는 귀여운 꼬마들. 거대한 수도가 기지개를 펴면서 깨어나는 중이다. 참으로 멋지지 않나?

하지만 다시 생각해보라.

왜냐하면 저건 모두 거짓이니까. 당신을 기만하고 있는 것이다. 당신들이 보고 느끼는 모든 것들이 다 거짓이란 말이다. 자, 이리 가까이 와 잘 들어라. 이놈은 거대할 뿐 아니라 꽤나 신식이다. 우리가 방금 탈출한 곳처럼 오래된 도시가 아니다.

이놈은 야수다.

이놈에 대해 당신에게 일러줄 말이 있다.

당신이 알아야 할 것 말이다.

태양이 얼마나 내리쬐든, 잠에서 깨어 순조로운 하루를 시작하려는 것처럼 보이는 활기찬 어른들이나 앙증맞은 꼬맹이들이 얼마나 눈에 띄든, 그런 건 다 소용없다. 야수는 당신이 생각하는 그런 놈이 아니다. 웬만한 사람은 상상도 할 수 없는 존재다.

내가 무슨 이야기를 하는지 난 잘 안다. 난 여기서 태어나고 여기서 성장했다. 그런 걸 '성장'이라 불러도 되는지 모르겠지만. 하지만 그런 거야 뭐, 아무래도 좋다. 어쨌건 난 야수를 잘 안다, 알겠나? 내 몸처럼 속속들이 안단 말이다. 당신은 내가 방금 떠나온 도시를 머릿속에 복사해 붙인 것 같다고 생각했겠지. 하지만 내가 야수에 대해 아는 것에 비하면 그 정도는 아무것도 아니다.

택시기사들 얘기 들어봤을 것이다. 그 사람들이 도시 구석구석 골목 하나하나까지 얼마나 잘 아는지 말이다. 그들은 도시의 지리를 공부한다. 모든 도로와 길을 일일이 확인하고 익힌다. 자격 요건, 뭐 그런 거다. 하지만 그게 나한테 요만큼의 감동이라도 안겨줄까?

흠, 그다지. 그 정도는 여덟 살 무렵에 이미 빠삭하게 꿰던 나다. 모든 골목, 모든 거리, 손바닥만 한 동네 귀퉁이까지 빠짐없이 전부 다. 건물이나 장소도 마찬가지다. 호텔, 클럽, 공연장, 극장, 사창가까지. 뭐든 이름만 대봐라. 별 쓸데없는 잡소리로 가득한 기념비까지 다 알고 있다. 야수에 관한 건 지겹도록 알아서 각각의 장소에 나만의 이름까지 붙여두었을 정도다.

　내 기억력은 특별하다. 마음만 먹으면 무엇이든 기억해낼 수 있다. 사람, 장소, 이야기, 숫자, 뭐든지. 내 기억력이 얼마나 대단한지 그쪽은 상상도 못할 것이다. 그리고 그게 날 곤란한 상황으로 밀어 넣는 요소 중 하나이기도 하다. 하지만 야수에겐 좀 묘한 구석이 있다.

　난 야수에 대한 모든 걸 익혔고, 그다음에야 내가 잘못 알았다는 걸 깨달았다. 난 진짜 야수를 아는 게 아니었다. 잘 안다고 생각했지만 아니었다. 난 고작 지명이나 숨을 곳 정도만을 알았던 것이다. 이제는 더 잘 안다. 장담한다. 구경꾼 당신도 야수의 진면목을 파고들어야 할 것이다.

　야수 녀석에겐 댁이 빨리 알아둬야 할 부분이 분명히 있으니까 말이다.

　일단 첫 번째로, 놈은 예전의 도시와 다르다. 우리가 방금 떠나온 거기 말이다. 그래, 거기도 컸다. 하지만 이 험상궂은 놈에 비하면 예쁘장한 아가씨 정도랄까. 두 번째, 야수는 그냥 대도시도, 그냥 수도도 아니다. 그래 안다, 다들 이놈을 대도시나 수도로 안다는 거. 관광안내서에 그렇게 적혀 있지.

　야수 안에는 그런 종류의 책들이 떠들어대는 온갖 시시한 것들이 다 있다. 역, 공원, 은행, 회사, 상점, 관광 명소, 기타 등등. 하지만 이놈에겐 그 외의 것들도 있다. 관광안내서를 아무리 뒤져도 찾을 수 없는 것 말이다.

또 하나의 도시.

그리고 또 다른 도시, 또 다른 도시, 또 다른 도시들.

바로 이것이 대부분의 사람들이 알지 못하는 사실이다. 우린 하나의 도시 안에 있는 게 아니다. 여긴 열 개의 도시가 하나로 합쳐진 곳이다. 아니, 열 개도 넘을 거다. 야수는 그 자체로 하나의 국가다. 구경꾼 양반, 난 크기를 말하는 게 아니다. 도시가 얼마나 넓은지 그런 걸 말하는 게 아니란 말이다. 내가 이야기하는 건 '층'이다. 도시 안의 도시, 일상 그 안에 있는 일상.

거기가 바로 어둠의 근원이다.

보이지 않는 도시.

보이지 않는 삶.

내 말 믿어라. 나는 안다.

하지만 지금 당장은 신경 쓸 것 없다. 저기 아이들을 한번 보자. 대부분은 운동장에 있지만 아직 정문으로 들어가는 녀석들도 있다. 뒤로 물러서라. 좀 더. 그리고 잘 살펴라. 이 밴 뒤에 숨어서 두 눈만 빠끔 내밀고 보도록.

오케이, 구경꾼 양반. 아이들을 확인했나? 정문도? 좋다. 그럼 이제 왼쪽에 주차된 차를 보라. 번쩍거리는 회색 차. 운전석에 남자가 앉아 있다. 멀끔한 녀석이다. 잘빠진 양복에 날카로운 눈매.

저 눈동자가 움직이는 게 보이나? 이런, 안 보인다고? 저놈은 영리하고 댁은 멍청해서 그렇다. 구경꾼 양반, 다시 잘 봐라. 두 눈을 크게 뜨고. 이제 보이나? 저 눈동자가? 아직도 안 보인다고? 쳇, 얼간이 같으니.

됐다. 그냥 내가 그렇다면 그런가보다 해라. 저 눈동자가 움직이고 있다. 난 안다. 어떻게 아냐고? 저놈도 나랑 같은 부류니까. 저 남자는 관찰하고 경계하는 법을 안다. 그러니 우린 꼼짝 말고 가만히 있어야 한다. 거기엔 아주 합당한 이유가 있다.

'놈들'은 내가 여기 있다는 걸 알고 있거든.

내가 야수에게로 돌아왔다는 것을 말이다. 이 자그마한 거리나 저 남자 얘기가 아니다. 어우, 저자가 지금 돌아가는 사정을 안다면 난 지금 당장 홱 죽어버리는 편이 나을 거다. 하지만 저자는 모른다. 저 남자는 영악하고 주위를 잘 살필 줄 안다. 하지만 아직 날 덮치지 않았다. 앞으로도 그러지 않을 것이다. 내가 완전히 정신 나간 짓만 하지 않으면 말이다.

저자는 다른 놈들과 똑같다. 명령받은 일을 수행하고, 돈을 받고, 집에 간다. 질문은 하지 않는다. 아니, 내가 말하는 건 저 남자가 아니라니까. 저자에게 할 일을 정해주는 쓰레기 일당과 그 위에 있는 윗대가리들을 말하는 거다. 내가 이곳 야수에게로 돌아온 것을 알 만한 작자들.

간단한 논리다.

놈들은 재스를 데려갔다. 내가 아이를 찾으러 올 줄 알고 저지른 짓이다. 내가 아이에게 마음 쓰는 것을 알기 때문이다. 나와 벡스에게 앙심을 품은 젠이 놈들에게 그 사실을 알려줬겠지. 그러므로 놈들은 내가 여기서 내빼지 않으리란 걸 알고 있다. 놈들이 할 일은 내가 모습을 드러낼 때까지 기다리는 것뿐이다.

그리고 놈들 짐작이 맞다. 난 재스를 되찾기 위해 돌아왔다. 내가 원하는 건 오로지 그 아이뿐이다. 아이가 무사히 도망칠 수만 있다면 나 따위 무슨 일을 겪든 아무 상관없다. 하지만 구경꾼이여, 분명히 말해두지. 만약 재스가 죽는다면, 나에겐 다른 게 남는다.

복수.

그렇다, 구경꾼.

난 맞서 싸울 것이다.

유일한 문제는 벡스를 어떻게 하느냐는 것이다. 내 발목을 잡고 있지만 그녀를 떼어놓을 수가 없다. 그 여자애는 아직도 나한테 몹시 화가 나 있다. 교수 영감네 집에 경찰이 나타났을 때 그녀가 귀청을 찢을 기세로 비명을 내지르는 통에 하마터면 도망치지도 못할 뻔했다.

하지만 난 벡스를 아래층으로 데리고 내려와 뒷문으로 나왔고, 들판을 가로질러 고속도로로 나오는 데 성공했다. 어떻게 잡히지 않을 수 있었는지는 묻지 마라. 밤낮으로 차를 얻어 타고 또 숨어 다녔다.

하지만 우린 여기까지 왔다.

둘이 함께 말이다. 나에게 들러붙은 그녀를, 난 버릴 수 없다. 벡스 역시 나만큼이나 재스를 되찾고 싶어한다. 문제는, 난 뭐든 혼자 있을 때 더 잘한다는 거다. 그녀가 또 공포에 사로잡히면 ㅡ 그러고도 남는다 ㅡ 우리 둘 다 끝장나는 거다.

어깨 너머를 확인해본다.

그녀의 그림자도 보이지 않는다. 천만다행이다. 그 애가 온 세상 사람들 다 보란 듯이 길 한가운데로 내 뒤를 졸졸 따라올까 봐 얼마나 마음을 졸였는지 모른다. 내가 이 근처를 정탐하는 동안은 꼭꼭 숨어 있으라고 단단히 일러두는 데만도 진을 쏙 뺐더랬다.

그래도 애쓴 보람이 있는 것 같다. 그녀는 잘하고 있다. 다만 나랑 헤어졌던 그곳에 그대로 있을지가 의문이다. 그러길 바랄 뿐이다. 오케이, 저놈들이 우릴 발견하기 전에 여길 뜨는 게 좋겠다.

그래, 당신 귀가 제대로 뚫려 있는 거 맞다. 난 저놈'들'이라고 했다. 저기 다른 놈이 하나 더 있는 거 보이나? 오른쪽, 좀 더 먼 곳에 말이다. 이제 보이나? 느끼한 근육질에 회색 양복, 운동장 담장 바깥쪽에 기대어 선 놈.

일단 여기서 벗어나자.

거리 쪽으로 되돌아간다. 주차된 차들 뒤에 계속 몸을 숨기고. 구경꾼 양반, 몸조심해야 한다. 아주 신중하란 말이다. 이제 어딜 가든 몸을 숨기고 주위를 잘 살펴야 하니까. 놈들이 우릴 보기 전에 우리가 먼저 놈들을 봐야 한다.

이전에 있던 도시보다 이곳엔 위험 요소가 더 많다. 이전의 아가씨도 좀 험악하긴 했지만 이 악마 같은 야수 안에서는 어딜 가나 우리를 지켜보는 눈이 있다. 거리 끝까지 걸어가서 주위를 살피고, 또 살핀 다음 공원을 통과해 지하철역을 지나 골목으로 들어선다.

스톱. 등 뒤 거리 쪽을 확인한다. 이상 무. 구불구불한 골목을 따라가면 막다른 벽이 나온다.

거기에 벡스가 있다.

커다란 쓰레기통 뒤 땅바닥에 쪼그리고 앉아 있다. 헤어졌을 때 모습 그대로다. 난 천천히 안도의 한숨을 내쉰다. 그녀가 내뺐을지도 모른다고 생각했다. 그래서 불안했다. 벡스 혼자 떨어지면 단 5분 만에 그녀를 잡아 껍질 채로 잘근잘근 씹어 먹고도 남을 놈들이다.

그녀가 원망 섞인 눈길로 올려다본다.

"안 올 줄 알았는데."

부루퉁한 목소리.

"돌아온다고 했잖아."

"그래. 그러셨지."

"무슨 뜻이야?"

"네 말은 죄다 들을 가치도 없는 쓰레기란 뜻이야."

"난 너한테 꼭 붙어 있었어. 여기까지 오는 내내. 언제든 맘만 먹으면 혼자 튈 수도 있었다고."

"뭐래."

그녀는 딴 곳을 쳐다보다가 다시 나를 노려본다.

"나만 이런 건 아니잖아, 안 그래? 못 믿는 거."

"무슨 말인지 모르겠는데."

사실은 안다. 하지만 무슨 상관이람.

"너도 나 못 믿잖아. 얼굴에 다 드러나. 골목으로 들어오는 네 모습을 봤어. 저 껌딱지 좀 떼어냈으면 좋겠다고 생각했잖아!"

"널 껌딱지라고 생각한 적 없어."

"날 떼어내고 싶다는 생각은 했겠지."

난 어깨를 으쓱한다.

"마음대로 생각하시지."

그녀가 울음을 터뜨린다. 교수 영감네 집에서 나온 후 첫 폭발이다. 그곳에서 한차례 몸 안에 있는 눈물을 다 쏟아낼 기세로 울어댔고 사실 그럴 만도 했다. 디그는 죽었고 재스는 납치되고, 감당하기 힘든 일들을 한꺼번에 겪었으니. 하지만 그 집에서 빠져나온 후로는 조용해졌다. 여전히 나를 향한 분노를 불태우고 있다는 게 느껴졌지만, 겉으로 드러내진 않았다. 무시무시하지만 고요한 분노 같은 것이었다. 그녀는 줄곧 말 한마디 하지 않았고, 얼굴을 찡그리지도, 주먹으로 치거나 따귀를 올리지도 않았다.

눈물도 보이지 않았다.

지금까지는. 하지만 거기까지였나 보다. 벡스는 마음속에 너무나 많은 것을 쌓아두고 있었다.

나처럼.

차이가 있다면 난 울지 않는다는 것 정도일까. 왜냐하면 말이다, 스스로 우는 걸 용납하지 않기 때문이다. 난 재스를 되찾기 전까진 절대 울지 않겠다고 다짐했다. 그 아이를 위해 마음을 굳게 먹어야 한다.

벡스는 하염없이 흐느꼈다.

나는 곁에 앉아 그녀가 계속 울게 내버려둔다. 그녀는 내 존재마저 잊어버린 듯하다. 하지만 몇 분 만에 울음을 그친다. 앉은 모양 그대로, 물기 어린 눈을 반쯤 뜨고 있다. 퍼뜩 다시 정신이 드는 모양이다. 갑자기 고개를 돌려 날 쏘아본다.

"말해줘."

난 그녀를 바라본다. 이젠 단순히 화만 난 게 아니다. 몸도 마음도 부서지기 일보 직전이다. 얼굴을 보면 알 수 있다. 그리고 또 다른 것도 있다. 벡스 말이 맞다. 난 그녀에게 몇 가지 털어놓을 의무가 있다.

어찌되었든 그녀도 조금은 알아야 하고.

전부는 아니다. 전부 다 털어놓을 자신은 없다. 하지만 조금이라면 가능하리라. 그래서 벡스가 지금 얼마나 위험한 상황인지 깨달을 수 있다면야. 하지만 그녀도 이미 어느 정도 눈치를 챘을 것이다.

"그 저택에 들이닥친 남자 말이야."

그녀가 나직이 말을 잇는다.

"재스를 되찾고 싶으면 어디로 와야 하는지 알 거라고 너한테 전하라고 했던 그놈."

"그놈이 뭐?"

"그 사람 얘기가 맞아?"

"어쩌면."

"어쩌면?"

그녀가 내 멱살을 잡고 얼굴을 들이민다.

"어쩌면?"

"벡스……."

"그놈 말이 맞아? 맞는지 아닌지 확실히 말해."

"맞아."

"이 나쁜 자식!"

그녀가 날 밀쳐낸다.

"벡스……."

"닥쳐!"

"벡스……."

"닥치라고 했지!"

아, 머릿속이 복잡하다. 벡스는 나더러 사실을 털어놓으라고 다그치지만 이렇게 화가 난 상태에서 내 얘기가 귀에 들어갈 것 같지도 않다. 이 애를 곁에 붙들어두지 않으면 우리가 위험해진다. 난 벌떡 일어나 손을 내민다.

"이리 와, 벡스."

벡스는 벌레 보는 듯한 표정으로 날 올려다본다.

"네 더러운 손안 잡아도 혼자 일어날 수 있거든?"

그녀는 혼자 일어선다. 비틀거린다. 아직 충격에서 헤어 나오지 못했다.

"그래서 이제 어쩌려고?"

그녀가 차갑게 내뱉는다.

"또 거짓말로 때우시게?"

"보여줄 게 있어."

난 대답을 기다리지 않고 그대로 몸을 돌려 골목길을 걷는다. 벡스가 따라오는 소리가 들린다. 걷기보단 흐느적거리는 것에 가깝지만 하여튼 따라오는 중이다. 모퉁이를 돌아 골목 끝까지 가 멈춰 선 다음 거리 쪽을 살핀다.

괜찮아 보인다. 하지만 경계를 늦출 순 없다.

벡스가 따라와 옆에 선다.

"어디 가는 건데?"

"아무 데도."

"그럼 뭣 때문에 귀찮게 오라 가라야?"

"도로 쪽을 봐."

잠시 조용해진다. 난 벡스가 보고 있는지 굳이 확인하지 않는다. 보고 있는 걸 안다. 감으로 알 수 있다.

"뭐가 있는데?"

"뭐가 있는지 네가 말해봐. 도로 건너편에."

"집들."

"다시 봐. 왼쪽에서 오른쪽으로. 보이는 걸 말해봐."

그녀가 한숨을 쉰다.

"어서."

"집, 집, 집, 집."

그녀는 무심하게 읊어댄다.

"집, 공터, 집……."

"스톱."

"뭐?"

"공터를 봐."

다시 침묵. 이번에도 난 벡스 쪽을 확인하지 않는다. 보고 있다는 걸 감으로 아니까. 그리고 그것만 보는 것도 아니다. 어떻게 아는지는 묻지 마라. 어쨌든 느낄 수 있다. 벡스는 공터를 보고 있다. 그리고 나를 보고 있기도 하다. 그녀의 눈동자가 저편과 이편으로 왔다 갔다 하는 걸 느낄 수 있다.

그러나 나는 단 하나만 보고 있다.

벡스가 입을 연다. 가시 돋친 말투다.

"지금 뭐하자는 거야?"

"저긴 그냥 공터가 아냐."

"뭐?"

난 벡스를 돌아본다.

"그냥 공터가 아니라고."

그녀는 나를 노려보다가 도로 건너편을 다시 쳐다보고는 어깨를 으쓱한다.

"그래, 주차장이야. 그런데 차가 한 대도 없네? 그러니까 공터지. 내가 보기엔 그래."

"내가 처음에 살던 곳이야."

그래, 벡스. 이제야 관심을 보이시는군. 그녀가 눈을 가늘게 뜬다.

"주차장에서 살았다고?"

"그땐 주차장이 아니었지."

"그럼 뭐였는데?"

"집."

그녀는 더 자세히 보려고 몸을 거리 쪽으로 내민다. 난 그녀를 골목 안으로 홱 잡아당긴다.

"하지 마."

"보는 사람 없어."

"보는 사람은 항상 있어."

"이거 놔."

난 놓아준다. 벡스는 그 자리에 선 채 도로 건너편으로 시선을 보냈다가 다시 나를 본다.

"어떤 집이었어?"

"엿 같은 집이었지."

난 건너편을 바라본다. 그런데 구경꾼 양반, 그게 말이다…… 이상하다. 그때 그곳이 여전히 저 자리에 있는 것만 같다. 언제까지고 늘 저기에 있을 것처럼.

저 집들을 죄다 부숴버리고 잔해들을 깨끗이 치워버릴 수 있을 것만 같다. 저 빌어먹을 거리 전체를 아무것도 없는 멋진 무형의 덩어리로 뒤바꿀 수 있을 것만 같다. 그런데 그거 아나?

그래도 저긴 그냥 공터가 될 수 없다. 영원히.

유령들은 그렇게 쉽게 떠나지 않기 때문이다. 그리고 저기 있던 건 여전히 자리를 지키고 있다. 그 유령의 존재를 나는 느낄 수 있다.

"그들이 문밖에 있던 나를 발견했어."

나는 중얼중얼 이야기를 시작한다.

벡스는 말이 없다. 하지만 듣고 있다. 내 이야기가 이어지길 기다린다.

"상자 안에 들어 있었지. 나중에 그들한테 들은 얘기야. 죄다 거짓말이겠지. 그냥 지어낸 이야기. 상자 속 아기라…… 꽤나 낭만적이잖아? 운도 지지리 없는 그 아기만 빼곤 다들 그렇게 생각할 거야, 안 그래? 어쨌든 그들이 나한테 알려준 바로는, 그래 그랬대, 부모가 누군지는 몰라도 나를 거기에 그렇게 버렸대. 날 거기에 갖다놓은 게 꼭 부모란 법은 없지만. 진짜 사정이야 하늘만 알겠지. 그들은 나를 안으로 들였어. 거기서 일하던 사람들인데, 나한테 이름을 지어줬지."

"뭐였는데?"

"알 거 없어. 아무튼 저기야, 내가 처음에 살았던 곳."

"언제까지 저기서 살았어?"

"4년쯤. 그다음엔 옮겨졌어."

"옮겨…… '졌다'고?"

"그래."

벡스는 다시 조용해진다. 그러나 난 그녀가 던질 다음 질문을 안다. 그리고 바로 그 질문이 내 귀에 와 꽂힌다.

"어땠어, 그런 집에서 지내는 거?"

나는 대답하지 않는다. 갑자기 말문이 막힌다. 과거의 장면들이 다시 엄습해 온다. 이 장소를 생각할 때마다 똑같이 떠오르는 장면들. 얼굴 없는 기억, 형태 없는 기억. 사실 이건 기억이랄 수도 없다. 그저 느낌뿐이다. 그에 대한 두려움.

고통.

난 벡스를 바라본다. 눈물이 복받친다. 울지 않겠다고 다짐했는데도. 억지로 삼킨다. 하지만 눈물을 참는 게 너무 괴롭다. 그녀도 알아챈다. 날 바라보는 시선으로 알 수 있다. 그녀는 입술을 깨물고 눈길을 돌린다.

차 한 대가 거리에 모습을 드러낸다. 우리는 둘 다 뒤로 물러난다. 내가 밖을 살핀다. 늙어빠진 영감이 운전하는 낡아빠진 자동차 한 대가 주차장으로 들어선다. 조수석에 어린아이가 앉아 있다. 아마 영감의 손자겠지. 입과 코가 똑 닮았다.

그 둘이 차에서 내린다. 영감이 주차권을 뽑아 들고 손자와 함께 거리로 걸어간다. 아이는 다섯 살 정도로 보인다. 그 옛날의 나도 저렇게 보였겠지. 심지어 머리 색깔도 같군.

벡스가 다시 입을 연다.

"그 집은 어떻게 됐어?"

난 그녀를 돌아본다.

"내가 태워버렸어."

그녀가 다시 공터 쪽으로 고개를 내민다. 난 다급히 그녀를 골목 안으로 끌어당긴다.

"숨어 있으라니까."

"아무도 없어."

"물러서 있어."

구경꾼 양반, 그쪽도 마찬가지다. 저기에 그녀가 보지 못한, 당신도 보지 못한 무언가가 있으니까. 오른쪽에 큰 덩치를 드러낸 자동차 한 대. 아까 그 남자들이 학교 옆에 대놓았던 것과는 다른 차다. 더 크다.

"아무도 안 보여."

벡스가 고집을 피운다.

"물러서 있어."

"알았으니까 팔 좀 놔줘."

계속 그녀를 붙들고 있다는 것도 몰랐다. 난 팔을 놓아주는 대신 신중히 그녀를 살핀다. 거리 쪽을 살필 때처럼. 여기서는 차가 보이지 않는다. 골목 안쪽으로 깊숙이 들어와서다. 하지만 난 느낄 수 있다. 그 차는 여전히 골목 밖 거리에 있다.

"고개 내밀지 마."

난 다시 한 번 당부한다.

사람들 목소리가 다가온다. 덩치 큰 차와는 상관없다. 거리낌 없이 큰 소리로 수다를 떠는 여자들이다. 곧 그녀들의 모습을 볼 수 있을 테고 그 여자들도 우리를 보게 될 것이다. 그저 여자들이 차 안에 있는 자들에게 우리가 있다는 기색을 내비치지 않길 바랄 뿐이다. 이유가 뭐냐고? 저 차 안에 있는 건 그냥 평범한 사람들이 아니기 때문이다.

어떻게 아는지는 묻지 말라니까.

20대 아가씨 둘이 쉴 새 없이 수다를 떨며 오다가 골목 입구에서 우리를 보더니 갑자기 입을 꾹 다문다.

"누님들 안녕?"

내가 인사를 던진다.

"어머, 뭐야?"

여자들이 킬킬댄다. 하지만 난 그들의 어깨 너머로 거리 쪽을 살피는 중이다. 차가 서 있다. 보닛이 보인다. 검은색 차, 엔진이 부릉거리고 있다.

"우린 이만 가야겠어."

내가 말한다.

"누가 뭐래니?"

처음에 대꾸했던 여자가 톡 쏜다.

그러더니 또 낄낄거리고 친구도 함께 웃는다. 차 문소리가 들리고, 또 한 번 들린다. 난 벡스의 팔을 붙든다.

"가자."

"블레이드……."

"가자고!"

난 그녀를 골목 안쪽으로 잡아끌지만 그녀가 버틴다.

"벡스, 서둘러!"

여자들은 뭐가 재밌는지 연신 깔깔대기 바쁘다.

"벡스! 당장 튀어야 돼! 근데 거리 쪽으로는 안 돼!"

"그럼 어디로 가? 이거 막다른 골목이란 말이야."

"그냥 내가 하는 대로만 해!"

걸걸한 남자 목소리가 들려온다. 이제야 벡스도 달리기 시작한다. 여러 사람들의 목소리가 뒤섞인다. 여자들과 남자들이 다투는 소리. 다급하고 격앙돼 있다. 이내 철썩 하는 소리에 이어 악 하는 비명 소리가 들리고, 우릴 뒤쫓는 발소리가 들려온다.

"벡스, 따라와!"

우리는 골목 안으로 달음질쳐 들어가 모퉁이를 돈 다음 담장 앞에 멈추어 선다. 뒤를 돌아본다. 아직은 놈들이 따라붙지 않았다. 하지만 금세 여기로 들이닥칠 것이다.

"이제 어쩌게?"

벡스가 초조하게 묻는다.

"담을 넘어야지. 반대편에 작은 정원이 있어. 신발 가게 뒷마당이야."

"그걸 네가 어떻게 알아?"

"알 거 없어. 그냥 담을 넘은 다음 발바닥에 불이 나도록 뛰어."

"너무 높은데!"

"쓰레기통을 밟고 올라가!"

그녀가 아등바등 담을 넘는다. 나도 곧장 뒤따른다. 아슬아슬했다. 내가 반대편 땅바닥에 닿는 순간 놈들이 들이닥친다. 우리는 재빨리 뛰어 가게를 돌아 거리로 나간다. 벡스가 왼쪽으로 꺾는다. 난 그녀의 팔을 잡는다.

"반대편."

그녀는 토를 달지 않는다. 우린 둘 다 헐떡대면서도 열심히 내달린다. 어깨 너머로 뒤를 확인해본다. 놈들이 언제 거리로 튀어나올지 모른다. 서둘러야 한다.

"벡스, 여기서 왼쪽으로."

은행을 지나고 주차장을 가로질러 자전거 보관대를 통과한 다음 오솔길에서 바로 울타리를 넘어 농지로 들어선다. 농지 끝까지 가서 또 한 번 울타리를 넘는다. 큰길에 들어서는 동시에 뒤를 돌아본다.

세 놈이 우리를 맹추격하고 있다. 내가 예상한 대로 다른 길을 좀 헤매다 온 것 같다. 덕분에 시간을 약간 벌었다. 하지만 그리 넉넉하지는 않다. 놈들과의 거리가 급격히 짧아지고 있다.

"어떡해, 어떡해 우리!"

벡스의 목소리에서 공포가 뚝뚝 묻어난다. 나는 도로를 살핀 다음 인도에서 성큼 걸어 나가 한 손을 번쩍 쳐들고 외친다.

"택시!"

택시 한 대가 앞에 와 선다. 벡스도 달려와 내 곁에 선다. 난 문을 연다.

"벡스, 타."

뒷좌석에 몸을 싣고 농지 쪽을 힐끗 돌아본다. 놈들이 울타리를 넘기 직전이다. 택시기사가 당장 출발하지 않으면 놈들이 차를 막아설 테고, 그러면 우린 죽는 거다. 나는 기사를 쳐다본다. 기사는 고개를 뒤로 돌리고 손님들을 천천히 뜯어본다. 성가신 불청객을 태운 건 아닌가 가늠해보는 것 같다.

"아저씨, 얼른 가죠."

내가 말한다.

"어디로……?"

내키지 않는 목소리로 기사가 말한다.

"일단 강 건너로요. 그다음에 제가 길 설명해드릴게요."

"돈은 있냐?"

"그럼요, 당연하죠."

벡스가 내 팔을 부여잡는다. 그녀의 시선은 거리를 좁혀오는 차창 밖 놈들에게 박혀 있다. 이 여자애, 공포에 질린 나머지 금방이라도 기절해버릴 태세다. 내가 빨리 뭐든 해야 한다. 안 그러면 기사가 그녀를 보고 뭔가 낌새를 챌 것이다.

"아저씨, 돈 있다니까. 걱정 말아요. 강 건너편으로 가요. 그러면 돼요."

기사는 여전히 의심을 거두지 않는다. 벡스의 손이 날 세게 움켜쥔다. 놈들이 흩어지는 게 보인다. 수상해 보이지 않도록 평범한 척 걷고 있지만, 움직임은 날쌔고 기민하다. 한 놈이 택시를 막아서기 위해 도로로 들어서고 있다. 기사는 아직 저들을 보지 못했다. 난 짐짓 태연한 표정으로 기사에게 턱짓을 한다.

"아저씨, 갑시다 좀."

나는 벡스를 힐끗 보고는 뺨에 살짝 입술을 댄다.

"자기, 괜찮아?"

그녀는 말없이 내 팔만 붙들고 있다. 기사가 그녀를 건너다본다. 이거 안 통하는군. 다른 작전을 써야겠어. 난 몸을 앞으로 쑥 내밀고 운전석 앞을 응시한다.

그리고 말한다.

"어라, 저 사람은 뭐지?"

기사가 내 시선이 향한 쪽을 돌아본다. 택시 앞을 막아선 놈을 발견하고는 손을 휘휘 내젓는다.

"어이, 비켜요!"

놈은 꿈쩍도 하지 않는다.

"당신, 도로 한가운데서 뭐하는 거야?"

기사가 고함을 지른다.

놈이 움직이기 시작한다. 다른 남자들도 다가온다. 모두 건장한 체격이다. 우리는 저들을 감당할 수 없다. 그리고 기사 양반은 우리를 돕지 않을 거다. 아니, 내가 틀렸다. 택시기사가 차창을 내리더니 고개를 밖으로 내민다.

"젠장 비키라니까!"

그러고는 기어를 홱 넣고 차를 출발시킨다. 우리가 탄 택시는 순식간에 놈들을 돌아서 도로를 질주해 나아간다. 기사는 밖으로 침을 퉤 뱉고는 창문을 닫고, 뒤를 흘끗 돌아본다. 하지만 기사가 보는 건 나와 벡스가 아니다. 놈들을 확인하고 있다. 잠시 그쪽을 바라보다가 다시 고개를 돌려 운전에 집중한다.

"오늘 운수 한번 더럽구먼. 운전하는 놈들도 지랄 맞고 뒤에 태우는 인간들도 지랄 맞고 거기에 웬 미친놈들이 길까지 막고 지랄이야."

그가 다시 뒤를 돌아본다. 이번엔 나를 보고 있다.

"너 돈 있지? 있는 편이 신상에 좋을 거다."

"있어요."

"그럼 보여줘."

벡스의 얼굴에 다시 공포가 어린다. 그녀가 날 다시 움켜쥐는 게 느껴진다. 기사는 계속 나를 살펴보고 있다. 앞을 보고 운전하는 것 같지만 백미러로 나를 계속 힐끔거린다. 나는 주머니를 뒤적여 지폐를 한 장 꺼낸다.

벡스의 눈이 커진다. 하지만 뭐라 말하진 않는다.

나는 택시기사가 볼 수 있게 돈을 들어 올린다. 기사가 어깨를 으쓱한다.

"충분하군."

"이제 만족하세요?"

"가려는 데가 어디라고?"

"강 건너요."

"그다음에 어디?"

"일단 강 건넌 다음에 말씀드릴게요."

기사는 더 캐묻지 않는다. 하지만 여전히 우리를 미심쩍게 살피고 있다. 조금만 더 가다가 내려야겠다. 지금쯤 놈들이 이 차 번호를 여기저기 돌리고 있을 거다. 벡스가 내 팔을 놓고 몸을 뒤로 기댄다. 난 그녀를 쳐다본다.

숨이 몹시 가빠 보인다. 헐떡이고 있다. 이 애는 견디지 못할 거다. 장담한다. 절대 버티지 못할 거다. 야수 안에서는 절대로. 이미 저렇게 혼이 쏙 빠졌잖은가. 이 문제를 어떻게 해결할 거냐고? 글쎄, 나도 모르겠다.

창밖을 내다본다.

그래, 맞다. 댁한테도 잘 보이지? 그 유명한 풍경들. 다는 아니고 몇 군데가 그렇다는 거다. 저런 거 좋아하나? 야수에겐 여기 말고도 잔뜩 있으니 실컷 구경해라. 하지만 한 방에 여러 '명소'를 구경할 수 있는 곳은 여기다. 관광객들은 이까짓 걸 보려고 돈을 엄청 써댄다. 도대체 왜 그러는지 모를 일이다. 그리고 이제 가장 구역질 나는 게 모습을 드러낸다.

'똥물 마녀(템즈 강)'.

재수 없는 똥물만 한가득이지. 저게 얼마나 유명한지, 얼마나 대단한 역사를 지녔는지, 저 강에 대한 노래와 시, 엉터리 같은 그림이 얼마나 많은지, 나한텐 눈곱만큼의 의미도 없다. 내가 아는 건 오직 오라지게 넓고 깊은데다 빌어먹을 똥물이 가득한 곳이라는 사실뿐이다. 저걸 건널 일이 없기를 그토록 바랐건만.

"어느 다리?"

기사가 묻는다.

"다음 거요."

백미러로 다시 기사와 눈이 마주친다. 언짢은 기색이 사라진 대신 얼굴 가득 호기심을 품었다. 우리의 정체가 뭔지 도통 모르겠다는 표정이다. 그리고 좀 전의 그 남자들에 대해 곱씹어보기 시작한 듯하다. 아까는 우리와 남자들을 연결 지어 생각하지 못했겠지. 하지만 지금은 의문을 갖기 시작한 거다.

벡스도 마찬가지다. 얼굴에서 읽을 수 있다. 하지만 벡스가 의문스러워하는 건 그 남자들이 아니다. 어째서 나한테 돈이 있느냐, 그게 궁금한 것이다. 글쎄, 계속 궁금해하라지. 그녀도, 당신도. 지금은 한가하게 수다나 늘어놓을 때가 아니니까. 난 저 기사 양반을 계속 지켜봐야 한다.

택시가 첫 번째 보이는 다리로 들어선다. 내가 '꽁초 다리'라고 부르는 다리다. 왜냐고 묻지 마라. 그냥 늘 그렇게 불렀다. 그래, 안다. 어이없겠지. 그거야 그쪽 사정이고. 내가 말하지 않았나. 야수 안에 있는 여러 장소에 내 맘대로 이름을 붙여놓았다고. 신경 꺼라.

난 지금 하는 일에 집중해야 한다.

반쯤 건넜다. 나는 부지런히 눈알을 굴리는 중이다. 지나가는 자동차, 사람들 얼굴, 우리 아래를 꿀렁거리며 흘러가는 '똥물 마녀'까지. 아 젠장, 난 이 강이 정말 싫다. 꽁초 다리를 건너는 택시 안에서조차 전혀 안전한 기분이 들지 않는다. 하지만 이제 거의 다 건넜다. 그다음엔 튀어야 한다.

최대한 빨리.

조금만 더. 침착하게 기다리자. 좀 더, 조금만 더. 기사가 다시 백미러로 나를 힐끔거린다. 난 무시하고 주위를 살피고, 다시 한 번 확인한 다음, 기사에게 외친다.

"차 세워요."

기사는 차를 세우고 미터기를 본 다음 뒤를 돌아본다. 기사가 뭐라 말한 틈도 없이 난 무작정 지폐를 불쑥 내민다.

"거스름돈은 됐어요."

기사가 한쪽 눈썹을 찡긋 들어 올린다.

"정말?"

"가지세요."

난 벡스에게 턱짓을 한다.

"가자."

우리는 택시에서 내린다. 기사가 얼굴을 찌푸린 채 우릴 응시한다. 나는 얼른 가라고 손을 휘휘 젓는다. 기사는 좀 더 지켜보다가 천천히 차를 움직인다. 하지만 곧바로 휴대폰을 꺼내든다.

"벡스, 가자."

"어디로?"

"강 북부로."

"방금 거기서 왔잖아."

"되돌아갈 거야. 저 택시기사 못 믿겠어. 지금쯤 동료나 경찰한테 전화하고 있을걸? 분명 택시기사가 접촉하는 인간들이 있을 거야. 놈들이 죄다 우리가 강 이남에 있는 줄 알게 해야 해. 가자."

벡스는 움직이지 않는다. 그 자리에 서서 벌벌 떨 뿐이다.

"벡스, 어서."

소용없다. 또 정신 줄을 놓아버렸다. 그녀를 탓할 생각은 없다. 그래도 어떡해서든 서둘러 벡스를 움직이게 만들어야 한다. 지금 우린 여기저기서 몰려오는 놈들 눈에 버젓이 노출된 꼴이니까.

나는 그녀의 팔을 잡고 최대한 부드럽게 말한다.

"잘 들어, 벡스. 도로에서 벗어나야 해, 숨어야 한다고. 재스를 위해 그렇게 해야 해."

그녀는 여전히 움직일 생각을 안 한다. 이런 빌어먹을, 뭘 어떻게 더 해야 할지 모르겠다. 벡스는 그냥 그 자리에 못 박혀 있다. 뭐든 방법을 찾아내야 한다. 나는 상체를 살짝 숙여 그녀의 뺨에 또 한 번 키스한다. 그녀가 뺨이라도 얻어맞은 듯이 움찔 물러난다.

"자꾸 왜 이래, 미쳤어?"

팔을 흔들어 내 팔을 떨쳐낸다.

"그리고 다시는 나한테 자기라고 하지 마."

이제야 나를 똑바로 쳐다본다.

"어디로 가면 돼?"

난 대답하지 않는다. 그냥 앞장서서 도로 옆으로 간 다음 계단을 밟아 다리 아래로 내려간다. 벡스가 따라오는지는 확인하지 않는다. 따라오는 걸 아니까. 그리고 지금은 그녀가 아닌 다른 데를 살펴봐야 하니까. 가능한 한 모든 감각을 동원해서.

다리 밑에 위험한 낌새는 없다. 부랑자 두어 명이 쓰레기처럼 바닥을 뒹굴고 있다. 롤러블레이드를 탄 꼬마들이 쌩하니 지나간다. 다리 반대편으로 나와 왼쪽, 오른쪽으로 차례로 꺾은 다음 도로로 들어선다.

뒤를 살핀다.

벡스가 여전히 뒤에서 날 쏘아보고 있다. 난 벡스를 돕고 싶다, 구경꾼 양반. 믿기 어렵겠지만 정말이다. 난 책임감을 느낀다. 모두 내 책임이다. 그녀는 화를 낼 권리가 있다. 나만 아니었다면, 놈들 일당이 재스를 납치해 가진 않았을 것이다.

디그를 죽이지도 않았겠지.

트릭시도. 그렇지 않은가. 놈들이 그 오두막에서 찾고 있던 건 그 여자애가 아닌 나였다.

그러니 내 잘못이다. 다른 모든 일들처럼. 난 벡스에게 미움 받아도 싸다. 나 역시 날 증오하니까. 하지만 극복해야 한다. 자기혐오를 뭔가 긍정적인 방향으로 바꿔야 한다. 놈들에게 쏟아낼 때를 대비해 아껴둔다든가. 그렇지 않으면 도저히 놈들과 맞서 싸울 수가 없을 테니까.

나에 대한 벡스의 감정은 바뀌지 않을 것이다. 내가 뭘 하든 그녀는 분노할 것이다. 하지만 그 사실에 너무 마음 쓸 수는 없다. 내가 할 수 없는 일이 아니라 할 수 있는 일에 집중해야 한다. 그런데 좀 웃긴다. 내 키스에 대한 벡스의 반응 말이다.

무슨 말이냐면…… 그러니까, 생각해봐라. 처음에 했을 때 이미 다 연기라는 걸 알아챘어야 하는 거 아닌가? 두 번째 역시 그저 정신 차리라고 한 행동일 뿐인데? 나 참, 누가 자기한테 또 키스하고 싶다고 했나? 뺨에라도 다시 해달라고 애원해봐라, 난 꿈쩍도 안 할 테니.

갑자기 벡스가 입을 연다.

"블레이드."

목소리가 달라졌다. 여전히 화는 나 있지만 뭔가 다른 것도 느껴진다. 슬픔, 절망, 뭐라고 해야 하나. 난 돌아본다. 그녀는 보도블록 한가운데 멈춰 서서 울고 있다. 나는 그녀에게 돌아간다. 어쩔 줄을 모르겠다. 그녀는 하염없이 눈물만 펑펑 쏟아낸다.

"벡스, 여기서 멈추면 안 돼."

그녀는 잠시 뚫어지게 내 얼굴을 쳐다보다가 날 밀치고 도로 쪽으로 향한다. 하지만 그냥 걷는 거다. 난 알 수 있다. 벡스는 그냥…… 터덜터덜 걷는 거다. 보지도 듣지도 않은 채, 아무것도 아랑곳하지 않은 채. 나는 벡스를 따라가 팔을 잡는다.

"벡스, 그쪽이 아냐."

그녀가 멈춰 선다.

"네가 가던 방향이잖아."

"여기서 방향을 꺾어야 해."

난 오른쪽을 가리킨다. 그녀는 그쪽을 힐끗 보더니 피식 코웃음을 친다.

"또 골목이네."

"그래."

"그래, 그런 거네, 그치?"

그녀는 소매로 눈가를 훔친다.

"이제부터 우리가 살아가야 할 장소 말이야. 뒷골목."

"숨어야 해."

"그래, 그렇겠지."

"벡스, 큰길 쪽으로는 나다닐 수 없어. 거긴 보는 눈이 너무 많아. 골목도 위험하긴 마찬가지야. 우리가 골목으로 다닐 걸 놈들도 아니까."

"그럼 숨어도 별 소용없겠네, 안 그래?"

그녀가 사나운 눈길로 나를 노려본다.

"그냥 지금 재스를 포기하는 편이 낫겠다. 넌 재스가 어디에 있는지 알아. 하지만 네가 할 수 있는 일이라곤 고작 숨어서 뒷골목으로만 기어 다니는 것뿐이지. 그자들이 우릴 잡을 때까지 말이야."

"벡스……."

그녀는 몸을 돌려 골목 안으로 터벅터벅 걸어 들어간다. 나는 주위를 살피고, 다시 살핀 다음 따라간다. 그녀는 어깨를 움츠린 채 천천히 걷고 있다. 후우, 기분이 영 찜찜하다. 나에겐 계획이 있고 내가 뭘 할 수 있는지도 안다. 하지만 너무 위험하고 힘든 일인데 벡스를 끌고 다니면서 실행하기엔 더더욱 어렵다. 그녀가 이런 상태일 때는 특히나.

그녀가 갑자기 우뚝 멈춰 서더니 휙 돌아선다.

"넌 쓰레기야, 블레이드. 만약 내가 재스 있는 곳을 알았다면,

난 곧장 그리로 갔을 거야."

"그래, 넌 그랬을 거야."

난 그녀를 똑바로 응시한다.

"그러면 다 해결될 거라고 믿을 만큼 멍청하니까 말이지."

그녀가 내 얼굴을 힘차게 한 방 갈긴다. 난 움찔하지만 피하지 않는다. 처음 건 못 봤지만 다음 한 방이 날아오는 건 보인다. 다른 손바닥이 와서 철썩. 난 그녀가 날 때리게 내버려둔다. 또 한 대, 또 한 대. 그녀는 계속 울고 있다. 수도꼭지처럼 눈물을 펑펑 쏟으며 마구 내 뺨을 후려친다. 내 얼굴을 찢어버릴 기세로.

난 그냥 서서 맞는다. 그러다 그녀는 돌연 손을 내리고 나에게 무너져 온다. 뺨을 내 어깨에 기대고, 팔을 축 늘어뜨린다.

"이 나쁜 자식. 네가 정말 죽도록 미워."

"알아, 나 미워하는 거."

벡스는 대답하지 않는다. 내게 기댄 상태로 더 움직이지 않는다.

"벡스, 있잖아……."

그녀가 흐느끼기 시작한다. 팔을 늘어뜨리고 내 어깨에 뺨을 묻은 자세 그대로. 난 주저하다가 가만히 그녀에게 팔을 두른다. 각오는 해둔다. 날 밀쳐내고 침을 뱉거나 뺨을 때리거나 뭐 그런 거. 하지만 그녀는 아무것도 하지 않는다. 계속 이렇게 나에게 기대고 있을 뿐.

나는 주위를 둘러본다. 벡스 상태가 어떻건 간에 주변을 확인하는 작업은 늘 계속해야 한다. 골목엔 아무도 없다. 거리 쪽도 살펴본다. 사람들이 지나다닌다. 모두 평범한 인간들이다. 그렇다고 여기서 오래 죽칠 순 없는 노릇이다. 놈들이 나타나기 전에 강이남으로 빠져나가야 한다.

"벡스……"

그녀는 어깨를 들썩여 내 팔을 털어내고는 물러선다. 난 그녀의 눈동자를 들여다보려 애쓴다. 하지만 그녀는 한사코 내 시선을 피해 땅바닥만 쳐다본다.

"벡스, 내가 이러는 것도 다 재스를 위해서야, 알겠어?"

그녀는 대답하지 않는다.

"다 재스를 위해서라고. 너처럼 말이야. 하지만 무작정 거기로 어정어정 걸어 들어갈 순 없어."

그녀가 눈물로 얼룩진 눈을 치켜뜬다.

"그들은 널 원해. 그 남자들, 그들이 누군지 난 몰라. 네가 과거에 무슨 짓을 했는지도 몰라. 왜냐하면 넌 아무것도 말해주지 않으니까. 하지만 그들이 널 원한다는 건 알아. 그들이 원하는 게 재스가 아니란 것도 알아. 그러니까 간단히 결론이 나잖아."

"간단하지가 않아."

"간단해."

그녀가 가까이 다가온다.

"네가 포기하면 돼. 항복하라고. 그럼 재스는 풀려날 거야."
잠시 말을 멈춘다.
"그리고 네가 부탁하기 전에…… 아니, 아냐. 그들이 너한테 무슨 짓을 하건 난 상관 안 해."
난 그녀를 밀치고 골목을 성큼성큼 걸어간다. 그녀가 뒤에 대고 악을 쓴다.
"하지만 넌 재스를 구하러 가지 않을 거야, 그렇지? 왜냐하면 아까 내가 말했듯이, 넌 개쓰레기니까!"
난 멈춰 서서 주먹을 불끈 쥔다. 됐다, 나도 참을 만큼 참았다. 나한테 욕을 퍼붓고 싶다, 이거지? 나도 마찬가지라고. 난 돌아서서 저 망할 여자애를 뚫어져라 노려본다. …… 그러다가 그녀 뒤쪽에서 어떤 움직임을 감지한다. 길가보다 높은 쪽, 주택가 지붕보다 더 높은 쪽이다. 택시가 우리를 내려준 다리 위.
남자 둘이 두리번거리며 주위를 살피고 있다.
설마 놈들은 아니겠지.
하지만 예감이 아주 불길하다.
"벡스, 가야 해."
"알았어, 알았다고."
그녀는 비아냥거리기 바쁘다.
"우린 가야 하지. 계속 가야겠지. 다른 골목을 찾아서, 다른 구실을 찾아서 가야겠지."

다리 위에서 고함 소리가 들려온다.
"저기 있다!"
남자들 중 하나가 우리 쪽을 가리키고 있다. 벡스가 고개를 돌려 놈을 보고는 다시 나를 본다. 얼굴에 또다시 공포가 서린다.
"어서!"
내가 외친다.

이번엔 군소리가 없다. 골목을 달려가는데 너무 빨라서 따라잡을 수가 없다. 난 벡스가 앞에서 달려가게 내버려둔다. 내 눈앞에서 사라지지 않는 한은 괜찮다. 좀 전에 멍하니 걷던 것처럼, 그녀는 그냥 냅다 뛴다. 보지도 생각하지도 않고.
하지만 난 둘 다 하고 있다.
어두운 모퉁이, 후미진 구석, 모두 일일이 확인하는 동시에 머리도 열심히 굴린다. 달리는 동안에도 말이다. 저 앞 갈림길에 닿으면 선택을 해야 한다. 어차피 여기 아니면 저기고 어디로 가든 안전하진 않을 테지만, 어쨌든 기회는 생기는 거다.
계속 이렇게 뛰어서 도망갈 수는 없다. 몇 분 내에 이 근처로 놈들이 구름떼처럼 몰려들 것이다. 그렇다고 또 택시를 탈 수도 없다. 이쪽 거리로는 택시가 많이 다니지 않는다. 그러니 남은 방법은 두 가지뿐이다. 더럽고 냄새 나는 버스를 잡아타든가 뱀굴 같은 지하철역으로 기어들어가든가.

둘 다 엿 같긴 마찬가지.

버스가 잔뜩 돌아다니긴 한다. 저기 모퉁이 돌아서 바로 있는 정류장에서 49번 버스를 타면 다음 다리를 건너갈 수 있다. 하지만 필요한 순간에 그놈이 딱 나타날 가능성이 얼마나 되겠는가? 바랄 걸 바라자. 일단 정류장 쪽으로 가보긴 하겠지만 곧장 버스를 탈 수 없다면 그대로 지나쳐 달려야 한다. 승산 없는 게임이다.

다시 말해 뱀굴로 기어들어가야 한다는 것이다.

사실 지하철이 더 위험하다. 놈들이 역마다 감시원들을 쫙 풀어놨을 것이다. 그렇지만 선택의 여지가 없다. 달아나느냐 잡히느냐 둘 중 하나다. 그리고 잘만 하면 빠져나갈 수도 있을 것이다.

"벡스!"

그녀는 여전히 앞에서 허겁지겁 내달리고 있다.

"벡스! 골목 끝에서 왼쪽으로 꺾어. 하지만 아무도 없는지 먼저 확인하고!"

그녀는 확인 따위 무시해버리고 바로 왼쪽으로 꺾어 시야에서 사라져버린다. 미친…… 욕이 절로 나온다. 생각 없는 것도 정도가 있지. 아무리 겁에 질렸어도 자기가 지금 뭘 하는 중인지 생각하고 있어야 하는데. 어쩌면 저 여자애, 방금 놈들 품 안으로 뛰어든 것인지도 모른다. 모퉁이 저편에서 그녀와 나를 기다리는 놈들이 없기만을 바랄 뿐이다.

곧 알게 되겠지.

골목 끝에서 발을 멈추고 뒤를 확인해본다.

다리 쪽에 있던 놈들의 흔적은 사라졌다. 이제 모퉁이 너머의 거리를 살핀다. 수상쩍은 놈은 보이지 않는다. 다만 도로 정비공 몇몇이 땅을 파고 있을 뿐이다. 그리고 벡스가 전속력으로 달려간다. 이런 빌어먹을, 어떻게 해서든 저 애를 되돌아오게 해야 한다.

그런데 문제는, 그녀를 소리쳐 부를 수 없다는 거다. 고함 소리가 사람들 이목을 집중시킬 것이다. 앗, 잠깐. 그녀가 멈춰 섰다. 돌아서서, 나를 본다. 사냥꾼에게 쫓기는 사슴 같다. 나는 그녀를 향해 뛴다. 제발, 또 달아나지 마.

벡스는 달아나지 않는다. 가만히 그 자리에 서서 헐떡이고만 있다. 정비공들의 시선이 느껴진다. 난 그들에게 별일 아니라는 듯 슬며시 웃어준다. 아저씨들은 마주 웃어주지 않는다. 시선을 돌리지도 않는다. 나는 벡스를 데리고 왼쪽으로 간다.

"우리 어디로 가?"

벡스가 울 것 같은 목소리로 묻는다.

"버스 정류장."

"버스 정류장?"

"응."

하지만 내가 뭐랬나. 역시나 버스는 한 대도 보이질 않는다.

"됐어, 벡스. 이쪽이야."

나는 그녀를 이끌고 옆 거리로 간다.

"이번엔 어디로 가는데?"

그녀가 징징댄다.

"그냥 따라와, 알겠어? 그만 좀 징징대. 우린 포위됐다고. 시간이 별로 없어."

"뭘 하는데 시간이 없어?"

"지하철 탈 거야."

그녀가 나를 빤히 쳐다본다.

"지하철 탈 돈은 있고?"

"당연하지."

"어떻게? 저택에서 달아날 때 돈 챙길 정신은 없었을 텐데? 네 입으로 그랬잖아, 돈 없다고. 그런데 택시기사한테 지폐를 떡하니 내밀었어. 그리고……."

"있잖아, 닥쳐줄래?"

난 걸으면서도 주위를 계속 살핀다. 아주 신중하게.

"이럴 시간 없다고, 알아들어? 계속 움직여야 해. 그냥 내가 하라는 대로 해. 돈에 대한 건 나중에 설명해줄게."

벡스가 입을 다문다. 오, 감사합니다.

우리는 빠르게 걸음을 옮긴다. 달리고 싶은 마음이 굴뚝같지만 지금은 걷는 편이 낫다. 허겁지겁 내달리면 너무 눈에 띈다.

특히 지하철역처럼 보는 눈이 많은 곳에서는 더더욱. 다행히 사람들이 점점 많아진다. 되도록 많은 인파가 뱀굴 안으로 꾸역꾸역 밀려들어오면 좋겠다. 그래야 사람들 틈바구니에 숨어들 수 있을 테니.

거리 끝에서 오른쪽 길로 꺾어 쭉 간 다음 주위를 살핀다. 다음 다리가 가까워지고 있다. 그 주위에 사람들이 우글거린다. 누가 평범한 사람들이고 누가 놈들인지 구별하기가 어렵다. 그리고 그게 다가 아니다. 짭새들도 신경을 써야 한다. 그들을 잊으면 안 된다.

아직 나타나진 않았지만 그리 멀지 않은 곳에 있을 거다.

오른쪽으로 꺾어 다리에서 멀어진다. 길가에 붙어서 걷는다. 도로로 차들이 휙휙 지나쳐 간다. 도로를 살핀다. 재수가 좋으면 택시가 지나갈지도 모른다. 하지만 크게 기대하진 않는다. 버스 차선 때문에 차를 대기 어려워서 보통 이런 도로로는 택시가 잘 지나다니지 않는다.

이제 지하철역이다. 왼쪽으로 꺾어 샌드위치 가게 뒷길을 따라간 다음 반대편으로 나가 도로 쪽을 살핀다. 다행이다. 지하철역 계단을 내려가는 인간들이 아주 많다. 다들 평범해 보인다. 양아치 두어 명이 입구 양쪽에서 어슬렁거리지만 놈들은 아니다.

걸어간다. 천천히. 폐차 직전인 밴 뒤에서 멈춘다.

뒤따라 걷던 벡스가 나한테 부딪친다. 난 돌아본다.

"생각 좀 하지?"

"네가 갑자기 멈춰 섰잖아."

난 그녀를 응시한다. 잠시 후 그녀도 날 마주 본다.

"벡스, 지금 심각한 상황이야."

"알아."

"그럼 내가 하라는 대로 좀 해."

난 대답을 기다린다. 그녀의 눈동자가 또다시 불안하게 움직인다. 두려움이 가득한 저 두 눈. 다그쳐야 하지만 차마 그럴 수가 없다.

"벡스?"

"응?"

"내가 하라는 대로 해. 알겠지?"

"알았어."

"나랑 같이 걷지 마. 말 걸지도 마. 보지도 마. 계속해서 내가 뭘 하는지 잘 살피고 따라해. 대신 자연스럽게, 알았지? 아무도 너한테 관심 갖지 않게 하라고. 우리가 일행인 것처럼 보이면 절대로 안 돼. 할 수 있겠어?"

"바보 취급하지 마."

"중요한 얘기야, 벡스. 알았지? 항상 나랑 거리를 둬. 내가 티켓을 끊을게. 넌 그냥 날 따라와서 같은 열차를 탄 다음, 떨어져 앉아."

난 주머니를 뒤적여 동전 몇 개를 꺼낸다.

"플랫폼에 신문 가판대가 있을 거야."

"어떻게 알아?"

"알 거 없어. 잡지를 한 권 사. 자리에 앉으면 잡지를 읽는 척해. 최대한 얼굴을 가려. 하지만 일부러 그러는 것처럼 보이면 안 돼. 무슨 말인지 알겠어?"

"말했지. 나 바보 아니야."

"그리고 아무하고도 눈 마주치지 마. CCTV 카메라도 올려다보지 말고."

"잔소리 그만하고 가기나 해."

난 다시 한 번 주위를 살핀다. 다 괜찮아 보인다. 그래서 더 불안하다. 도로 경계석으로 가서 걸음을 멈춘다. 뒤에서 벡스가 움직이는 게 느껴진다. 맙소사, 내가 그토록 일렀건만 그새 다 까먹은 거다. 난 돌아보지 않고 그냥 어깨 너머로 입속말을 한다.

"떨어져. 너무 가깝잖아."

그녀가 물러서는 기척이 느껴진다. 난 다시 속삭인다.

"아니, 지금 뒤로 가지 마. 이상하잖아. 내가 먼저 갈 테니까, 거기 있다가 그냥 뒤따라와. 적당히 거리를 두고. 아까 말한 대로, 내가 티켓 두 장을 살 거야. 네가 주울 수 있는 곳에 한 장 떨어뜨려놓을게. 그러니까 그거 놓치지 않게 잘 보면서 따라와. 가자."

더는 지체할 수 없다, 구경꾼이여. 지금이 아니면 기회는 영영 없는 거다.

그러나 벌써 역 입구 주변에 새로운 덩치 넷이 진을 치고 있다. 아마 별문제없을 거다. 어쨌든 부딪혀봐야 한다. 하지만 10초 전보다 난 자신감이 좀 떨어진 상태다.

그리고 10초 전에도 난 별로 자신감이 없었다.

시선을 아래로 향한 채 도로를 건너 비스듬히 걸어간다. 벡스는 따라오지 않는다. 돌아보지 않아도 알 수 있다. 내가 말한 대로 뒤에서 서성이고 있다. 적어도 그것만큼은 제대로 할 줄 아는군. 곧 저 아이도 걷기 시작해야 하는데. 잠시 후 그녀도 발걸음을 옮긴다.

한 번쯤 뒤돌아보는 건 괜찮겠지.

그녀가 따라온다. 천천히 걷고 있다. 나처럼. 고개를 되돌리고 지하철역 입구로 향한다. 중요한 순간이다. 놈들이 있다면 곧바로 우리를 막아설 것이다. 우리가 계단에 발끝도 대지 못하게 할 것이다. 하지만 우리가 먼저 여기 도착했을 수도 있다.

오른쪽에 사내 둘. 생김새가 마음에 안 든다. 앞을 가로막진 않지만 내 뒤쪽을 힐끗거린다. 벡스를 보는 건가. 난 다시 슬쩍 뒤를 살핀다. 나를 따라 도로를 건너는 중이다. 나와 시선을 마주치지 않는다.

옳지, 잘한다.

계속 그렇게만 해라.

입구로 들어간다. 아무도 날 막지 않는다. 자동 매표기로 가서 돈을 넣고 티켓을 낚아채 개찰구로 간 다음 뒤를 확인한다. 벡스는 한참 떨어져 걸어온다. 내가 생각했던 것보다 좀 멀다. 하지만 우리 사이엔 아무도 없다. 그녀가 잘 보고 있어야 할 텐데.

난 무릎을 꿇고 신발 끈을 매만지면서 바닥에 티켓 하나를 내려놓는다. 그리고 바로 일어서서 개찰구를 통과해 에스컬레이터로 향한다. 뒤를 보니 벡스도 개찰구를 지나고 있다.

에스컬레이터를 내려가 통로를 지나 플랫폼으로 나온다. 전광판을 확인한다. 지하철은 2분 후에 도착한다. 벡스가 보인다. 나를 모른 척 지나쳐 걸어가 가판대에서 신문을 사서 저만치 떨어져 지하철을 기다린다.

남자 둘이 다가온다. 아까 봤던 그놈들이다. 둘은 걸어와서 나와 벡스 사이에 선다. 벡스는 신문을 펼쳐 열심히 들여다본다. 이런 이런, 저 여자애 또 실수를 했다. 내가 말한 대로 잡지를 샀어야 했다. 특히나 저런 신문을 들고 있다니, 누가 봐도 어색하지 않은가.

기왕이면 타블로이드 신문을 사지. 하지만 그녀가 산 건 진지한 기사가 잔뜩 실린 정통신문이다. 세상에 어떤 여자애가 심심풀이로 저런 신문을 읽겠느냐 말이다. 하지만 왜 저걸 골랐는지는 알 만하다. 크니까. 얼굴을 가릴 수 있으니까. 하지만 역시 생각이 짧다. 일부러 튀려고 작정한 거라면 완전 대성공이군.

남자 둘 다 모두 벡스를 보고 있다.

하지만 마침 지하철이 들어온다.

벡스도 소리를 듣고는 신문을 아래로 내려 접은 뒤 무심한 척 내 쪽을 본다. 열차가 들어와 멈춰 서고, 문이 열리고, 사람들이 쏟아져 나온다. 나는 남자들이 움직이길 기다린다. 그들은 움직이지 않는다. 그냥 그 자리에 서서 이야기를 나눈다. 벡스가 다시 나를 보는 게 느껴진다.

나는 문으로 다가가며 다시 남자들의 동태를 살핀다. 그들은 옆문으로 걸어가 멈춰 선다. 난 열차에 한 발을 집어넣는다. 저들도 똑같이 한다. 벡스가 지하철에 탄다. 저 두 남자와 같은 문이다. 그녀는 열차 칸 맨 끝으로 걸어가 자리를 잡고 앉아 다시 신문을 펼친다.

남자들이 그쪽으로 걸어가 가까이에 선다. 나는 반대편 끝으로 걸어가 자리에 앉는다. 문이 닫히고 지하철이 덜컹거리며 출발한다. 열차 안을 둘러본다. 이 칸은 반쯤 차 있다. 의심의 여지없이 모두 평범한 인간들이다. 저 두 남자만 빼고.

저 두 명에 대해선 확신을 못하겠다. 신중히 행동해야 한다. 보지 않으면서도 봐야 한다. 두 명의 그림자를 놓치지 않고 있다가 만약 저들이 벡스 쪽으로 움직이기 시작하면 주의를 끌어야 한다. 그녀가 저들을 눈치챈것 같진 않다. 그녀는 열심히 신문에 얼굴을 처박고 있다.

열차가 덜컹거리며 다음 역에 들어선다.

나는 일어서서 열차 칸 가운데 있는 문 쪽으로 걸어간다. 남자들은 아까 위치 그대로다. 저쪽 끄트머리, 벡스 자리 근처. 그녀가 신문 너머로 날 흘낏 쳐다본다. 난 그녀를 모른 체하고 문 옆에 서서 열차가 멈춰 서길 기다린다.

서서히 속도를 늦추던 열차가 끼익 하고 멈춘다.

벡스가 신문을 접고 일어나 남자들을 지나쳐 걸어간다.

문이 열린다.

열차에서 내려 플랫폼을 따라 벡스 쪽 문을 지나쳐 걷는다. 그녀가 뒤따라 내려 움직이는 게 느껴진다. 어깨 너머로 슬쩍 확인해본다. 역시 남자들도 내렸다. 나는 계속 걸으며 타이밍을 노린다.

그러다 다시 열차 옆 칸으로 풀쩍 올라탄다.

벡스도 따라한다.

문이 닫히고 열차가 출발한다. 남자들은 타지 않았다. 하지만 벡스의 얼굴이 하얗게 질렸다. 뭔가 심상찮게 돌아가는 걸 눈치 채고 겁에 질린 것이다. 그녀가 걸어오기 시작한다. 난 돌아선다. 절대 저 여자애가 나한테 말을 걸면 안 된다. 그녀가 침착하게 굴지 않으면 우리 둘 다 끝장이다. 그 남자들이 이 칸에 타지 않앉다는 건 아무런 위안이 될 수 없다. 아까 칸에 도로 탔을 수도 있다.

만약 그렇다면, 그들이 위험인물이라는 뜻이다.

난 앉지 않는다. 빈자리가 많지만 모두 지나쳐서 칸 끝으로 간다. 돌아선다. 이런 망할! 벡스가 아직도 나를 향해 걸어오고 있다. 난 최대한 날카로운 기운을 팍팍 풍기며 고개를 돌려버린다. 그래도 다가오는 그녀가 뒤통수로 느껴진다.

이 망할 여자애가 정신이 나갔나? 내 신호를 포착해야 하는데. 아무리 겁에 질려도 신호를 알아채고 자기 몫을 해내야 한단 말이다. 나는 그녀에게 등을 돌린 채 그대로 서서 열차의 움직임에 몸을 맡긴다. 그녀가 내 곁으로 걸어온다.

"저리 가."

난 입속말로 경고한다.

"나 무서워, 블레이드."

들릴락 말락 한 목소리. 재스가 생각난다. 그녀를 힐끔 돌아본다. 거의 공황상태다. 기절하기 직전인 사람처럼 동공이 풀렸다. 이대로는 안 되겠다. 아까 그 남자들이 아직 이 열차 안에 있을 가능성이 농후하다. 설령 그렇지 않더라도 '놈들'은 주위에 얼마든지 널려 있다.

난 그녀에게서 시선을 뗀다. 지금 그녀가 어떤 상태이건 난 내 몫을 해내야 한다. 우리가 일행이 아닌 척해야 한다. 하지만 그 순간, 그녀의 떨리는 몸이 느껴진다. 나에게 기대어 바들바들 떨고 있다. 난 그녀에게 속삭인다.

"괜찮아, 벡스."

"나…… 나 너무…….'

"괜찮아. 아무도 널 해치지 못해. 내가 그렇게 두지 않을 거야."

그녀의 몸이 밀착해온다. 여전히 떨고 있다. 열차가 다음 역에 들어선다.

"이번에 내려?"

한숨을 내쉬는 것 같은 목소리.

"아직은 몰라."

난 열차 안을 휙 둘러보고는 문 쪽으로 다가간다. 내 손을 벡스가 꽉 쥔다. 난 그녀를 보지 않는다. 별로 좋지 않은 행동이다. 지금은 온 신경을 기울여 주위를 살펴야 한다. 하지만 벡스의 손을 놓을 수가 없다. 그래야만 하는데. 그래야 한다는 걸 아는데. 지금 손을 잡다니, 미치지 않고서야. 하지만 도저히 그녀의 손을 뿌리칠 수가 없다. 차마 그녀를 내칠 수가 없다. 내가 이럴 줄은 정말 몰랐는데.

다시 벡스가 내 손을 부여잡는다.

"괜찮아, 벡스. 괜찮아."

문이 열린다.

살짝 몸을 내밀고 역 안을 확인한다. 그 남자들은 보이지 않는다. 하지만 플랫폼에 다른 세 명의 남자가 있다. 그냥 그 자리에 서서 열차에서 내리는 사람들의 얼굴을 살펴본다. 저들은 믿을 수 없다. 얼른 머리를 뒤로 뺀다.

"여기선 안 내려, 벡스."

그녀는 아무 말 없이 내 손을 쥐고만 있다. 사람들이 열차 안으로 밀려들어온다. 나는 그녀를 돌아보고는 마주 잡은 손에 힘을 한 번 꽉 준 다음, 손을 놓는다. 그리고 그녀의 귓가에 대고 속삭인다.

"저기 가서 앉아. 다시 신문을 봐."

그녀는 내 말을 듣지 않을 거다. 얼굴을 봐라. 숨이 넘어갈 지경이라 꼼짝도 못할 것 같은데. 하지만 내가 틀렸다. 그녀는 여전히 텅 빈 눈동자로 날 가만히 쳐다보다가 이내 걸음을 옮겨 내가 말한 자리에 앉는다. 그리고 신문을 펼친다.

이제 난 꾹 누른 용수철처럼 바짝 긴장하고 있다. 열차 칸을 이리저리 살펴본다. 자리가 거의 다 찼다. 하지만 한 자리가 비었다. 벡스 맞은편. 저기 앉아야겠다. 여기 서 있는 것보다는 낫다. 눈에 띄는 짓을 하면 안 된다.

나는 걸어가서 주위를 둘러본 다음 자리에 앉는다. 벡스가 입을 열거나 허튼짓을 하지 않아야 할 텐데. 지금처럼 계속 신문에 머리를 처박고 있으라고. 잠시 그녀를 몰래 살핀다. 신문을 펼쳐 들고 있어서 얼굴이 보이지 않는다. 하지만 대신 다른 얼굴이 보인다. 신문 1면에 박힌 사진 한 장.

내 사진이다.

열두 살 때의 모습.

그리고 헤드라인.

블레이드는 누구인가?

벡스는 아직 못 본 것 같다. 뒷면 기사를 읽는 중이다. 난 몸을 앞으로 내민다. 아주 약간만. 확실히 보이진 않지만 기사 대부분은 대충 읽을 만하다.

내가 추측했던 대로다. 짭새들이 여자 패거리를 몽땅 잡아들였다. 아마 젠이 꼰질렀을 거다. 양심의 가책 같은 걸 받았나보지. 다른 여자애들이 그러라고 찔렀거나. 누군가는 짊어져야 할 일이었다. 어쨌거나 그녀들은 모두 구류 중이다. 태미, 새시, 젠, 캣.

리프에 대한 언급은 없다. 이거 놀랄 노 자로군. 용케도 빠져나간 모양이다. 여자애들이 자기 얘기를 흘리지 않길 바라면서. 그래봐야 별로 달라질 건 없다. 심문이 시작되면서 블레이드라는 이름이 튀어나오고, 예전에 경찰서에서 찍은 내 사진이 추가되었을 것이다. 그야말로 굉장한 특종거리 아닌가.

일단 시체 수. 트릭시와 디그. 병원 청소부, 은신처의 욕쟁이 할멈. 패디, 레니, 투덜이. 죽어버린 '놈들' 일당에 대한 자세한 설명은 없다. 아마 짭새들이 그들의 정체를 알아내지 못했기 때문일 것이다.

그리고 또 다른 이야기들.

여전히 실종 상태인 벡스와 재스. 패거리가 진술한, 교수 영감네 저택에서 벌어진 일들. '소년의 친구가 되어준 아일랜드 노부인'의 목격자 진술. 할멈의 아름답고 친절한 선의를 향한 찬사와 경의.

그다음에 나오는 의문. 블레이드는 누구인가?

그런데 그거 아는가, 구경꾼 양반? 항상 이런 식이었다. 도대체 블레이드가 누구냐. 왜냐하면 말이다, 아무도 모르기 때문이다. 안다고 생각하는 몇몇 인간들이 있긴 하지만, 알기는 개뿔. 열한 살 무렵 나에겐 이미 이름이 100개도 넘었다. 블레이드는 그냥 그런 이름 중 하나였을 뿐이다.

블레이드가 누군지 알고 싶은가?

말해주지.

난 당신이 원하는 어떤 사람이든 될 수 있다.

당신이 꾸며내는 어떤 이야기든 될 수 있다.

패거리에게 나는 자기네 구역에 끼어든 불청객이었다. 이전 도시의 다른 사람들, 내가 가까이 다가오도록 내버려둔 극소수의 인간들은 내가 알려준 이름으로 나를 불렀다. 물론 그 이름은 블레이드가 아니었다. 그러니 그들에게 난 존재하지 않는 인간이다.

하지만 야수 안에서는 다르다. 그 이름이 이곳에서 생겼으므로. 원래 베키가 붙여준 이름이다. 내가 여기서 도망칠 무렵엔 모두가 나를 그 이름으로 불렀다. 짭새들, 놈들, 갱단, 모두가 다 그 이름을 알았다. 그리고 그들 모두 자기네가 날 안다고 생각했다.

하지만 다시 한 번 말해두지.

난 당신이 원하는 어떤 사람이든 될 수 있다.

신문은 내가 줄곧 경찰과 문제를 일으켜온 열다섯 살짜리 남자아이라고 묘사했다. 지난 3년간 종적이 묘연했던 소년. 칼을 든 위험한 아이. 사람을 죽였을 가능성이 있는 용의자.

자, 기사 마지막 문장을 읽어보라. 어서. 뭐라고 적혔는지 읽어보라니까.

블레이드는 누구인가?

봤나? 여전히 모른다지 않나.

하지만 신문 1면에 내 얘기만 실린 건 아니다.

국제적 위기 심화, 혼란에 빠진 시장경제

그래, 맞다. 저게 뉴스인가? 글쎄, 나에겐 아니다. 이런 일이 벌어질 줄 이미 오래전에 알고 있었다. 난관에 봉착한 기업들. 침체의 늪에서 허우적대는 세계경제. 못 믿겠나? 흠, 상관없다. 어쨌든 난 이런 날이 올 줄 진즉 알고 있었다.

실은 배후에 있는 악질 인간들을 좀 알거든. 단순히 탐욕스런 은행가들 얘기가 아니다. 내 말 믿어라. 그래, 그들도 일부이긴 하다. 하지만 그들 말고도 더 있단 말이다. 아무도 보지 않는 어딘가에 존재하는 진짜 검은 세력.

구경꾼이여, 곧 폭풍이 몰아칠 것이다.

그러니 마음의 준비를 단단히 해두도록.

열차가 뱀굴 안을 덜컹대며 질주한다.

벡스가 신문을 내리더니 나와 눈이 마주치자마자 시선을 돌린다. 나는 일어서서 문 쪽으로 걸어간다. 그녀가 따라오는 게 느껴진다. 열차가 다음 역에 들어서며 서서히 속도를 늦추다가 끼익 멎는다. 문이 열린다.

밖을 살핀다. 별 문제없어 보인다.

플랫폼으로 내려선다. 바로 뒤에 벡스가 따라온다. 신문은 열차에 두고 내렸다. 통로를 지나 에스컬레이터를 타고 올라가서 개찰구를 통과한다. 거리로 이어지는 계단을 밟고 올라간다. 벡스가 성급하게 따라붙기 시작한다.

난 멈춰 서서 그녀에게 물러나라고 고갯짓을 한다.

그녀는 걸음을 멈춘다. 나는 다시 천천히 걷는다. 출구를 잘 살펴야 한다. 안전한지 확인해야 한다. 사람들로 잔뜩 붐비지만 위험은 없어 보인다. 허나 안심해도 된다는 뜻은 아니다. 당장 보이지 않는 위험이 가장 큰 법이니까.

뒤를 돌아본다. 벡스는 여전히 그 자리에서 서성인다. 나는 돌아서서 거리로 나선 다음 오른쪽으로 꺾으며 뒤를 살핀다. 벡스가 따라오고 있다. 아까만큼의 거리를 둔 채. 저대로만 해준다면 우린 괜찮을 거다.

하지만 저 여자애가 그래줄 리 없지.

설령 그녀가 제대로 처신한다 해도, 난 계속해서 확인해야 한다.

그러니 당신도 알아두는 게 좋겠다, 구경꾼 양반. 내가 속으로 작정한 바가 있다. 과거에 알았던 사람을 이용하는 것이다. 이런 일에서 떼어놓으려 노력했던 사람이고, 그렇기에 아주 힘든 일이 될 것이다. 이렇게 할 수밖에 없는 형편이 나라고 달가운 건 아니다.

하지만 해야 한다.

무디게 굴어선 벡스를 거기까지 끌고 갈 수도 없다.

첫 번째, 벡스는 이런 일에 젬병이다. 숨고, 피하고, 그림자와 혼연일체가 되는 것. 이렇게 계속 가다간 그녀 때문에 우리 둘 다 골로 갈 게 뻔하다. 두 번째, 벡스는 내가 내일 하려는 일을 절대 받아들이지 못할 것이다. 절대로. 그게 죽도록 싫어서 어떻게든 날 막으려 들 거다.

아마 당신도 그럴 테지.

구경꾼 양반, 장담하는데, 당신도 그 일이 무척 맘에 안 들 것이다.

하지만 내가 해야만 하는 일이다. 알겠나? 그게 최선이다. 하지만 벡스가 그걸 알아줄 리 없다. 말했다시피 무작정 날 막으려 들겠지. 그리고 난 그녀가 날 방해하도록 놔둘 수 없다. 당신도 마찬가지다. 그러니 똑똑히 기억해둬라, 구경꾼이여. 난 충분히 경고했다.

내일이 오면 나한테서 멀찍이 떨어져라. 내가 언제 작전에 돌입하는지는 금방 알게 될 것이다. 그 장면을 보는 순간 속이 거북해질 테니까. 하지만 내 일에 방해가 된다면 그쪽도 확 해치워버릴 테다. 어쨌거나, 그건 나중 일이다. 모든 일엔 순서가 있는 법.

모퉁이를 돌아 벽에 바짝 붙는다. 사무실 건물에 계속 붙어서 간다. 작고 꼬불거리는 거리다. 여기저기 사람들이 넘쳐난다. 술집과 샌드위치 가게를 드나드는 인파. 우리도 뭐든 먹는 편이 좋겠다. 꽤 오랫동안 아무것도 먹지 못했는데 벡스가 아직도 그걸로 불평하지 않은 게 신기할 따름이다.

하지만 일단은 다른 데로 가야 한다. 내가 야수의 품을 떠났던 지난 3년간 그곳이 문을 닫지 않았다면 말이다. 세상에, 아직 그대로 있네. 보이나? 오래된 자선 매장이다. 여전히 후줄근하다.

한번 살펴봐라, 구경꾼 양반. 저런 곳에서 물건을 사고 싶나? 아무리 자선이라지만? 그래도 다행히 내가 원하는 건 딱 두 가지뿐이다. 가게 밖에 멈춰 서서 뒤를 돌아본다. 벡스가 조금 떨어진 곳에서 배회하고 있다.

난 그녀 오른편에 있는 건물 현관을 턱짓으로 가리킨다. 벡스는 그 안으로 들어가 고개를 내밀고 나를 바라본다.

"거기서 기다려."

난 입모양으로 말한다.

벡스가 사라진다.

가게에선 별 문제없다. 2분 만에 난 다시 밖으로 나온다. 걸어서 현관 쪽으로 간다. 벡스가 겁에 질린 몰골로 그곳에 있다. 나를 보고 몸을 곧추세우는데 또 운 것 같다. 하지만 그녀가 먼저 입을 연다.

"쇼핑백 안에 든 건 뭐야?"

"큰 코트 둘. 모자 달린 거. 어떤 색이 좋아?"

"둘 다 싫어."

"하나 골라."

"지금 입은 게 좋아."

"하나 골라. 네가 입은 거 위에 걸쳐. 품은 넉넉할 거야."

"왜 그래야 되는데?"

아이고, 머리야. 지금 저걸 질문이라고 하는 건가.

"인상착의를 계속 바꿔야 해. 벡스, 제발. 하나 골라."

그녀가 쇼핑백 안을 뒤적거린다.

"색깔도 참 엿 같네."

"그래야만 하거든. 되도록 평범해 보이는 걸로 고른 거야. 그래야 눈에 안 띄지."

그녀가 콧방귀를 뀐다.

"갈색으로 할래."

난 주위를 둘러본다. 보는 사람이 아무도 없는 걸 확인하고는 벡스에게 코트를 건네준다. 그녀는 코트를 걸쳐보더니 얼굴을 찡그린다.

"이거, 산 거야?"

"응."

"무슨 돈으로?"

난 묵묵히 가방에서 회색 코트를 꺼낸 다음 입었던 코트는 벗어버린다.

"그건 안 입을 거야?"

"응."

난 그녀에게 등을 돌리고 원래 코트 주머니에 있던 걸 새 코트 주머니로 다 옮겨 담는다. 하지만 벡스가 눈치챘다.

"이 나쁜 자식. 돈을 뭉치로 들고 다니네? 다 어디서 난 거야?"

"나중에 말해줄게."

"지금 말해."

"나중에. 우리 여길 떠야 해. 가자."

벡스가 내 팔을 잡고는 으르렁거린다.

"지금 말해!"

"여기서 말하기엔 위험해."

난 그녀에게 몸을 기울인다.

"나중에 이야기해줄게. 약속해. 하지만 여기선 안 돼."

벡스는 대답하지 않는다. 노려보기만 한다. 난 목소리를 낮춘다.

"아까 했던 대로 해, 알았지? 날 시야에서 놓치지 말되 거리를 둘 것. 그리고 내가 주는 신호를 볼 것."

그녀는 바들바들 떨며 땅바닥만 쳐다본다. 한계에 다다른 거다. 어쩌면 한계를 넘어선 것인지도. 이럴 때가 아닌데. 나도 어쩔 수 없다. 여기선 안 된다. 너무 위험하다. 여기서 벗어나야 한다. 그녀도 날 따라 움직이게 해야 한다.

나는 거리 쪽을 확인한 다음 도로를 가로질러 가며 등 뒤를 살핀다.

벡스가 따라오고 있다. 하지만 거의 술주정뱅이마냥 비틀댄다. 저 애는 이걸 알아야 한다. 걷는 데는 속도가 있다. 적합한 속도 말이다. 그리고 그걸 아주 잘 포착해야 한다. 너무 빠르지도, 너무 느리지도 않게. 어떨 땐 달려야 하고, 어떨 땐 기어야 한다. 하지만 또 어떨 땐 그냥 천천히 편하게 걸어야 한다.

그녀는 너무 느리게 걷고 있다. 어깨는 잔뜩 움츠러들었고, 눈빛은 텅 비었다. 힐끔힐끔 내 눈치를 살핀다. 아무래도 안 되겠다. 저 여자애, 마치 새 무덤을 찾아 헤매는 좀비 같다. 거리에서 끌어내야겠다.

쇼핑백과 예전 코트를 쓰레기통에 처박은 뒤, 슬금슬금 뒤로 가서 주위를 둘러보고는 그녀의 손을 잡는다.

"가자, 벡스."

그녀를 끌다시피 해서 더 빨리 걷는다. 그녀는 손을 빼거나 버티지 않는다. 내가 이끄는 대로 따라온다. 하지만 맞잡은 그녀의 손에 힘이 하나도 없다. 나름 이게 최선이겠지. 누가 봐도 시체 같지만 일단 걷고는 있으니 내가 이 여자애를 데리고 여길 벗어나면 된다.

우체국 옆, 보이나? 좁은 샛길이 있다. 저 길을 따라가면 그녀에게 한숨 돌릴 틈을 줄 만한 장소가 나온다. 다음 단계로 넘어가기 전에 말이다. 누가 벡스에게 괜찮으냐고 묻기 전에 우리가 먼저 우체국에 도달해야 한다.

계속, 계속 걷는다.

거의 다 왔다. 조금만 더 가면 된다.

제길, 짭새 둘이 왼쪽에서 오고 있다. 남자 경찰이다.

벡스는 저들을 눈치채지 못했다. 뭐, 지금은 아무도 눈에 들어오지 않을 테지만. 그녀는 고개를 숙인 채 또 눈물을 흘려댄다. 망할, 이러다 짭새들이 다가오기라도 하면 우린 그날로 종 치는 거다.

그녀가 고개를 들고 내 눈을 들여다본다. 아직 짭새들을 못 봤다. 하지만 난 아주 제대로 보고 있다. 벡스를 보는 동시에 짭새들도 살핀다. 우리한테 오는 건 아니겠지. 확신하긴 어렵다. 하지만 저들은 계속 이쪽으로 오고 있다. 난 벡스에게 몸을 숙이고 작게 말한다.

"내가 손을 놓으면, 계속 걸어서 저기 있는 샛길로 들어가. 우체국 옆에 있는 길, 보여? 나 쳐다보지 마. 왼쪽도 보지 말고. 경찰 둘이 이쪽으로 오고 있어."

벡스의 고개가 무의식적으로 그쪽을 향하려 한다. 난 그녀의 손을 힘주어 꽉 잡는다.

"보지 말라니까. 계속 앞만 봐."

고개가 멈추더니 반대 방향을 향한다.

"잘했어."

난 잠시 기다린다.

"좋아, 이제 손을 놓을게. 내가 말한 대로만 해. 저 길로 들어서서 계속 걸어. 가다보면 작은 감리교 예배당이 하나 나올 거야. 거기 현관에서 날 기다려."

난 벡스의 손을 놓고 거리를 가로질러 건넌다. 짭새들이 오고 있다. 하나는 무전기에 대고 뭔가 말하고, 다른 하나는 주위를 둘러보고 있다. 내가 지나가자 내 쪽을 힐끗 본다. 하지만 둘 다 걸음을 멈추지 않는다.

반대편 인도로 들어서서 샌드위치 가게 안으로 들어간다. 카운터로 다가간 다음 창문으로 내다본다. 짭새들은 거리 반대편에 서 있다. 짭새 하나가 더 나타나 합류한다. 이번엔 여자다.

벡스의 모습은 사라졌다.

"주문할 거야, 아님 그냥 거기 서 있을 거야?"
툴툴대는 목소리가 들려온다.
뒤돌아 카운터 안쪽을 본다. 얼굴에 살이 뒤룩뒤룩 찐 사내가 날 째려보고 있다. 거리 쪽에서 짭새들이 움직이는 게 보인다. 우체국 쪽으로 향한다. 콧방귀 소리가 들린다. 뒤를 보니 뚱땡이가 미간을 찌푸리고 있다. 난 그가 입을 열기 전에 앞질러 말한다.
"참치마요네즈 샌드위치 하나랑 햄 샐러드 샌드위치 하나, 치즈토마토 샌드위치 하나, 달걀 크레스 샌드위치 하나."
"배가 무지 고픈가봐, 손님?"
난 대답하지 않는다. 다시 거리 쪽을 살피는 중이다. 짭새들이 보이지 않는다. 벡스가 간 방향, 아니 그녀가 갔어야 하는 방향으로 따라간 건가. 모르겠다. 내가 일러준 곳으로 그녀가 제대로 갔는지도 모르겠다.
어쨌든 짭새들도 그녀도 모두 사라졌다. 나도 만약을 대비해서 움직여야 한다. 지금 벡스는 혼자 아무것도 못하는 상태다. 아니 뭐, 언제는 혼자 뭘 척척 해냈나. 다시 뚱땡이를 돌아본다.
그는 자기 일을 하고 있다. 빵을 자르고, 이것저것 속을 채워 넣고, 통통한 손가락으로 잘 싸고 있다. 능숙하긴 한데 좀 더 서둘렀으면 좋겠다. 빨리 나가야 한다. 다시 거리를 살핀다. 이런,

신경 쓸 일이 또 생겼다.

새로 나타난 남자 둘. 짭새가 아니다.

그렇다고 평범한 인간들도 아니다.

어떻게 아는지는 묻지 마라.

일종의 냄새 같은 거다. 겉보기엔 거리를 오가는 평범한 양복쟁이들과 다를 바 없다. 자연스럽고 자신 있는 태도, 아주 말끔한 차림새. 하지만 다르다. 분명히.

"음료는?"

뚱땡이가 묻는다.

"생수 두 병."

그의 시선이 느껴진다. 내 시선은 바깥의 남자들을 향해 있지만 뚱땡이의 시선도 느낄 수 있다. 다시 그를 돌아본다.

"……주세요"라고 공손히 덧붙인다.

뚱땡이는 버릇없는 꼬맹이를 제대로 손봐줬다는 듯 뻐기는 표정으로 물병을 꺼내어 빵과 함께 봉투에 쟁여 넣는다. 난 그에게 지폐 한 장을 내밀고 다시 거리 쪽을 살핀다. 남자들 중 하나는 차를 몰고 떠났다. 다른 하나는 남아서 여기저기 힐끗거린다.

"나왔습니다."

뚱땡이가 말한다. 봉투를 내민다.

"그리고 거스름돈."

잔돈도 내민다.

난 봉투와 돈을 받아든 다음 문 쪽으로 가다가 멈칫한다. 두 놈이 더 나타났다. 게다가 그중 하나는 아는 얼굴이다. 예전에 본 적이 있다. 아주 예전에. 이름은 기억나지 않는다. 하지만 아주 나쁜 놈인 건 확실하다.

큰일이다. 저놈들이 눈치 못 채게 벡스가 있는 곳까지 가야 하는데. 어떻게 한다?

샌드위치 가게로 손님들이 우르르 들어온다. 거리는 좀 전보다 한층 더 붐비기 시작한다. 불행 중 다행이랄까. 하지만 놈들이 좀 움직여야 할 텐데. 아예 다른 데로 가진 않더라도 말이다. 저들은 내가 지나가야 할 길목에 딱 서서 두리번거리고 있다. 놈들이 움직일 때까진 나도 움직일 수 없다.

뚱땡이의 목소리가 날아들어 온다.

"어이."

어떤 여자한테 샌드위치를 가져다주다 말고 나를 쳐다보고 있다.

"무슨 문제라도……?"

그가 큰 소리로 묻는다.

그래, 알았다고. 볼일 다 봤으면 얼른 꺼지라는 거지? 어찌 됐든 나가야겠다. 안 그러면 뚱땡이가 또 무슨 짓을 할 테고 그러면 놈들한테 들키기 십상이다. 샌드위치 가게에서 나와 인도를 따라 걸으며 반대편을 확인한다. 놈들은 우체국 쪽으로 어슬렁어슬렁

다가가고 있다. 넷 다. 감리교 예배당으로 이어지는 샛길 바로 앞에 멈춰 선다.

나는 주차된 밴 뒤로 숨어서 신중히 놈들을 살핀다.

두 놈이 휴대폰으로 통화 중이다. 다른 둘은 주위를 둘러보고 있다. 구경꾼 양반, 이거 영 불길하다. 저들이 샛길로 들어서면 벡스는 완전히 독 안에 든 쥐가 되는 것이다. 그녀는 예배당 현관에 주저앉아 있을 거고, 놈들은 곧장 그리로 가게 돼 있고.

잠깐.

놈들이 샛길로 가지 않는다. 거기서 짭새가 나왔기 때문이다. 이 상황을 어떻게 해석해야 할지 모르겠다. 짭새들은 벡스를 데리고 있지 않다. 놈들 일당 넷에게도 관심이 없다. 그들은 그냥 놈들을 지나쳐 걸어간다.

그리고 놈들도 이제야 흩어진다.

밴 가장자리로 돌아 놈들이 가는 걸 확인한다. 놈들은 각자 다른 거리로 걸어간다. 짭새들은 우체국 바로 앞에서 걸음을 멈춘다. 그러다가 가버린다.

난 거리를 건너 우체국 앞에 서서 주위를 둘러본다.

사람들이 북적대지만 짭새들은 물론이고 놈들도 없다. 최소한 눈에 보이는 곳엔 없다. 우체국 옆길로 걸어가며 현관을 일일이 살핀다. 감리교 예배당은 더 가야 하지만 벡스가 엉뚱한 곳에 있을지도 모르니까. 벡스, 그 여자애가 어떤지 당신도 알지 않나.

겁에 질리지 않았을 때도 머릿속에 별 생각이 없는 아이다.

 가는 도중의 건물 출입구엔 아무도 없다. 골목이 몇 개 있다. 아주 좁고 다 막다른 골목이다. 어디에도 그녀는 없다. 계속 길을 따라 걸어간다. 구경꾼이여, 왠지 예감이 좋지 않다. 아직 예배당이 나오지 않았다는 건 나도 안다. 하지만 불길한 느낌을 떨쳐낼 수가 없다. 그녀는 거기 없을 것이다. 어떻게 아느냐고 묻지 마라.

 내가 뭐랬나? 예배당 현관엔 아무도 없다.

 주위를 살펴본다. 벡스 그림자도 보이지 않는다. 짭새들을 피해 튀었을 수도 있다. 생각이 제대로 박힌 인간이라면 그랬어야 마땅하지. 하지만 그녀는 제정신이 아닌 상태였다. 지금 어디에 있건 하등 이상할 게 없단 말이다. 다시 주위를 둘러본다.

 예배당 양쪽에 철조망이 있다. 뒤편으로 손바닥만 한 묘지가 있다. 난 거기서도 하룻밤을 보낸 적이 있다. 비석 뒤에서 웅크리고 잤다. 한겨울이었고 얼어 죽기 딱 좋았다. 그때 난 열 살이었다.

 벡스는 거기 없을 것이다.

 묘지로 통하는 유일한 길은 건물 안을 통과하는 것뿐이다. 아니면 철조망을 넘거나. 그녀에게 저 철조망을 넘을 만한 기운이 있었을 성싶지 않다. 너무 높고 너무 눈에 띄는데다 꼭대기엔 뾰족한 가시들이 박혀 있다. 설령 짭새들이 오는 걸 봤다 해도 절대 철조망을 넘지 못했을 것이다. 어차피 그들에게 단박에 걸렸을 테니까. 도로 쪽으로 나갔을 가능성이 크다.

하지만 구경꾼이여, 왠지 어떤 감이 온다.

혹시 모르니 감을 믿어보는 게 좋겠다.

왼쪽, 오른쪽을 번갈아 살핀다. 당장은 별 문제없어 보이지만 잠깐일 뿐이다. 지나다니는 사람이 워낙 많아서 말이지. 먹을 게 든 봉투를 던지고는 철조망을 기어 올라간다. 빨리 해치워야 하는데 이놈의 철조망이 올라가기에 영 나쁘다. 열 살 때는 이걸 어떻게 넘었담? 꼭대기의 가시가 바지를 걸고넘어진다. 흔들어서 떼어내고 반대편으로 내려간다.

살짝 바닥에 착지해 봉투를 주워 든다.

여긴 콘크리트 바닥이지만 건물 뒤로 돌아가면 잔디밭이다. 아주 작은 묘지지만 도로 쪽에선 보이지 않는다. 만약 벡스가 여기 숨으려고 했다면 아주 잘한 거다. 하지만 아마 여기 없겠지. 있을 리가 없다. 내가 여길 왜 확인해보고 있는지 나도 모르겠다.

예배당 건물 끝까지 다가가 멈춰선 다음 뒤를 돌아본다. 길엔 아무도 없고 건너편 건물 창문에서 이쪽을 내려다보는 사람도 없다. 예배당 안에선 아무런 소리도 들려오지 않는다. 문은 틀림없이 다 잠겼을 것이다. 건물 뒤로 돌아 묘지로 들어간다.

그리고 그곳에 벡스가 있다. 비석 뒤에 기대어 앉아 있다. 오래 전 내가 그랬던 것처럼. 고개를 숙인 채 울고 있다. 나는 달려가 무릎을 바닥에 댄다.

"벡스."

그녀는 대답하지 않는다.

"벡스, 정말 잘했어."

그녀는 계속 울고만 있다. 난 더 가까이 몸을 숙인다.

"진짜로 정말로 잘했어. 여기로 온 거 말이야. 숨을 곳으로는 최고지."

그녀가 눈물이 그렁그렁한 눈으로 나를 바라본다.

"하지만 소용없었어, 안 그래?"

그녀가 다시 고개를 푹 숙인다.

"네가 날 발견했잖아."

벡스 곁에 앉아 비석에 등을 기댄다. 무슨 말을 해야 할지 모르겠다. 이 여자애한테 한 방 먹었다. 정말 뜻밖이다. 그녀의 말에 신경이 쓰이는 것도 기대했던 바가 아니다. 구경꾼 양반, 이거 도대체 어떻게 된 거지?

이렇게 신경 쓰이는 것.

다른 사람도 아닌 벡스다.

재스나 메리 할멈에 대해 신경 쓰이는 것, 그건 말이 된다.

하지만 벡스라고? 그리고 이 여자애가 한 말?

그녀가 다시 고개를 숙인 채 눈물을 떨어뜨린다. 내가 옆에 있는 것조차 잊은 것처럼. 어떻게든 해주고 싶다. 눈물을 멈추게 해주고 싶다. 하지만 아무리 머리를 쥐어짜도 적당한 말이 떠오르지 않는다. 그녀를 어루만지거나 하진 않을 거다. 그랬다간 이 여자애가 내 손을 물어뜯어버릴 테니. 아주 잘 알고 있다, 난.

그래서 대신 샌드위치와 물을 꺼낸다.

"먹을 걸 좀 샀어, 벡스."

눈길도 주지 않는다.

"참치마요네즈. 아니면 햄 샐러드도 있고, 치즈 토마토도 있고, 달걀 크레스도 있어."

그녀는 본체만체한다. 난 그녀의 무릎 위에 참치마요네즈 샌드위치를 올려놓는다. 그녀는 샌드위치에 손도 대지 않는다. 그렇다고 밀쳐내지도 않는다. 울음이 좀 잦아든다. 이젠 훌쩍이는 정도다. 머리는 여전히 푹 숙인 채다. 마치 아무것도 보고 싶지 않다는 듯이.

아마 날 보고 싶지 않은 거겠지.

주위를 둘러본다. 묘지 이쪽 부분은 크고 높은 담장으로 둘러쳐져 있다. 바깥에서는 어떻게 해도 우리가 보이지 않을 것이다. 벡스가 잘 골랐다. 아마 우연이겠지만. 그래도 잠시나마 우린 안전하다. 좀 춥지만 견딜 만하다. 갑자기 그녀가 꿈틀거리더니 소매로 눈을 닦고는 날 봤다가 다시 시선을 거둔다. 샌드위치를 집어 들고 가만히 들여다본다.

"먹어, 벡스. 좀 먹어둬야 해."

"시끄러."

한입 베어 문다. 몇 입 더 먹더니 샌드위치를 던져버린다. 샌드위치는 다른 비석에 부딪치고는 잔디 위에 떨어지며 속에 든 참치를 게워낸다. 벡스는 다시 고개를 숙인다. 하지만 이번엔 울지 않는다. 속으로는 울고 있겠지만. 난 알 수 있다. 그리고 아프다. 그러니까 내 말은, 내 마음이 아프다는 거다.

왜인지 모르겠다.

난 시선을 떨군다. 웬일인지 그녀를 똑바로 볼 수가 없다. 그녀가 너무나 괴로워하고 있다.

그리고 그 순간 그게 시작된다.

머릿속을 스쳐가는 과거의 기억들.

왜 지금 그게 떠오르는지 모르겠다. 그리고 아직은…… 그래, 알 것도 같다. 난 다시 그녀를 바라보며 그녀가 했던 말을 떠올리고 있다. 조각배에 나를 태우고 해변으로 노를 저어 가던 그때 그녀가 털어놓은 이야기. 아버지가 그녀에게 시킨 짓들.

그녀가 지금 그 생각을 떠올리는 것 같지는 않다. 그녀는 다른 종류의 고통에 시달리고 있고 그건 디그와 엮인 문제다. 그리고 나도. 하지만 괴로운 건 괴로운 거고 그녀는 내 고통을 어느 정도 덜어주었었다. 나는 망설인다.

"너 혹시……."

나는 말을 하다 말고 다시 시선을 떨군다. 이젠 과거의 기억들이 세차게 나를 쑤셔댄다. 그녀는 가만히 있지만 난 심하게 긴장하고 있다. 그만해야 한다. 다 집어치우는 거야.

"혹시 뭐?"

벡스가 입을 연다.

나는 심호흡을 하고 가까스로 말을 꺼낸다.

"혹시 선명하지 않은 기억 같은 거 있어? 그러니까…… 확실히 떠오르지 않지만 무슨 일이 있었는지는 아는 그런 거."

나는 가만히 그녀를 들여다본다. 그녀도 날 보고 있다. 아무런 표정 없이.

"그 집."

내가 말한다.

"내가 다섯 살까지 살았던 곳 말이야."

"네가 태워버렸다던……."

"그래."

난 입술을 깨문다.

"그 4년…… 그 시간은 꼭 안개 속 같아. 아무것도 떠오르질 않아. 사람들 얼굴도 기억 안 나. 하지만…… 그들이 내게 무슨 짓을 했는지는 알아."

나는 눈길을 돌린다. 갈매기 한 마리가 참치 샌드위치 옆에 내려앉는다. 그리고 그걸 낚아채서는 날아가 버린다. 난 그 모습을 눈으로 좇아 지붕 꼭대기까지 따라간다. 벡스가 입을 연다.

"아무것도 떠오르지 않는다고?"

"아주 조금뿐이지. 거기에 불을 지른 것. 그건 기억해. 그리고 잡힌 것도. 내쫓기듯 허겁지겁 떠난 것도."

"어디로?"

"다른 집."

"어떤?"

"더 심한 곳."

"널 착한 아이로 만들어주는 곳?"

"그래."

난 갈매기를 계속 눈으로 좇는다.

"하지만 소용이 없었지."

"네가 도망쳤으니까."

"도망의 연속이었지."

"그런데 계속 다시 잡혔고."

"그래."

갈매기는 가버렸다. 지붕 꼭대기만 덩그러니 남았다. 그리고 기억의 잔상들도. 지금은 또렷한 것들만 남아 있다. 팔을 아래로 뻗어 샌드위치를 하나 집어 든다. 그걸 벡스에게 내민다. 그녀는 말없이 받아 들고는 먹기 시작한다.

난 다른 것 하나를 꺼내서 한입 문다. 달걀 크레스 샌드위치다. 무슨 맛인지도 모르겠다. 먹으려고 애써보지만 잘 안 된다. 샌드위치를 바닥에 툭 떨어뜨린다.

"난 다섯 살 때 이미 죽었어."

"뭐?"

"내 마음 속에서는 죽어버렸어. 이곳에서 저곳으로 옮겨 다녔어. 새로운 규칙, 새로운 벌. 날 더 나은 인간으로 만들고 싶었겠지. 날 더 화나게 만들 뿐이었지만. …… 칼을 가지고 놀기 시작했어. 내가 칼을 아주 잘 다룬다는 걸 발견했거든. 여덟 살 무렵, 난 아주 위험한 인간이었어."

"그래서 블레이드라고 불리게 됐구나."

"그건 뒤의 일이야. 열한 살 됐을 때. 친구 하나가 날 블레이드라고 부르기 시작했어. 내가 그 애한테 자랑하려고 보여줬거든. 칼로 부리는 묘기 같은 것. 나쁜 건 아니었어. 그 애는 나쁜 짓을 하지 않았거든."

"여자애?"

"그래. 여자애."

난 입을 다문다. 아직 베키에 대해 이야기할 준비가 되지 않았다.

특히나 그녀의 이름은 더더욱.

벡스는 캐묻지 않는다. 난 이야기를 계속한다.

"여덟 살 때, 난 다른 이름으로 불렸어. 이름이 아주 많았지. 난 어딜 가든 말썽이었어. 뭐든 대봐, 죄다 내가 한 짓이니까. 통제 불능이었지. 선발되기 딱 좋을 만큼 자란 거야. 그래서 그자들이 날 골랐어."

침묵.

그녀가 조심스럽게 한숨을 내쉰다. 난 그녀를 힐끗 쳐다본다.

"그들은 열한 살 이전의 아이들을 잡아들여. 자기들이 찾는 게 뭔지도 잘 알아. 훈련시킬 수 있는 아이들. 상처받았고 어딘가에 소속되고 싶은 아이들. 아주 손쉬운 먹잇감이지. 그런 아이들은 조직에 필사적으로 매달리거든. 소속된 곳이 어디냐에 따라 힘이 정해진다고 믿는 아이들이야."

나는 내 머릿속을 떠다니는 장면들을 응시한다.

"그런데 다른 아이들도 있어. 조직에 들어가기 싫은 아이들. 혼자 움직이는 부류. 너무 심하게 상처 입은 나머지 그 무엇에도 관심이 없는 아이들이지. 그 애들이 원하는 건 오로지 욕하고 때리면서 자기가 받은 상처를 남에게 대갚음하는 것뿐이야. 그런 애들도 많이 선택돼. 잘만 훈련시키면 세상에 둘도 없는 최고의 무기가 되거든."

벡스는 또 한 번 천천히 한숨을 내쉰다.

"그게 너구나. 그렇지?"

난 대답하지 않는다.

"그렇지? 네가 그 무기인 거야."

난 끄덕인다.

"내가 여덟 살 때 위험한 인간이었다면, 1년 뒤엔 치명적인 인간으로 변해 있었지."

"얼마나?"

"사정거리 안에 들어오기만 하면 그게 누구건 죽은 목숨인 거지. 내가 마음만 먹는다면 말이야. 내가 맞히지 못하는 건 아무것도 없었어. 게다가 적과 직접 부딪혀서 싸울 때, 육박전이 벌어질 때 난…… 더더욱 끝내줬지."

"자부심이 대단하겠네, 그치?"

"아니."

"그렇게 들리는걸."

그녀는 잠시 입을 다물고 침을 꿀꺽 삼킨다.

"너 사람을 죽였구나."

"그거 질문이냐?"

"아마도."

"글쎄, 별로 대답하고 싶지 않아."

"대답한 거나 마찬가지야."

그녀가 얼굴을 찡그린다.

"그런데 그 사람들은 누구야? 어린아이들을 훈련시키는 인간들 말이야."

"범죄조직의 일부야."

"무슨 일을 하는데?"

"다른 범죄조직들이랑 똑같아. 마약, 암거래, 매춘, 돈세탁, 보호세 갈취, 뭐 그런 짓들. 막장이지."

"막장?"

"그래."

"무슨 말이야?"

"지금 내가 너한테 이야기하는 거 바로 그 자체지."

나를 살펴보는 그녀의 얼굴이 천천히 찌푸려진다.

"그래서 거기는 이름이 뭐야? 그…… 조직은?"

나는 고개를 젓는다.

"그래도 이름은 있을 거 아냐."

그녀가 따지듯 묻는다.

"그 조직의 존재를 아는 사람은 많지 않아."

"하지만 조직이라며. 그럼 거기에 속한 사람이 많다는 얘기잖아."

"그래. 수천 명은 될 거야. 전 세계에 퍼져 있지. 다만 자기가 그 조직 안에 있는 줄 모를 뿐이야."

"뭐?"

"자기가 그 조직 소속이라는 걸 모른다고. 왜냐면 조직의 윗대가리들한테 이용당하는 것뿐이니까. 그리고 그 윗대가리가 정말 몇 안 돼."

그녀가 의아한 표정으로 나를 뜯어본다.

그리고 난 그녀가 무슨 생각을 하는지 안다.

만약 무슨 일이 어떻게 돌아가는지 아는 윗대가리 인간이 몇 되지 않는다면, 도대체 나는 어떻게 안다는 건가? 그 생각을 하는 거다. 그리고 구경꾼 당신도 똑같은 생각을 하고 있겠지. 안 그런가? 흠, 그냥 잊어라. 내가 어떻게 그걸 알든 그쪽이 알 바 아니니까.

"거짓말이지? 그런 비밀조직이 계속 유지되는 건 불가능해. 더구나 조직원한테까지 비밀이라고? 그게 말이 돼? 조직원은 알겠지. 적어도 그들 중 몇 명은 알 거야. 요즘 세상에 비밀이 어디 있어? 인터넷이 쫙 깔린 세상이야. 어디선가 새어나갈 수밖에 없어."

"글쎄, 나중에 검색 사이트에 접속할 기회가 생기면 '범죄조직'이나 '비밀결사' 같은 단어로 검색해보든가. 다들 아는 잡다한 정보만 잔뜩 뜨겠지. 하지만 이 조직에 대한 건 찾을 수 없을 거야. 말했잖아, 조직의 존재를 아는 사람이 극소수에 불과하다니까. 절대 함부로 떠들어댈 사람들이 아니지."

그녀의 시선이 나를 위아래로 훑는다.

"하지만 넌 알잖아. 그런데 왜 넌 떠들어대지 않아?"

"그래봐야 소용없으니까."

"무슨 뜻이야?"

"소문을 퍼뜨리거나 어디에 고발하는 정도로는 진짜 악질들을 해치울 수 없어."

이유는 또 있다. 놈들은 극도로 영악하다. 몸 사리는 데 있어서는 신의 경지에 가깝다. 난 조직의 맨 꼭대기에 있는 윗대가리들을 말하는 거다. 그 아래 있는 인간들은 좀 더 약하고 말단에 있는 놈들은 아예 싸구려 떨거지다.

하지만 그런 놈들조차 잡아내기가 쉽지 않다.

왜냐하면 놈들의 정체를 아무도 모르니까. 대체로 그자들은 외국에서 들어온다. 들어와서 임무를 해치우고, 돈을 받은 다음, 사라진다. 아무것도 묻거나 따지지 않고. 자기가 하는 일에 대해 질문하는 자는 아무도 없다. 연락을 주고받는 상대는 오직 돈을 주는 직속상관뿐이다. 알고 있는 정보는 오직 그 직속상관이 알려주는 것뿐이다. 그 직속상관이 아는 것 역시 그에게 돈을 주는 바로 윗선이 알려주는 것뿐이다.

레니와 투덜이도 어디 출신인지 아무도 모른다. 외국일 가능성이 크다. 패디도 마찬가지. 병원에서 만났던 버러지 놈도. 야수에게로 돌아와서 본 얼간이들도 똑같다. 마약상, 포주, 닭대가리에 덩치만 큰 양아치들 ― 다들 이용당하는 거다. 쓸 만한 놈이 떡하니 알아서 현관 앞에 앉아 있는데 안 써먹을 이유가 없잖은가?

조직은 늘 이런 식으로 돌아간다.

일단 일을 맡게 되면 오로지 바로 윗선의 '형님'밖에 볼 수가 없다. 그보다 더 위는 아예 존재 여부조차 모르는 거다.

깡패들도 똑같다. 필요에 따라 이용당한다. 써먹고 내버리기에 가장 만만한 놈들이다. 현장을 덮치는 데 쓰이는 10대 아이들, 그러니까 조직에서 자기 계급이 올라간 줄로만 아는 그 녀석들은 점점 수렁으로 빠져들기 시작한다. 그들은 자기가 그저 이용당하고 있다는 걸 깨달을 만큼 영리하지 못하다.

하긴, 나도 이런 말할 처지가 아니지.

바로 내가 그런 아이들 중 하나였으니까.

방식이 좀 다르긴 했지만 말이다.

다시 조용하다. 벡스는 샌드위치 하나를 다 먹었다. 나는 남은 하나를 그녀에게 건넨다. 그녀는 말없이 받아 들고 먹기 시작한다. 난 물도 한 병 건네준다. 그녀는 물병도 받아 들어 한 모금 마시고는 나를 바라본다. 궁금한 표정이다. 뭐가 궁금한지 알겠다.

"그들이 날 원한 건 내가 쓸모 있어서였어."

내 말에 그녀가 고개를 젓는다.

"아냐. 네가 살인을 할 수 있었기 때문이야."

그녀의 얼굴이 일그러진다.

"넌 재스를 위해 아무것도 하지 않겠지."

"나도 그 애를 되찾고 싶어. 너 못지않게 간절하다고."

"그럼 말해. 그 애 지금 어디에 있어?"

"나도 몰라."

벡스가 코웃음을 친다.

"저택에서 마주친 그 남자, 네가 어디로 와야 할지 알 거라고 했어."

"그자들이 내가 어디로 오길 원하는지는 알아. 하지만 거기에 재스가 있지는 않을 거야. 다른 곳에 있겠지."

"그럼 우리 둘이서는 재스를 찾을 수 없겠네, 안 그래?"

그녀가 나를 빤히 쳐다본다.

"경찰을 부르는 편이 낫겠어."

"경찰도 재스를 찾진 못할 거야. 적어도 살아 있는 채로는……."

벡스가 뺨이라도 맞은 것처럼 고개를 획 돌린다. 난 그녀에게로 몸을 숙인다.

"하지만 그렇다고 해서 우리가 재스를 되찾을 수 없다는 뜻은 아니야."

어둠. 슬슬 때가 오고 있다. 벡스를 여기서 이렇게나 오래 견디게 하다니 나도 참 용하다. 꽤 추운데도 벡스는 어느 결에 잠들었다. 심지어 가르릉가르릉 코도 곤다.

"벡스."

그녀가 몸을 뒤척인다.

"가야 할 시간이야."

그녀는 하품을 하더니 눈을 뜨고 나를 바라본다. 아직도 나한테 화가 나 있다. 화만 난 게 아니다. 여전히 날 증오한다. 아까 내가 한 얘기들을 믿는 것 같지 않다. 구경꾼 양반, 아마 당신도 그렇겠지.

흠, 그거야 뭐 그쪽 문제다. 벡스도 마찬가지고.

지금 당장은 내 문제만으로도 걱정거리는 충분하다. 이제부터 해야 할 일이 몹시 두렵다. 진심으로 하는 얘긴데, 정말 뇌가 터져버릴 지경이다. 첫 번째 문제는 벡스다. 내가 생각해둔 일에 대해 그녀가 어떤 반응을 보일지 상상도 되지 않는다. 두 번째는 우리가 만날 사람이다.

최고의 시나리오: 우리가 간신히 성공한다.

최악의 시나리오: 그딴 건 생각하지도 말자.

벡스는 계속 날 물끄러미 쳐다본다. 그녀의 눈에 아주 많은 감정이 담겨 있다. 분노와 증오, 이건 좀 전에 이미 말했지. 하지만 다른 것들도 있다. 슬픔, 공포, 불신.

실망.

그렇다, 실망이다. 바로 나에 대한 실망. 내 눈엔 보인다. 잠시나마 그녀는 내가 뭔가 해낼 수 있을지도 모른다고 실낱같은 기대를 품었던 것 같다. 하지만 이제 그녀는 착각에서 깨어났고 희망은 사라졌다. 그녀의 믿음이 무참히 깨져버렸으니까. 이제 그녀의 눈은 나에게 비난을 퍼붓고 있다.

재스는 죽었어. 벡스의 눈동자가 말한다. 그리고 그건 다 네 잘못이야.

"우리 가야 해, 벡스."

일어서서 예배당 건물 옆으로 걸어간다. 고개를 돌려 그녀를 본다. 그녀는 어디로 갈 거냐고 묻지도 않는다. 아무래도 상관없다는 투다. 저 얼굴을 봐라. 어떤가? 더 이상 아무것도 관심 없다는 저 표정.

"벡스, 들어봐……."

"뭘?"

"너한테도 돈이 필요할 거야."

난 돈다발을 꺼내 건넨다. 그녀는 돈을 받아 들고 나를 한 번 쳐다보더니 지폐를 세어본다.

"맙소사!"

그녀가 나직이 탄성을 내뱉는다.

"500파운드?"

"챙겨둬."

그녀가 나를 올려다본다.

"이젠 설명해줄 수 있지? 어디서 났어?"

"리프 주머니에서."

"뭐라고?"

"그 저택에서. 기억나? 우리, 아래층으로 내려가서 밖으로 나갔잖아. 그때 리프 주머니를 뒤졌어. 서둘러 달아나느라 겉옷을 놓고 간 모양이더라고."

"네가 그러는 거 못 봤는데."

"못 본 거 알아."

그녀는 내 표정을 살핀다.

"운이 좋았네, 그치?"

"그래."

다른 쪽 주머니에 12,000파운드가 들었다는 이야기까진 할 필요 없겠지. 리프가 그걸 그때까지 가지고 있을 줄은 몰랐다. 하지만 그 급박한 상황에서도 놈의 주머니를 확인해본 보람이 있었다. 벡스 말대로, 난 운이 좋았다.

"너한텐 얼마나 남았어?"

그녀가 은밀히 묻는다.

"너랑 비슷할 거야."

믿지 않는다. 얼굴에 다 드러난다.

"가자. 택시 잡아야 해."

"택시?"

"그래."

"아까 탔을 땐 일이 꼬였잖아."

"이제 날이 저물었으니 좀 낫겠지. 하지만 잘 들어. 평범하게 행동해야 해. 우리 둘이 일행인 것처럼 해야 해."

"너랑 부둥켜안고 비비적대는 짓은 절대 못해."

"그런 말이 아냐. 그냥 서로 친구인 척하자고."

난 잠시 사이를 두었다 말한다.

"내가 미워 죽겠지만, 잠시만 그 사실을 잊도록 해봐."

"그래?"

그녀가 불쑥 몸을 내민다. 눈빛이 사납다.

"그게 가능할 것 같아?"

난 대답하지 않는다. 그녀는 이를 악물고 거침없이 말을 쏟아낸다.

"네가 재스를 죽였어. 알아? 네가 그 아이를 죽였다고. 그리고 디그도. 트릭시도. 모두 너 때문에 죽었어. 그 사람들뿐이겠어? 너 때문에 죽은 사람이 얼마나 더 되는지 하늘만이 알 일이지. 그런데도 널 미워하지 말라고? 정말 그게 가능하다고 생각해?"

그러고는 거리 쪽으로 홱 돌아선다.

"그래, 가. 가자고."

"벡스……."

"어디로 가는지 굳이 귀찮게 설명할 필요 없어. 내가 알 게 뭐야."

후우, 상황이 영 안 좋다. 내가 걱정했던 것보다 더 심하다. 이런 분위기로 무작정 나갔다간 우리 둘 다 황천행이다. 밖에서 감시하는 눈이 한둘이 아니란 말이다. 나는 앞질러 가서 그녀를 막아선다.

그녀가 걸음을 멈추고 매서운 눈빛을 쏘아댄다.

"벡스, 나한테 화난 거 알아……."

"아아 그러셔?"

"그래도 우린……."

"그럼, 그럼."

그녀가 한껏 비웃는다.

"그래도 우린 조심해야 한다고? 어휴, 지당하신 말씀."

"벡스, 정말 위험하단 말이야."

"알 게 뭐야."

그녀는 스치듯 획 지나쳐 간다. 나는 또 앞질러 달려가 그녀와 철조망 사이에 선다.

"벡스."

그녀도 다시 우뚝 멈춰 선다.

"벡스, 그냥 여기서 찢어질까? 그걸 원해?"

분노와 증오가 이글거리는 시선이 내게 꽂힌다.

"여기서 이만 갈라져? 그럴까?"

난 다시 묻는다.

대답이 없다. 가만히 서서 씩씩댈 뿐이다. 나는 그녀를 마주 보며 기다린다. 그녀는 말없이 나를 노려보다가 시선을 돌려버린다.

"가. 그냥 가자고."

내키지 않지만 체념한 듯한 말투.

나는 철조망으로 다가가 도로 쪽을 자세히 살핀다. 안전해 보이지만 여기선 그리 멀리까지 보이지 않는다. 위험을 감수하는 수밖에. 흘끗 벡스를 돌아본다.

"내가 먼저 넘어갈게. 신호할 때까지 기다렸다가 넘어와. 나를 따라오되 적당히 떨어져 와야 해. 우리 둘이 일행이 아닌 것처럼."

"방금 전에는 일행인 척해야 한다며."

"그건 택시 안에서고. 도로로 나갈 땐 거리를 유지해야 해. 눈 크게 뜨고 잘 살피면서 따라와."

다시 철조망 너머를 살펴본다. 아무도 없는 것 같다.

철조망을 넘어 반대편에 내려선다. 도로 쪽을 살핀다. 벡스에게 신호한다. 그녀가 철조망을 넘는데 내가 생각했던 것보다 훨씬 빠르다. 건물 벽에 붙어서 인도를 걸어간다. 뒤를 살핀다.

그녀는 잘 따라오고 있다. 거리는 적당한데 도로 쪽에 너무 가깝다. 난 턱짓으로 건물 그림자 쪽을 가리킨다. 계속 걷다가 왼쪽으로 꺾고, 다시 왼쪽으로 돌아 멈춘다.

신중해야 한다. 언제나 사람들이 넘쳐나는 도심의 지하철역 근처다. 놈들이 그곳도 주시하고 있을 테니 거기서는 택시를 탈 수 없다. 우리는 도로를 건너 반대편에서 택시를 잡아탈 것이다.

뒤를 돌아본다. 벡스는 한참 뒤처져 따라오지만 곧 합쳐야 한다. 난 그녀에게 눈짓을 보낸다. 알아채지 못한다. 다시 시도해본다. 이번엔 그녀도 신호에 응해 고개를 주억인다. 저건 못하게 해야 한다. 하지만 지금은 아니다. 그녀가 다가온다.

그녀가 가까이 올 때까지 기다렸다가 도로를 건넌다. 그녀는 약간 떨어져 따라온다. 도로에 차가 많다. 대부분 택시와 버스다. 반대편에 도착해서 벡스에게 다시 한 번 눈신호를 보낸다. 그녀가 내 곁으로 와서 도로 쪽을 내다본다.

"저기 한 대 온다."

그녀가 말한다.

난 이미 손을 내밀고 있다. 택시가 다가와 서서 차창을 내린다. 난 몸을 숙이고 기사에게 주소를 말한다. 택시기사는 고개를 돌리지만 안 된다고는 하지 않는다. 난 벡스 다음으로 차에 탄다. 지금까진 그녀도 잘하고 있다. 다정하진 않지만 이 정도면 충분하다. 백미러로 기사의 얼굴이 보인다.

딱히 내키지 않는 표정이다. 그렇다고 그를 탓할 생각은 없다. 누가 '소굴' 안으로 차를 몰고 싶어하겠나?

하지만 기사는 차를 출발시킨다. 그런데 방향이 똥물 마녀 쪽이다. 난 앞으로 몸을 내민다.

"아저씨, 왜 이 길로 가요?"

"운전하는 게 누구야, 너냐 나냐?"

"그냥 궁금해서요."

"도로 공사 중이야. 그래서 강을 건너 돌아가야 해."

"그렇군요."

난 등을 기대고 벡스 쪽으로 가까이 앉는다. 그녀는 떨어지지 않는다. 그녀를 살펴본다. 창밖만 바라보는 그녀는 별로 말하고 싶지 않은 눈치다. 나도 마찬가지니까 차라리 잘됐다. 그녀가 다시 폭발하거나 무슨 멍청한 짓을 하지만 않는다면.

충분히 그러고도 남을 여자애다. 언제 터질지 모르는 시한폭탄 같다. 눈치를 잘 살펴야 한다.

아직도 그녀는 속이 부글부글 끓고 있다.

난 창밖으로 시선을 던진다. 야수를 다시 보니 기분이 이상하다. 지난 3년간 변한 게 전혀 없는 것 같다. 이런 곳을 좋아하는 인간들이 있다니 나로선 도저히 이해할 수가 없다. 난 언제까지고 이곳을 증오할 거다.

"이거 원, 미안하게 됐구먼."

불현듯 택시기사가 입을 연다.

전방을 살펴본다. 차 몇 대가 사고로 엉켜 있고 짭새들이 교통지도를 한다. 기사가 콧방귀를 뀐다.

"별 문제없을 거다. 돌아서 가지, 뭐."

기사는 차를 오른쪽으로 꺾는다. 잘 생각했군. 나라도 그렇게 했을 거다. 길 끝에서 좌회전한다. 정면에 '뎅뎅이(빅벤)'와 으리으리한 '옛날궁전(국회의사당)'이 있다. 그 너머로 똥물 마녀가 유유히 흘러간다. 옛날궁전 앞에서 좌회전, 이제 차가 제법 빨리 달린다. 강은 오른쪽에 있다.

벡스를 슬쩍 건너다본다. 차창 밖의 새디스트 같은 강물만 하염없이 바라보고 있다. 아무리 어두워도 나로선 감히 쳐다볼 엄두가 나지 않건만. 우리가 탄 택시는 씽씽 내달리고 있다. 기사 양반이 이 일을 얼른 끝내고 싶어하는 것 같다. 아무렴, 나도 이해한다.

다름 아닌 '소굴'이니까.

거긴 빈민가다. 물론 야수 안에는 그런 동네가 부지기수다. 하지만 '소굴'은 그냥 빈민가가 아니다. 아마 당신도 거기서는 절대 살고 싶지 않을걸. 기사는 우리를 내려놓자마자 뒤도 안 돌아보고 바람처럼 사라질 것이다. 소굴에서 얼쩡대길 좋아하는 사람은 없다.

아, 이 아저씨가 왜 이러나. 가속페달을 부서져라 밟아댄다. 이런 식으로 계속 속도를 올리다간 짭새한테 걸릴 텐데. 오른쪽을 흘끗 건너다본다. 똥물 마녀가 울렁울렁 흐르고 있다. 반대편 강둑에 '삥삥이(런던아이)'가 선명하게 번쩍거린다. 그리고 정면에 보이는 건 '관(트라팔가르 광장의 넬슨탑)'이다.

역사의 똥구덩이.

빌어먹을, 난 기념물 따위가 정말 싫다.

하지만 관도 곧 시야에서 사라지고 우린 동쪽으로 접어든다. 강이 뒤로 멀어진다. 아주 속이 다 시원하다. 하지만 이런 생각에 빠져 있을 때가 아니다. 다시 머릿속이 묵직해진다. 또다시 장면들이 홍수처럼 밀려들어온다. 하지만 이번엔 모두 똑같은 장면이다. 어떤 여자의 얼굴. 마지막으로 그 여자를 만났을 때, 그녀는 나더러 다시 돌아오면 죽여버리겠다고 못 박았다.

분명 진심일 거다.

택시의 달리는 속도가 너무 빠르다. 아니면 내가 그런 건지도. 으악, 구경꾼 양반, 범인은 나다. 속도계를 보니 택시는 적정 속도로 달리고 있다. 너무 빠르다고 느끼는 것은 나뿐이다. 미친 듯이 질주하는 건 택시가 아니다. 나다. 내 생각들이다.

나의 두려움이다.

빨리 갈수록 빨리 닥쳐올 일이 두려워서다.

택시는 계속 달린다. 여기엔 기념비 같은 건 없다. 어두침침한 술집과 어두운 거리들뿐. 길모퉁이에, 창문에, 그림자 속에 깃든 그림자들.

"끝에서 좌회전이요."

내가 말한다.

"나도 어딘지 안다."

퉁명스런 대답이 돌아온다.

벡스가 나를 쳐다본다. 아직도 화가 풀리지 않았다. 아직도 속에서 분노가 부글거리고 있다. 꼴 보기 싫다는 듯 금세 시선을 돌린다. 택시는 왼쪽으로 돌아 주택단지를 쏜살같이 통과한다. 기사가 길을 잘 아는 것 같다. 인정해줘야겠다. 웬만해서는 '소굴' 지리에 훤하기 어려울 텐데.

주택단지가 끝나는 지점에서 상점가 방향으로 우회전, 오래된 영화관 옆에서 좌회전. 기사는 차를 대고 나를 바라본다. 난 아랑곳하지 않는다. 지금 거리 쪽을 확인해보는 중이다.

거리 끄트머리 모퉁이에 있는 무리. 다섯, 10대 아이들이다. 양아치 셋에 날라리 둘. 건너편 운동장 근처에도 또 한 무리가 있다. 양아치 여섯. 아니, 일곱. 어디에서도 '놈들'의 기척은 감지되지 않는다.

기사가 헛기침을 한다.

난 그에게 돈을 건네고 거스름돈을 받는다. 벡스와 함께 택시에서 내린다. 택시가 요란한 소리를 내며 가버린다. 도로 양쪽의 인도로 사람들이 걸어 다닌다. 우리 쪽으로 오는 건 아니다. 그냥 저들 갈 길을 가는 것이다.

우리를 바라보면서.

벡스가 가까이 다가온다.

"여기 왠지 싫어"라고 속삭인다.

"괜찮아."

나는 왼쪽으로 몸을 돌려 사람들에게서 멀어진다. 그들은 쫓아오지 않는다. 우린 좀 걸어야 한다. 기사에게 진짜 목적지를 가르쳐준 게 아니니까. 목적지는 옆 거리다. 혹시 몰라 기사에겐 여기

주소를 댔다. 뒤쪽을 살핀다. 역시 따라오진 않고 우리를 보기만 한다. 난 사거리에서 오른쪽으로 돌아 쭉 걸어간다.

거기에 그 집이 있다.

예전 모습 그대로다. 무너지지 않고 버티는 게 신기할 정도로 낡고 초라한 집. 지붕타일도 헐거워 툭 건드리면 떨어질 것 같다. 위층 창문은 널빤지로 막아놓았다. 아래층엔 싸구려 커튼이 쳐져 있다. 그 너머에 움직이는 형체가 보인다. 눈에 익은 윤곽. 커튼이 살짝 벌어졌다가 다시 닫힌다. 그 여자가 우리를 봤다.

으으, 떨린다. 도저히 진정이 안 된다.

집 안의 형체가 다시 움직인다. 나는 심호흡을 하고는 문으로 걸어간다. 벡스도 옆에서 같이 걷는다. 난 굳이 벨을 누르지 않는다. 안쪽에서 발걸음 소리가 다가오는가 싶더니 문 앞에서 뚝 멎는다. 긴 정적이 흐른다.

문이 열리고, 그 여자가 서 있다.

잔뜩 찌푸린 얼굴로.

"안녕하세요, 루비."

난 인사를 건넨다.

이런, 루비가 폭삭 늙었다. 완전히 할망구다. 얼굴이 얼마나 안 좋아졌는지 이루 말할 수 없을 지경이다. 서른 살은 넘지 않았을 텐데. 거리에서 굴러먹을지언정 장미 가시 같은 여자였단 말이다. 뒷골목 인간들이 그녀를 이 동네에서 가장 영리한 흑인이라고 했었는데. 그들이 루비를 뭐라고 불렀는지 아는가?

검은 마법.

그런데, 지금 이 여자를 보라. 3년이라는 세월이 그녀를 이렇게 만든 건가? 혹은 지난 3년이 문제였나. 그래…… 그녀에겐 퍽 가혹한 시간이었을 것이다.

옷차림도 엉망이다. 저랬던 적이 없는데. 너저분한 모습을 보인 적은 단 한 번도 없었다. 무슨 일을 하건 말끔하게 행동하던 여자다. 그녀에게 일을 지시하는 인간들이 몹시 흡족해할 만큼. 지금은 완전히 노숙자 꼴이다. 꼬질꼬질한 치마에 후줄근한 블라우스. 입었는지 걸쳤는지 모를 차림새.

하지만 날 노려보는 눈빛만은 예전 그대로다.

와, 정말. 누가 더 날 증오하는지 고르기 힘들 정도다.

루비인지 벡스인지.

"이쪽은 베키."

내가 말한다.

루비는 코웃음을 친다.

"웃기고 있네."

목소리도 여전하다. 깊고 허스키한 목소리. 그녀가 벡스를 곁눈질로 힐끗 본다.

"저건 베키가 아냐."

그러더니 획 돌아서서 현관문을 열어둔 채로 계단을 올라간다. 벡스의 시선이 느껴진다. 안으로 들어가서 루비를 쫓아 계단을 오른다. 뒤에서 벡스가 문을 닫고 따라오는 소리가 들린다.

층계참이 당장이라도 허물어질 것 같다. 카펫도 없다. 마룻장 두 개는 사라지고 없다. 욕실과 침실, 그리고 아무것도 없다. 문은 둘 다 열려 있다. 한쪽에선 토사물 냄새가, 다른 한 쪽에선 초가 타는 냄새가 난다.

루비는 침실에 있다. 우리에게 등을 돌린 채, 막힌 창문을 보고 있다. 벡스를 뒤에 달고 안으로 들어선 다음 가만히 둘러본다. 아주 난장판이다. 옷, 담요, 빈 과자봉지들이 마구 뒤엉켜 나뒹굴고 있다. 이불보도 없는 싱글침대가 덩그러니 놓여 있다. 루비가 뒤를 돌아보더니 옆으로 비켜선다.

그리고 내 심장이 내려앉는다.

저기 그 아이가 있으니까.

예쁜 내 친구.

검은 피부, 아름다운 눈을 지닌 나의 친구.

"이쪽이 베키지."

루비가 말한다.

사진은 이쪽을 응시하고 있다. 카메라를, 나를. 3년 전, 마지막으로 그녀를 보았을 때와 똑같은 모습. 바로 그날 찍은 사진일 것이다. 우리 둘은 열두 살이었다. 맙소사, 숨이 턱턱 막힌다. 지금까진 머릿속에만 맴돌던 추억들이다. 그런데 지금은 마치 그녀가 여기 있는 것 같다. 물론 아니라는 건 안다. 그냥 옷장 위에 놓인 사진일 뿐이다. 사진 양쪽에서 촛불이 타들어가고 있다. 추억을 위한 작은 제단. 하지만 정말 베키가 여기 있는 것 같은 기분이다. 이 기분에 한없이 매달리고 싶다.

루비가 콧대를 세우고 나를 응시한다.

"이게 베키라고."

그녀가 으름장을 놓는다.

벡스의 몸이 뻣뻣하게 굳는 게 느껴진다. 루비의 시선이 흘긋 벡스를 향했다가 다시 내게로 돌아온다.

"여기로 돌아오다니, 생각 잘못했어."

일렁이는 불꽃이 그녀의 뺨에 그림자를 드리운다.

"이제 나한텐 아무것도 없어. 음식도, 약도, 술도 없다고. 초 사는 데 몽땅 써버렸거든."

루비는 여기서 말을 끊고 나를 노려본다.

"하지만 이것만은 남았지."

서랍을 열고, 총을 꺼내더니, 나를 겨눈다.

"60초 준다. 어떻게 된 일인지 설명해."

"오 세상에!"

벡스가 외친다.

"그쪽은 가도 돼. 쟤랑 내 문제거든."

나를 노려본다.

"50초 남았어."

벡스는 쏜살같이 방에서 튀어나가 계단을 내려간다. 현관문 소리는 나지 않지만 그녀가 초조하게 이리저리 서성이는 소리가 들려온다. 난 루비를 마주 본다.

"설명할게요. 하지만 먼저 거래를 해요."

"거래 따윌 하려고 여기 오면 안 되지! 내가 저번에 분명히 말했지……."

"그래요. 날 죽일 거라고 했죠."

난 한 걸음 다가선다.

"그런데도 난 왜 아줌마 집 문 앞에 나타났을까요?"

"40초."

"이제 30초예요."

"닥쳐!"

루비는 양손으로 총을 움켜쥔다. 난 한 걸음 더 다가간다.

"베키에 대해 말해줄게요. 대신 내 친구를 돌봐줘요."

아래층에서 발소리가 멎는다. 잠시 후 다시 조심스레 계단을 올라오는 소리가 들린다. 루비의 팔이 흔들리다가 다시 굳는다. 눈빛이 살벌하다. 하지만 입은 바들바들 떨린다.

"베키는, 살아 있어? 아님 죽었어?"

"내 친구를 도와줘요. 그러면 말할게요."

발소리가 층계참까지 왔다. 소리가 문밖에서 멈춘다. 귀를 기울이는 벡스의 숨소리가 들린다. 루비의 다리가 휘청거린다. 충격으로 정신을 못 차리는 것 같다. 자칫하면 실수로 날 쏠 수도 있다.

"친구를 도와줘요. 그럼 베키에 대해 얘기해준다니까."

루비는 총을 내리고 침대에 무너지듯 주저앉는다. 그리고 침대를 훑어본다.

"우린 여기서 잤어. 베키랑 나. 침대가 이거 하나뿐이었거든. 둘이 끼어서 잤지. 비좁았지만 둘이서 잘해냈어. 늘 그랬듯이. 네가 구역질 나는 얼굴을 들이밀기 전까지는."

문 쪽을 쏘아본다.

"대체 넌 누구야?"

벡스가 거기 서서 우리를 보고 있다.

"베키."

그녀가 말한다.

"진짜예요. 그게 제 이름이에요. 하지만 벡스라고 불리기도 해요. 블레이드는 항상 그렇게 부르고요. 쟤가 방금 절 베키라고 소개한 이유를 모르겠어요."

루비가 코웃음을 친다.

"그럼 이 쪼끄마한 악마 새끼가 사람 갖고 노는 데 선수인 줄도 몰랐겠네."

"아뇨, 알아요."

둘의 시선이 맞부딪힌다. 둘 다 말이 없다.

촛불이 타들어가고, 침묵이 내려앉는다. 저 사진을 다시 바라보는 내 심장만이 두방망이질 칠 뿐. 착하고 아름다운 베키. 꿈에서 언뜻 보았던 그림자. 그런데 말이다, 그거 아나? 저 얼굴은 어딘지 모르게 재스를 떠올리게 한다.

이유는 모른다.

그래, 당신 생각이야 뻔하지. 재스가 보고 싶어 그런 것뿐이다, 이거지? 뭐, 그쪽 생각도 일리는 있다. 내 말은…… 둘 사이에 연관성이라곤 전혀 없으니 말이다. 열두 살짜리 흑인 소녀와 네 살짜리 백인 소녀. 하지만 예전에 내가 느꼈던 뭔가가 있다. 처음으로 재스의 얼굴을 보았을 때, 그 아이가 침대 밑에 숨어 있을 때 느꼈던 무언가가.

재스를 보면서 난 눈풀꽃 한 송이를 떠올렸다.

바로 그거다. 둘의 공통점. 베키는 눈풀꽃과 전혀 닮지 않았지만, 항상 작은 꽃 한 송이를 떠올리게 했다. 적어도 내겐 그랬다. 재스도 그렇다. 또 다른 작은 꽃 한 송이.

맙소사.

제발 둘 다 살아 있으면 좋겠다.

"베키는 살아 있어?"

루비가 묻는다.

난 그녀를 바라본다. 입가가 아직도 떨리고 있다. 눈빛도 여전히 살벌하다. 하지만 억지로 저렇게 홉뜬 눈을 한 거다. 그녀가 분노했기 때문에 저런 눈빛이 나오는 거다. 하지만 눈물을 간신히 삼키고 있기 때문에 저런 눈빛이 나오는 것이기도 하다. 루비는 온 힘을 다해 눈물을 참고 있다. 안간힘을 쓰는 건 내 쪽도 마찬가지다.

괴로운 과거와 마주하기 위해서.

하지만 마음을 굳게 먹어야 한다. 나 자신을 다잡아야 한다. 거래에 집중하자.

그렇지 않으면 루비는 절대 내가 원하는 걸 해주지 않을 것이다.

"대답할게요. 아줌마가 벡스를 돌봐준다고 약속하면."

하지만 벡스가 나름 머리를 굴려 선수를 친다.

내가 미처 막을 틈도 없이 날쌔게 움직였다. 느닷없이 달려들어 내 머리칼을 잡아채고는 벽에 거세게 밀치고 얼굴을 가까이 들이민다. 놀라고 당황한 루비의 시선이 내 뒤통수에 와 꽂힌다. 벡스는 루비 쪽은 거들떠보지도 않는다. 지나칠 정도로 나에게 으르렁댄다.

"말해."

씩씩대며 다그친다.

"저분이 알고 싶어하는 걸 말하라고."

"넌 빠져."

"말해!"

벡스는 고개를 홱 돌려 루비에게 거침없이 묻는다.

"사진에 있는 아이, 아줌마 딸이에요?"

"그래."

"그리고 딸에게 무슨 일이 생겼는지 모르고요?"

"몰라."

루비는 시선을 떨군다.

"하지만 쟤는 알아."

벡스의 시선이 다시 내 쪽을 향한다. 눈에서 불꽃이 튄다. 벗어나려 해보지만 그녀가 내 목을 두 손으로 잡고 벽으로 밀쳐 누른다.

"베키는 살았어?"

"벡스……."

"말해!"

"벡스, 들어봐……."

그녀는 온 힘을 실어 주먹을 날린다. 광대뼈에 맞아 머리가 벽에 부딪힌다. 또 한 방이 날아온다. 막으려 해보지만, 실패다. 내 뺨에 명중한다. 그다음엔 벡스의 양손이 내 목을 틀어쥐고 조이기 시작한다.

하지만 이 방엔 루비가 있다. 그녀는 피를 보는 걸 좋아하지 않는다.

"진정해, 진정하라고. 그럴 가치도 없는 놈이야."

벡스는 좀처럼 떨어지지 않는다. 눈빛으로 나를 파버릴 기세다. 그러다 갑자기 손을 풀고 돌아서더니 자기 얼굴을 손으로 가린다. 루비가 그녀의 어깨를 감싸고 나를 건너다본다.

"넌 꺼져."

"루비……."

"이 애는 내가 돌봐줄게. 난 너랑 볼일이 전혀 없어. 그러니 가버려."

난 주머니에 손을 넣어 미리 준비했던 돈을 꺼낸다. 루비는 슬쩍 건너다본다.

"돈은 필요 없어."

"500파운드예요."

"필요 없다니까. 너한테서 나온 돈 따위."

"나가면서 아래층에 둘게요."

벡스는 루비의 어깨에 얼굴을 묻은 채 울고 있다. 하지만 곧 고개를 쳐들고 나를 노려본다.

"넌 항상 날 버릴 생각뿐이었어."

난 대답하지 않는다.

"재스를 그렇게 버렸지. 모두를 그렇게 버렸어. 베키도 그런 거야, 그렇지?"

난 고개를 흔든다.

"벡스, 내 말 들어봐⋯⋯. 널 루비에게 맡기는 이유는, 그 사람들⋯⋯ 그러니까 나를 쫓는 자들⋯⋯ 놈들은 내가 이 집에 온 걸 절대 모르거든. 베키는 내가 숨겨둔 친구였어. 아무한테도 말하지 않았지. 그러니까 여기 있으면 넌 안전해. 게다가⋯⋯ 루비 아줌마는 착한 사람이야. 나를 미워하긴 하지만."

내 입에서 나온 말들이 돌덩이처럼 바닥에 툭툭 떨어지는 듯하다. 루비와 벡스는 아무 말 없이 그 자리에 서 있을 뿐이다. 나를 향한 적대감으로 둘이 함께 똘똘 뭉친 채. 난 사진을 본다. 베키는 여전히 웃고 있다. 마치 아무 일도 없다는 듯이. 나쁜 일은 전혀 일어나지 않았다는 듯이.

"벡스."

대답이 없다. 난 고개를 돌려 그녀를 똑바로 쳐다본다.

"나 재스 찾으러 가는 거야. 난 그 애가 아직 살아 있다고 믿거든. 하지만 나 혼자 해야 해. 넌 도움이 안 돼. 오히려 방해만 될 거야. 그러니까 당분간 루비랑 여기서 지내. 내가 연락할 때까지 기다려."

벡스는 한동안 나를 빤히 보다가 얼굴을 빳빳이 치켜들더니 침을 퉤 뱉는다. 난 다시 사진을 본다. 그리고 루비에게로 돌아선다.

"베키는 죽었어요."

힘없이 중얼거리는 목소리.

대답이 없다. 난 입술을 깨문다.

"미안해요."

곧 이어질 질문을 기다린다. 무슨 일이 있었는지, 시체는 어디에 있는지, 누가 그랬는지. 하지만 루비는 아무것도 묻지 않는다. 그저 가만히 나를 마주 볼 뿐이다. 눈물도, 떨림도, 비명도 없다. 한참 동안, 눈 한 번 깜박이지 않고 나를 바라볼 뿐이다. 그녀의 눈동자에 천천히 어둠이 내려앉는다. 수의로 얼굴을 덮어 내리듯이.

난 그대로 돌아서서 계단을 내려간다. 아래층 계단 앞 깔개 위에 돈을 떨어뜨린다.

문을 나선다.

후드를 덮어 쓰고 빠르게 걷는다. 양쪽 인도에 사람들 그림자가 보인다. 나를 주목하지는 않는 것 같다. 그래도 아직 속단하긴 이르다. 보이고 들리고 느껴지는 모든 것을 조심해야 한다. 그보다 더 나쁜 것도.

들킬 가능성 말이다. 지난 3년간 이곳에 얼씬도 하지 않았지만 소굴에는 나를 아는 인간들이 엄청나게 많다. 나에 관한 뉴스를 보고 들은 사람까지 합하면 그 수는 훨씬 더 많아진다.

이마에 난 상처도 도움이 안 된다. 신문에 칼에 베인 상처에 관한 기사가 실렸으니 그것 역시 소문이 쫙 퍼졌을 거다. 반창고는 진즉 떼어냈고 머리칼로 잘 덮었지만 그래도 상처가 보인다. 이 문제를 더 잘 처리하지 못한 나 자신에게 약간 화가 난다. 무슨 수를 써서든 완전히 가려야 했다.

그래도 소굴은 퍽 넓은 편이니 이 근방에선 별일이 없으리라 믿고 싶다. 베키를 만날 때 나는 신중에 신중을 거듭 기했다. 그녀와 루비가 곤경에 처하는 건 원치 않았기에, 그 집에서 가능한 한 멀리 떨어져 지냈다. 오늘 이전까지는 그 집에 들어간 적도 없다.

이 동네 인간들이 내가 온 걸 눈치채지 못하기만을 바랄 뿐이다.

"블레이드?"

웬 목소리가 튀어나온다.

빌어먹을.

도로 건너편에서 들려오는 목소리다.

"어, 진짜 블레이드네."

그 목소리가 말한다.

나를 향한 게 아니다. 친구에게 귀띔하는 거다. 어느 쪽을 향하건 어차피 마찬가지다. 저들은 단번에 날 알아봤다. 단 한 번 이쪽을 바라본 것만으로도. 양아치 둘, 열일곱 살쯤. 반대편 인도에서 나와 같은 방향으로 걷는다. 날라리 여자 두어 명이 그 뒤를 슬렁슬렁 따라간다.

아직까진 나를 쳐다보기만 한다. 내가 루비의 집에서 나오는 걸 봤는지 모르겠다. 제발, 아니길 빈다. 조짐이 안 좋다. 이 동네에서 이렇게 쉽게 들킬 줄이야. 아무리 뉴스가 내 이름을 떠들어대고 있다 해도 말이지.

모두 모르는 얼굴이다.

앞에 사람들이 더 있다. 버스정류장 근처다. 나이가 다 엇비슷해 보인다. 뒤를 돌아본다. 양쪽 인도에서 그림자들이 따라온다. 전부 이 동네에서 죽치고 돌아다니는 10대들인 것 같다. 서넛이 휴대폰을 귀에 대고 있다. 계속 같은 단어가 내 귓전을 때린다.

"블레이드야."

"블레이드다."

"블레이드."

메아리처럼 반복해 울리는 속삭임. 목소리를 낮춰 저들끼리 속닥댈 뿐, 큰 소리로 떠들어대지는 않는다. 아직은, 멀찍이 거리를 두고 있다. 녀석들은 주저하고 있다. 내 능력을 알거나, 다른 이들에게 들어서 알고 있는 거다. 게다가 뉴스에서 흘러나오는 잡소리들이 날 살인사건과 연관 짓고 있다. 그래서 저들은 일단 안전한 거리를 유지하려 한다.

난 그걸 이용해야 한다.

일정한 속도로 계속 걷는다. 후드는 뒤집어쓴 채로 둔다. 저들은 내 정체를 눈치챘지만 난 어둠 속에 얼굴을 감추고 있다. 저 앞 버스정류장에 아직도 양아치 무리가 모여 있다. 남자 넷, 여자 둘, 모두 이쪽을 보고 있다. 그 오른쪽 벤치에 앉은 커플이 서로 입술을 빨고 있다. 가까이 다가가자 서로 떨어져 나를 본다.

난 서 있는 여섯 명을 훑어본다.

녀석들 몸이 긴장으로 뻣뻣해진다. 남자 둘이 주머니 안을 더듬는다. 여자 둘도 마찬가지다. 벤치에 있던 남자가 일어서고, 여자친구가 그에게 찰싹 달라붙는다. 남자는 몸을 흔들어 여자애를 떼어내고는 나를 노려본다. 한 덩치 하는 놈이다. 비니를 눌러 쓴 얼굴에서 날카로운 눈빛이 번뜩인다.

"블레이드."

신음하듯 내 이름을 부른다.

이들 무리는 주저하는 기색이 덜하다. 최소한 저들 중 셋은 기회를 엿보는 중이다. 그렇다면 내가 곤란해진다. 칼이 없는 상태로 저들과 싸울 수는 없으니까. 그러니 결론은 둘 중 하나다. 도망가거나, 놈들 머리통을 돌려놓거나. 그래, 맞다.

난 뛰는 데는 정말 소질이 없다. 당신도 나도 잘 아는 사실이지.

그렇다면 남은 길은 하나로군. 한 놈만 노려 해치우자. 가능한 일인지는 모르겠지만.

덩치 큰 놈을 바라본다. 당연히 저놈이 대장이다. 놈만 해치우면 나머지는 볼 것도 없다. 그가 앞으로 나섰지만 지금은 멈춰 서 있다. 나는 계속 걷는다. 걷고, 좀 더 걷다가…… 정지.

팔을 뻗으면 덩치와 닿을 거리다.

내 오른손은 주머니 속에 있다.

나는 움직이지 않는다. 털끝 하나도. 그저 후드 속에 머리를 깊숙이 파묻고 밖을 내다볼 뿐이다. 덩치는 나를 더 자세히 들여다보려 한다. 구경꾼이여, 결정적인 순간이다. 앞으로 몇 초간. 내가 놈을 해치우느냐 못하느냐.

이 녀석, 여자친구 앞에서 보기 좋게 때려눕힐 만한 희생양을 물색 중이다. 때려눕히고 자랑할 수 있는, 제법 이름이 알려진 상대. 내 소문은 들었을 테고 지금은 머리를 굴리고 있겠지. 이 자식 완전 꼬맹이잖아. 손가락만 튕겨도 나가떨어지게 생겼구먼. 하지만 놈은 나를 꼼꼼히 뜯어보며 승산을 따져보고 있다. 놈이 겁내는, 딱 한 가지 부류가 아니란 걸 확인하고 싶은 거다.

사이코.

놈이 후드 안으로 나를 들여다볼 때 바로 그 이미지를 내보여야 한다.

지금 싸우겠다는 게 아니다. 오싹하게 만들면 되는 거다. 죽은 눈동자, 식어버린 심장, 놈에게 이 두 가지를 한꺼번에 보여줘야 한다. 놈을 응시한다. 차갑게, 한껏 차갑게. 내 눈빛이 놈의 얼굴을 뚫고 지나갈 것처럼.

놈은 움직이지 않는다. 더 다가올 태세였지만, 꼼짝도 하지 않는다. 나와 똑같이 털끝 하나 움직이지 않는다. 놈이 물러서면, 내가 이긴다. 그대로 있으면, 위기다.

그대로 있는다.

나는 놈을 바라보며 침착하게 뜸을 들이다가, 한 마디 한 마디 토해낸다.

"네놈 몸뚱이가 온통 피 칠갑이 될걸."

놈은 입을 열지도 움직이지도 않는다. 난 앞으로 몸을 내밀고 속삭인다.

"왜냐하면 내가 네 목을 따버릴 거거든."

난 오른손을 주머니 속에 넣은 채 놈의 눈동자를 들여다본다. 왼팔을 천천히 들어 올린다. 느릿느릿 후드를 뒤로 젖혀 상처를 드러낸다. 놈의 머리에서 비니를 벗긴다. 내 머리에 덮어 쓴다.

기다린다.

놈은 돌처럼 무표정한 얼굴로 마주 본다. 나는 냉정을 유지하며 놈의 눈동자를 들여다본다. 놈의 다른 부위는 신경도 쓰지 않는다. 놈은 양 주먹을 쥐었다 폈다 하고 있고 ― 난 알 수 있다 ― 긴장한 몸은 가늘게 떨고 있다. 하지만 이제 얼굴에 전부 보인다. 놈이 돌연 눈을 깜박거리더니 한 걸음 물러선다.

난 계속 쳐다본다. 놈이 허둥대진 않을 거다. 똘마니들 앞에서 최소한의 체면은 지켜야 하니까. 나도 더 자극할 생각은 없다. 내가 조금이라도 삐끗하면 일제히 날 덮칠 것이다. 하지만 그들은 이미 무너진 거나 다름없다. 덩치가 몸을 돌려 반대편 인도로 뚜벅뚜벅 걸어간다.

덩치의 똘마니들은 그 뒤를 따라가며 나를 힐끔거린다. 모두 약속이라도 한 듯 입을 꾹 다물었지만 녀석들 눈빛에서 경계심이 읽힌다. 내가 자기들 대장에게 뭐라고 했는지 듣지는 못했을 것이다. 바람처럼 작게 속삭였으니까. 하지만 누가 이겼는지는 다들 눈치로 알아챘다.

이제 저 덩치 녀석도 좀 곤란할 거다.

문제는, 나도 그렇다는 것이다. 또 다른 그림자들이 다가온다. 하지만 뭔가가 나타난다. 버스다. 24번 버스. 오오, 넌 내 편이로구나. 내가 가려는 방향 노선은 아니지만 그게 무슨 상관이랴. 날 여기서 빼내주기만 한다면야.

버스가 정류장 앞에 멈추고 문이 열린다.

아무도 내리지 않는다. 나는 주위를 돌아본다. 달려드는 놈은 없지만 모두 나를 보고 있다. 버스에 올라 기사에게 요금을 내고는 앞자리에 앉아서 다른 승객들을 둘러본다. 다시 후드를 비니 위에 뒤집어쓴다. 문이 닫힌다. 버스는 털털대며 달려가기 시작한다.

난 앞만 바라본다. 뒤는 돌아볼 필요도 없다. 올라탈 때 이미 다른 승객들을 다 확인했다. 모두 평범한 인간들이다. 기사도 놈들 일당이 아니다. 내 쪽은 거의 보지도 않았다. 10대 양아치 하나를 태웠다는 생각이 뇌리를 스쳤겠지. 어차피 소굴은 그런 녀석들로 넘쳐난다. 그러니 기사에겐 다 똑같아 보일 것이다.

열심히 머리를 굴린다. 다섯 정류장 분의 요금을 지불했지만 더 일찍 내려 다른 버스로 갈아탈 작정이다. 요점은 이거다. 어디로 가야 하는지 알지만, 피해야 할 인간들이 한둘이 아니다. 이런 저녁 시간대에는 버스를 타고 가는 게 최선이다. 고개를 움츠리고 주위를 신중히 살펴야 하지만.

아까 그 거리를 벗어나 우회전. 공원을 지나고, 오래된 학교를 지나고, 상점가를 지난다. 이 동네는 전혀 변하지 않았다. 마치 어제 떠났다 돌아온 기분이다. '하프문 카페' 밖에서 서성이는 베키를 볼 수 있을 것만 같다.

왼쪽에 있는 카페 말이다. 보이나?

별 볼일 없는 가게지만 베키가 학교 수업을 마치고 나면 종종 저기서 만났다. 난 가본 적이 없다. 그러니까, 학교 말이다. 단 한 번도, 근처에도 가본 적 없다. 하지만 베키는 다녔다. 학교에 다니는 게 좋다고 했다. 그녀는 앙증맞은 가방을 메고 하프문 밖에서 나를 기다렸다. 우린 안으로 들어가 밀크셰이크를 마시고 끈적끈적한 롤빵을 먹었다. 그녀는 교과서를 꺼내어 요즘 뭘 배우는지 보여주곤 했다.

난 별로 관심이 없었다. 그저 그녀와 함께 있고, 그녀가 이야기하는 걸 듣고, 그녀가 까르르 터뜨리는 웃음소리를 감상하는 게 좋았다. 그녀는 자주 그렇게 까르르 웃었다. 뭔가 재밌는 걸 발견하기만 하면 깔깔대기 시작했고 그 웃음을 멈추지 못했다. 그렇게 웃는 베키의 얼굴은 정말이지 환하게 빛났다. 난 그녀와 함께한 순간들을 사랑했다.

하지만 베키가 하굣길에 나를 만난다는 사실을 루비가 알아챘다. 그녀는 딸에게 날 만나지 말라고 했다. 내가 아주 질 나쁜 놈이라고 하면서. 사실 틀린 소리는 아니었다. 그래서 난 베키와 만날 수 있는 다른 방법을 생각해냈다. 루비가 모르는 비밀스런 방법들 말이다.

그리고 그게 모든 일이 잘못되기 시작한 시점이었다.

하지만 지금은 추억놀이에 젖을 때가 아니다. 새로운 문제가 생겼기 때문이다. 버스가 다음 정류장에 들어서는 참인데, 거기서 기다리는 두 남자가 보인다. 그리고 난 그들이 누군지 안다.

놈들이다.

둘 다 안면이 있는 놈들이다. 저들이 누굴 위해 일하는지 안다. 무슨 짓을 할 수 있는지도. 구경꾼 양반, 내가 하나 알려주지. 저 놈들이 기다리는 건 버스가 아니다.

놈들은 직접 운전한다. 차에 환장한 놈들이다. 지하철이나 버스에 타는 법이 없다. 놈들이 뱀굴로 들어가거나 버스를 타는 때는 오직 누군가를 찾아다닐 때뿐이다. 내려야 한다. 타이밍도 잘 맞춰야 한다. 쉽진 않을 것이다. 지금 난 낚싯바늘에 꿴 물고기 꼴이니까.

놈들이 저기 있는 이유이기도 하고.

놈들은 버스 안을 아주 자세히 살펴볼 것이다.

후드를 올리고 비니를 푹 눌러쓴 채로 자리에서 일어난다. 버스 안을 가로질러 내리는 문으로 다가간다. 내가 지나가자 몇몇이 고개를 든다. 아직은 별 문제없다. 노부부, 엄마 아빠와 꼬맹이, 헤드폰을 쓴 남자.

아무도 나에게 주의를 기울이지 않는다.

주변을 살핀다. 놈들이 타는 순간에 나는 내려야 한다. 놈들이 정류장에서 이미 날 봤다면 어차피 통하지 않을 것이다. 내가 이 버스에 탄 걸 이미 알고 있어도 마찬가지고. 그렇다면 굳이 버스에 타지도 않겠지. 한 놈은 내리는 문에, 다른 놈은 앞문에서 기다리고 있을 거다.

버스가 선다.

문이 열린다.

나는 최대한 고개를 푹 숙인다. 재빨리 주위를 둘러본다. 내리는 문 바깥에는 아무도 없다. 하지만 앞문으로 타는 사람도 없다. 갑자기 기사가 버럭 소리를 지른다.

"당신들 탈 거요 말 거요?"

난 기사를 곁눈질해 본다. 길에 대고 외치는 소리였다. 남자 둘이 쑥덕이는 소리가 들린다. 기사에게 대꾸하는 게 아니다. 저들끼리 낮은 목소리로 대화하고 있다. 기사의 고개가 돌아간다.

언뜻 그의 눈을 본다. 슬슬 화가 치밀어 오르는 기색이다. 남자 둘은 정류장에 버티고 섰고, 비니 쓴 양아치는 내리는 문 옆에서 어정거리고. 게다가 두 쪽 다 움직일 생각을 안 한다. 남자들은 타지 않고, 양아치는 내리지 않는다. 곧 기사가 나한테도 고함을 지를 것이다. 거기 너, 내릴 거냐 말 거냐.

그럼 놈들이 내가 여기 있다는 사실을 알게 된다.

그 순간 눈에 들어오는 장면. 놈들 중 하나가 버스에 오른다. 정수리를 버스 안으로 들이민 참이다.

난 몸을 더 웅크리고 문에 걸쳐 한 발만 길에 내딛는다. 버스 옆을 살핀다. 제길, 다른 놈은 아직 밖에 서 있다. 탈 생각도 없어 보인다. 저놈도 동료와 함께 타야 한다. 안 그럼 난 끝장이다.

놈이 머리를 팅기듯 살짝 뒤로 젖히면서 흥, 하고 콧방귀를 뀐다. 나 말이다, 저놈이 저러는 거 예전에도 본 적이 있다. 저건 버릇이다. 저러면 좀 우쭐해지는 모양이다. 세상 사람들이 다 자기 아래라는 거겠지.

나더러 어떻게 아느냐고 캐묻지 마라.

아직 내 쪽을 보진 않았다. 하지만 언제 고개를 돌릴지 모른다.

어서, 이 자식아. 냉큼 타라고.

그림자가 나타난다. 시야의 오른쪽 맨 위 가장자리에. 버스에 탄 놈이 가운데로 걸어 들어온다. 2초 후면 내리는 문과 버스 밖 길바닥에 어정쩡하게 걸쳐 있는 나를 발견할 것이다.

하지만 저 머리 튕기는 놈이 탈 때까지 난 움직일 수 없다. 그림자가 다가온다. 가야겠다. 위험해도 어쩔 수 없다. 아직 한 놈이 버스 밖에 있지만, 더는 지체할 수 없다. 내려서, 몸을 최대한 낮추고 버스 뒤로 돌아간다. 급박한 고함 소리와 발소리를 기다린다.

아무 소리도 나지 않는다.

문이 닫히고 버스가 떠나는 소리뿐이다.

잽싸게 길가로 빠져 주차된 차 뒤에 숨어든 다음 주변을 둘러본다. 버스가 털털대며 거리를 빠져나가고 있다. 놈들도 보이지 않는다. 잠시 기다렸다가 다시 둘러본다. 둘 다 다시 내리지 않은 게 확실해야 한다. 놈들은 코빼기도 보이지 않는다.

일어서서 숨을 몰아쉰다. 너무 긴장한 탓인지 다리에 쥐가 난 것 같다.

나는 아직도 소굴에서 빠져나가지 못했다.

좋다, 계획을 바꾸는 거다. 버스를 이용하는 건 집어치우자. 돼먹지 않은 생각이었다. 놈들이 샅샅이 뒤지고 다니는 게 분명하다. 뺑굴도 안 된다. 택시는? 안전해 보이는 놈이 하나라도 눈에 띄면 괜찮을지도. 하지만 지금 이 순간 소굴에 택시가 많이 돌아다닐 것 같진 않다. 푼돈 벌자고 이 거친 동네로 기꺼이 올 기사가 있을 리 없다. 더구나 날도 저물었는데.

오케이, 어떻게 할지 알았다. 어쨌든 움직이는 게 좋겠다. 시곗

바늘이 지금도 째깍째깍 가고 있으니까. 눈을 번쩍 뜨고 바짝 붙어 따라와라. 우린 다 봐야 한다, 아무것도 빼놓지 않고.

반대편 인도로 건너가 길을 따라 걷다가 교회를 끼고 왼쪽으로 돌아 광장을 가로지르고 은행을 지난다. 내내 주위를 살핀다. 사람이 많으니 더더욱 주의해야 한다. 건물 현관마다 진을 친 10대 아이들을 포함해서 아직까진 별 문제없는 인간들뿐이다. 그렇다 해도 눈을 부릅뜨고 살펴야 한다.

단 1초라도 경계의 끈을 놓아선 안 된다.

난 비니를 눌러쓰고 후드도 올려 덮은 상태다. 아까 그 덩치 놈이 꽤 쓸모가 있었던 셈이다. 비니는 상처를 가려주는데다 따뜻하기까지 하다. 적어도 난 여기서 딱히 튀지 않는다. 거리를 쏘다니는 또래 아이들이 많고 날이 어두워 대부분 나와 엇비슷해 보인다.

그래도 조심해야 한다. 루비네 집에서 나오는 길에도 날 알아보는 녀석들이 있었다. 또 무슨 일이 생길지 모를 일이다.

왼쪽으로 움직이는 그림자가 있다. 별거 아닐 것이다. 같은 속도로 계속 걸어간다. 그림자가 비틀대더니 주저앉는다. 노숙자다. 머리를 빡빡 밀었다. 나이는 끽해야 열아홉이나 먹었을까. 나를 올려다보는 얼굴이 마치 좀비 같다.

아마 저건 미래의 내 얼굴이기도 하겠지.

안 그런가, 구경꾼 양반? 4년만 지나면 나도 저렇게 될 것이다.

그때까지 살아 있다면 말이다.

한 걸음, 한 걸음, 녀석과 가까워진다. 아직도 날 쳐다보고 있다. 좀 있으면 나를 부르겠지. 한 푼 줍쇼, 따위 말이다. 난 아무것도 줄 수 없다. 그러고 싶지 않아서가 아니다. 단지 걸음을 멈출 수 없기 때문이다. 그건 너무 위험하다.

그런데 녀석이 말을 걸지 않는다. 그냥 보기만 한다. 나는 그 옆을 지나쳐 걷는다. 계속 걷다가…… 멈추고 되돌아간다. 동전 하나를 던져준다. 동전은 그의 무릎 위로 떨어진다. 그는 동전을 내려다보고는 다시 나를 본다. 뭐라 말이 없다. 나는 다시 가던 길을 간다. 거리 끝에서 왼쪽으로 꺾어 쭉 걷는다. 저기다, 도로 건너편.

'프린스 윌리엄.'

소굴 안에서도 가장 구린 술집. 이 설명만으로도 어떤 곳인지 딱 감이 오지 않는가? 하지만 당신도 이걸 알아야 한다. 저 술집이 지닌 굉장한 장점 말이다. 저길 드나드는 사람들이 무지 많을 뿐 아니라 그들 대부분이 무식한 백치들이라는 사실.

아무튼 좀 살펴보자.

어둑한 조명, 촌스러운 음악, 왁자지껄한 웃음소리. 도로 쪽을 살핀다. 버스가 지나가고, 오토바이에, 버스 한 대가 더 지나간다. 이제 도로는 텅 비었다. 도로경계석 끄트머리에 붙은 뭔가만 빼면.

그게…… 동그랗다.

그리로 걸어간다.

낡은 축구공이다. 집어 들고 꾹꾹 눌러본다. 바람이 좀 빠졌다. 쓰레기로군. 어떤 꼬맹이가 일부러 버렸겠지. 주위를 둘러본다. 저 앞에서 차들이 달려오고, 반대 차선에서는 두 대가 온다. 얼굴을 돌리고 차들이 지나가길 기다린 후에 다시 돌아선다.

공을 바닥에 한 번 튕겼다가 잡는다.

공을 갖고 노는 척 어슬렁어슬렁 길을 건넌다.

프린스 윌리엄이 점점 더 시끄러워진다. 웬 남자가 노래를 불러젖히기 시작한다. 건물 뒤로 돌아 주차장으로 들어간다. 벌써 차들이 잔뜩 세워져 있다. 다시 한 번 공을 튕기고는 가만히 손에 든다. 그림자들 속으로 미끄러져 들어가 몸을 숙인다.

기다린다.

고요한 순간이 그리 오래 지속되진 않을 거다. 여긴 프린스 윌리엄이니까. 역시나.

차가 들어온다.

코트를 벗어 내려놓는다. 후드의 도움을 받을 만한 장소가 아니다. 방금 집에서 몰래 빠져나온 아이처럼 보여야 한다. 하지만 비니는 벗지 않을 것이다. 축구공을 손에 쥐고 차를 본다. 귀여운 차가 주차장 반대편 끝에 멈춰 선다.

인형처럼 꾸민 아가씨 넷.

차에서 내려 웃고 떠들며 술집으로 향한다.

별로다. 가게 내버려두자. 왜 그러는지는 상관 마라, 구경꾼 양반. 난 내가 뭘 찾는지 아는데, 저 여자들은 아니다. 차가 더 들어온다. 두 대다. 아니, 세 대. 이번엔 기대해볼 만한데?

젊은 남자들이다. 처음 들어온 차에 셋, 두 번째에 넷, 세 번째 차에 둘. 우르르 차에서 내리며 기세 좋게 문을 닫는다. 그들 중 하나가 술집 입구에 거의 다다른 아가씨들을 보고는 소리쳐 부른다.

"어이, 아가씨들! 뭘 그리 서두르시나."

다른 녀석들도 추파 섞인 웃음을 흘리며 여봐란 듯 걸어간다. 여자들은 눈길도 주지 않고 술집 안으로 사라진다. 이제 사내들은 모두 차에서 내려 허세를 부리며 주차장을 활보하고 있다. 손쉽겠군. 이게 웬 소동인지 당신은 어리둥절하겠지. 난 저들이 모두 차에서 나온 걸 확인했다. 단 한 놈도 빠짐없이.

난 걸어 나가 공을 튕기고, 다시 한 번 튕긴다.

"어이, 꼬맹이!"

녀석들 중 하나가 날 보고 있다.

난 다시 공을 튕긴다. 모두 나를 본다. 자, 이제 한번 놀아볼까. 녀석들이 서로 머리를 들이밀며 공을 던지라고 외친다.

"꼬마야, 내 머리로 던져!"

"어이, 여기야!"
"어서! 여기로!"

난 그들 사이로 걸어간다. 공을 위로 던진다. 녀석들은 꼭 잼에 몰려드는 파리 떼 같다. 이보다 더 쉬울 수가 없다. 녀석들은 나에게 공을 돌려주지 않는다. 하지만 괜찮다. 난 필요 없으니까. 그들은 공을 차기도 하고 헤딩도 하다가 금방 흥미를 잃고 도로로 던져버린 다음 폭소를 터뜨리며 술집으로 간다.

난 그들이 사라질 때까지 기다렸다가 자동차 키를 꺼낸다. 어떤 차로 할지 마음을 정할 수가 없어서 키 뭉치 두 개를 쓱싹했다. 하나는 가장 좋은 차에서 나온 녀석에게서 슬쩍했다. 다른 하나는 날 제일 물로 본 놈한테서 슬쩍.

정말 껌이다.

너무 화려한 차는 놔둬야 한다. 그걸 몰고 싶은 마음은 굴뚝 같지만 위험부담이 너무 크다. 길거리의 사람들 모두가 저 차에 시선을 빼앗길 것이다. 난 다른 차를 선택한다. 좀 허름하지만 그래서 더 안전하다. 그리고 말했듯이, 저 차 주인 녀석이 내 심기를 단단히 건드렸다. 공을 멀리 차버리면서 나를 보고 킬킬거렸다.

주차장으로 돌아가 코트를 집어 들고 몸에 걸친다. 폼 나는 차로 다가가며 술집 쪽을 다시 살핀다. 이상 무. 키 뭉치를 보닛 위에 올려둔다. 좋은 차를 공짜로 타고 싶어하는 다른 양아치가 있을 거다. 아니, 잠깐. 그 녀석은 나한테 그렇게 못되게 굴지 않았는데. 짜식, 덕분에 네 차가 무사한 줄 알아라.

키 뭉치를 앞좌석에 넣어둔다.

허름한 놈에게 다가간다. 문을 열고 탄 다음 차 안을 훑어본다. 다 멀쩡하다. 키를 시동장치에 넣고 돌린다. 엔진이 돌아간다. 연료계 눈금을 확인한다. 출발.

주차장을 빠져나오면서 왼쪽으로 꺾어 도로 끝까지 간 다음 신호등에서 좌회전, 로터리로 들어선다. 와 이거, 다시 이 동네에서 차를 몰고 돌아다니다니 기분이 정말 묘하다. 예전에는 그냥 장난삼아 차를 훔쳐 타고 근처를 한 바퀴 돌곤 했는데.

운동장을 지나 기차역으로 향한다. 내가 베키를 처음 본 곳이 여기였다. 친구와 함께 있었지만 그녀는 내게 웃어주었다. 난 그 미소를 절대 잊지 않을 것이다. 그녀가 무슨 말을 한 건 아니다. 그저 미소뿐이었다. 사진 속에 있는 것과 똑같은 미소.

하지만 그 미소는 특별했다. 나를 완전히 뿅 가게 만들었다. 어찌나 기분이 좋던지, 그대로 달려가다가 모퉁이를 돌자마자 나오는 유리창을 들이받아 박살내고 말았다. 저기 오래된 창고 말이다. 보이나? 창문은 뒤로 돌아가면 있다. 아마 아직 고치지 않았을 것이다.

그게 바로 베키가 나에게 한 일이다. 가벼운 미소 하나만으로. 나도 뭔가 가치 있는 놈이라는 기분을 느끼게 해준 미소. 그녀가 나에게 말을 건넸을 땐 그보다 더 좋았다. 나를 그렇게 대해준 사람은 처음이었다. 그러니까, 평범한 대화 말이다. 그게 바로 내가 베키를 사랑한 이유다. 나에게 처음으로 말을 걸어준 사람. 처음으로 마음을 써준 사람.

아마 처음이자 마지막이겠지.

하지만…… 아니다.

그녀가 마지막은 아니다. 나도 그 정도는 안다. 모든 게 변했기 때문이다. 전혀 생각지도 못한 일이다. 하지만 메리 할멈 역시 내게 마음을 쓴다. 이유는 나도 모르겠다. 처음에 할멈을 얼마나 함부로 대했던가. 손톱만큼도 믿을 수 없었기 때문이다. 하지만 지금은 믿는다. 그리고 난 할멈이 날 걱정한다는 걸 안다.

아직까지 살아 있다면.

이런 생각은 집어치우자. 머리가 터져버릴 것 같다. 그리고 또, 속도를 늦춰야 한다. 나도 모르게 너무 빠르게 운전하고 있다. 베키와 메리 할멈 생각에 좀 흥분한 탓이다. 게다가 이젠 재스까지 내 머릿속에 등장했다. 항상 거기에 있었으면서 새삼스럽긴.

재스도 날 뒤흔들고 있다.

속도를 늦춰, 이 멍청아. 제발 늦추라고.

구경꾼이여, 규정 속도를 지키며 운전해야 한다. 나를 찾는 인간들이 도처에 쫙 깔렸단 말이다. 오른쪽에 짭새들, 보이나? 너무 늦었다. 못 보고 지나쳤군. 다음번엔 잘 봐라. 두 명, 여경이었다.

좌회전 후 직진, 큰길로 들어선다. 댁이 궁금해할까봐 일러두는데, 우린 서쪽으로 향하는 중이다. 하지만 하염없이 이 방향으로만 가진 않을 것이다. 중심부 쪽으로 조금만 더 간 다음 우회전해서 북동쪽으로 가는 거다.

내가 목표한 장소가 바로 거기에 있으니까.

그 일을 벌이기 전에 들러야 할 곳.

구경꾼이여, 우리에겐 몹시 분주한 밤이 될 거다. 그 모든 일이 벌어지기 전에 볼일도 좀 있고. 큰길에서 벗어나며 우회전, 상점가를 돈다. 여기에 테이크아웃 음식점이 하나 있었는데. 아담한 케밥 가게. 구리구리한 냄새는 나지만 퍽 조용한 곳이었다.

저기 있군.

하지만 지금은 피자 가게다.

알 게 뭐람? 차를 대고 주위를 둘러본다. 불길한 조짐은 보이지 않지만 아주 꼼꼼히 살펴봐야 한다. 야수의 품 안에서 위험하지 않은 장소는 단 한 군데도 없다. 주머니를 뒤져 손가락 감촉으로 돈을 확인해본다. 지폐를 몇 장 말아 손에 쥔다.

차에서 나와 가게로 들어간다.

돌아와서 안전벨트를 매고 문을 잠근다. 게 눈 감추듯 피자를 먹어치우고 콜라를 목구멍에 들이붓는다. 출발, 큰길로 돌아가 고가도로를 탄다. 좋다, 구경꾼이여, 앞을 봐라. 자 어서, 전방을 보라니까.

저놈을 보라.

야수다.

덩치 한번 우라지게 크지 않은가? 이렇게 캄캄한데도 무시무시한 크기 때문에 그냥 지나칠 수가 없다. 저 불빛들을 보라. 그리고 그거 아나? 지금 당신이 보는 광경도 야수의 아주 작은 일부에 불과하다는 거. 새끼발가락 정도랄까. 놈은 거대한 괴물이다, 구경꾼 양반. 빌어먹을 거대 괴물이라고.

놈은 당신이 떠올릴 수 있는 것보다 훨씬 다양한 방법으로 사람을 죽일 수 있다.

그래, 그래. 당신은 속으로 혀를 끌끌 차고 있겠지. 이 인간이 또 시작이네, 라면서. 인마, 넌 야수를 너무 부풀리고 있어. 참 내, 이까짓 게 뭐라고. 끽해야 한 나라의 수도, 대도시일 뿐이잖아. 물론 어둡고 구린 구석이 있겠지. 하지만 웬만한 대도시가 다 그런 법이야. 대부분의 사람들은 별 탈 없이 잘 살고 있다고.

뭐, 그쪽 생각이 맞을 거다. 대부분의 사람들은 별 탈 없이 잘 살고 있겠지.

문제는, 난 그런 사람들을 만나본 적이 없다는 거다.

내가 만난 건 늘 그 '대부분'에 속하지 못한 사람들뿐이었다.

고가도로를 건너 중심부로 이어지는 도로에 들어선다. 최소한 우린 소굴을 빠져나왔다. 이제야 속이 후련하다. 이 기분이 쭉 지속되길 바랄 뿐이다. 왜냐하면 이제 우회전해서 '분쇄기'로 향할 테니까.

'분쇄기'라는 건 내가 붙인 이름이지만, 어쨌든.

거긴 질이 다른 구역이다. 소굴만큼 험하진 않다. 거리는 약간 더 윤택하고 깡패들도 그리 많이 돌아다니지 않는다. 하지만 거기에도 엄연히 질 나쁜 놈들이 있다. 대체로 약에 절어 있는 중독자들이고 내 정체를 아는 뒷골목 양아치들도 한둘이 아닐 것이다.

그러니 나도 거기서 오래 지체할 생각은 없다.

번개같이 들어갔다가 번개같이 빠져나오는 거다.

맥주 공장을 지나고, 학교를 지나고, 고속도로 입구를 지나 로터리에서도 직진, 신호등에서 우회전. 중심부에서 멀어지니 기분도 좋다. 근데 구경꾼이여, 내가 또 이 모양이다. 속도 조절을 못하고 있다.

정신 차리자. 속도를 늦춰야 해. 천천히, 천천히.

반대 차선에서 짭새들이 다가오다가 순식간에 지나쳐 뒤로 사라진다. 백미러로 확인해본다. 그들은 사라졌지만 다른 경찰차가 보인다. 이번엔 같은 차선이고 뒤에서 조금씩 거리를 좁혀오는 중이다. 핸들을 움켜쥔 손에 힘이 들어간다. 다시 백미러를 살핀다.

특별히 내가 수상쩍어 따라오는 건 아니겠지. 그냥 같은 방향으로 달리는 것뿐이겠지. 그러나 방금 전, 내가 차를 좀 막 몰지 않았는가. 더 생각할 것도 없다, 내가 과속을 한 거다. 아, 빌어먹을. 구경꾼이여, 만약 내가 이렇게 어이없는 이유로, 그러니까 내가 몸소 저지른 일 때문에 끝장이 난다면, 난 결단코…….

짭새들이 탄 차가 차선을 옮긴다.

난 시선을 정면에 고정시킨다. 속도는 그대로 유지. 짭새들이 느껴진다. 거의 나와 나란히 가고 있다. 저들을 보면 안 된다. 운전에만 집중하는 거다. 정속 운전, 준법 운전. 짭새들은 바로 옆, 내 사각지대에서 나와 같은 속도로 달리고 있다. 나를 살펴보는 놈들의 시선이 느껴진다.

차 주인 녀석이 도난신고를 해서 벌써 짭새가 뜬 건가. 아니면 어쩌다 옆을 보니 왠지 운전대를 잡기엔 너무 어려 보이는 놈이 있어서 좀 의아한 것인지도.

그들은 그냥 앞질러 간다. 와아, 숨 막히는 순간이었다. 그들이 나더러 차를 길가에 대라고 하면, 난 차를 세우고 곧장 내뺄 작정이었다. 여차하면 그대로 차를 몰고 튈 수도 있었다. 하지만 그들은 그냥 갔다. 정말 다행이다. 경찰차는 저만치 앞에서 씽씽 멀어져 간다.

경찰차가 완전히 사라질 때까지 ㅅ난 심호흡을 하며 느린 속도로 운전한다.

다음 진출로를 택한다.

자, 여기가 분쇄기다.

내가 말하지 않았나, 여긴 좀 다른 동네라고. 주택들을 한번 보라. 더 말끔하지 않은가? 주차된 차들도 더 좋고. 말했다시피, 이 동네는 소굴보다 더 윤택하다. 하지만 내가 말한 다른 것도 기억해두길. 여기에도 질 나쁜 인간들이 있다고 했지.

진짜다.

그러니 눈을 똑바로 뜨고 다녀라.

오른쪽으로 꺾어 주택단지 가장자리를 돈다. 그나마 다행인 건 우리가 분쇄기 안으로 깊숙이 들어갈 필요는 없다는 거다. 내가 이 동네를 주름잡을 때 찍어둔 곳이 있다. 당신은 이제 무슨 일이 생길지 짐작할 만하다고 생각하고 있겠지. 안 그런가?

그럼 톡 까서 말해주지, 구경꾼 양반.

땡이다.

그런 눈으로 보지 마라. 새대가리처럼 작고 시끄러운 당신 머릿속이야 훤히 들여다보이니까. 뭐, 이런 거겠지. 개울에 있던 다리 기억나. 무덤도 기억하지. 이 녀석, 여기에도 어딘가에 다이아몬드를 숨겨둔 거야. 아니면 돈이라거나. 양쪽 다일지도 모르지.

역시 당신 머리는 그냥 장식이다. 쯧쯧, 생각하는 것 하고는.

뭐, 아주 틀린 건 아니지만.

어쨌든 이 일을 해치우자고.

주택단지 반대편으로 가서 교차로에서 우회전, 기찻길로 이어지는 샛길을 따라가다 길 끝에서 다리를 건넌다. 속도를 늦추고 주변을 확인한 다음 차를 세운다. 헤드라이트를 끄고, 엔진도 끈다.

깜깜하다.

심장이 쿵쾅거리고 눈알이 튀어나올 것 같다. 진정하자, 진정해. 기다려, 기다리자고. 문을 열고 나와 귀를 기울인다. 문을 닫고, 다시 귀를 기울인다. 그래, 구경꾼 양반, 똑똑히 들어라.

소란과 고요, 두 가지가 공존한다.

분쇄기를 굴러다니는 차 소리, 멀리서 들려오는 소리들. 야수의 소리. 저놈이 꿈틀댈 때마다 내뱉는 깊고 무거운 숨결.

그리고 그다음엔 적막이다.

내가 있는 곳, 그러니까 기찻길 옆에 서 있는 내 주위의 적막함. 작은 전구 안에 들어와 있는 것 같은 느낌. 적막함. 오로지 내 안에서 이런저런 생각들이 수군대는 소리뿐.

주위를 살핀다.

움직이는 그림자는 없다. 내 눈에 띄는 건 없다는 얘기다. 기찻길엔 아무것도 없는 듯하다. 그러길 바란다고 해야 하나. 가끔 부랑자들이 이 주위를 어슬렁거릴 때가 있다. 기찻길 양쪽 철망의 덤불 가운데 적당한 장소를 찾는 것이다. 왜 그러는지 나한테 묻지 마라.

잠자리로는 형편없는 곳이다. 기차가 지나갈 때마다 반드시 깨게 돼 있다.

일단은 우리뿐인 것 같다.

가자.

철망을 넘어 흙길에 내려선 다음 다시 귀를 기울인다. 철로 쪽에서 쩔걱거리는 소리가 들리지는 않지만 그래도 신중해야 한다. 하마터면 여기서 죽을 뻔한 적도 있다. 철로에서 소리가 전혀 없었는데 갑자기 기차가 덮쳤다.

정말 가까스로 벗어났다.

흙길을 살핀다. 양쪽 다.

온통 어둡다. 불현듯 유난히 조용한 것 같다. 너무 조용하다. 지금은 나만의 적막함이 아니다. 다른 소리들마저 잦아든 것 같다. 하지만 구경꾼이여, 그것들은 여전히 존재한다. 귀를 기울이면 들을 수 있을 것이다. 무슨 소리인지 알겠나?

바로 그게 이상한 부분이다. 생각해보라. 아까까지 당신은 그 소리들을 그냥 자연스럽게 들었다. 애써 들으려 할 필요가 없었다. 하지만 여기로 들어서자마자, 그 소리들은 거짓말처럼 사그라 들었다. 하지만 사라진 게 아니다. 결단코 그것들은 사라지지 않았다. 마치 그 소리들 대신 우리가 사라져버린 것 같지 않은가.

왠지 좀 오싹하다.

오케이, 오른쪽으로 꺾어라. 그래, 당신이 생각한 대로다. 우리는 다리 밑으로 가고 있다. 다만 우리가 예전에 갔던 개울과는 다르다. 벽에 박힌 돌을 치우지도 않을 거다. 찰싹 붙어서 잘 봐라.

다리 밑으로 간다. 천천히, 천천히. 미처 보지 못한 부랑자들 틈으로 들어갈 수도 있다. 아니면 마약쟁이들이라든가. 어쩌면 웬 커플이 벌거벗고 뒤엉켜 있을지도 모른다. 일단은 괜찮아 보인다. 계속 간다. 계속. 다리 아래를 지나서. 맞다, 구경꾼 양반. 우린 여길 통과해 다시 나갈 것이다.

왜 반대편 둑으로 내려가지 않았는지 궁금한가?

곧 알게 될 거다.

반대편으로 나선다. 자, 다 왔다. 오른쪽과 왼쪽, 둑 위를 보라. 철조망이 얼마나 높은지 보이나? 우리가 넘어온 것보다 훨씬 높다. 그러니까, 저기 있는 철조망은 넘기에 너무 버겁다. 둑도 너무 가파르다.

그러니 방금 한 것처럼 다리 아래를 가로지르는 게 최선이다.

아무튼 거의 다 왔다. 손으로 더듬어가며 둑 위로 올라간다. 여기선 그곳이 보인다. 어둠 속에서도 말이다. 다리 바로 오른쪽 옆, 덤불이 무성한 곳. 둑 꼭대기 바로 아래 지점.

철조망을 한번 봐라. 아까보다 더 가까이에 있다. 이제 내 말뜻, 이해하겠나? 누가 감히 저걸 넘으려 들겠는가? 부랑자라든가 다른 인간들은 더 쉬운 길을 택할 것이다. 다리 반대편에서 그냥 죽치고 말지. 굳이 여기까지 아득바득 올 이유가 없다. 귀찮고 힘든 일이니까.

그래서 이곳이 완벽한 장소라는 것이다.

보면 안다.

덤불 안을 헤집는다. 마구 뒤엉킨 뿌리와 잔가지 등을 헤치고 돌멩이 조각을 치워낸다. 자, 바로 이거다.

낡은 배수관.

3년 전에 봤을 때 그대로다.

지금은 이리로 물이 흐르지 않는다. 언제부터 막혔는지는 내 알 바 아니고 사람들은 세상에 이런 게 있는지조차 모른다. 나만 빼고. 구경꾼 양반, 그런 고로 여긴 비어 있지 않다. 당신이 추측한 대로 말이다. 하지만 내가 말했듯이, 다이아몬드나 돈이 들어 있는 것도 아니다.

뚜껑을 들어내고 손을 넣어 뒤진다.

익숙한 감촉이 느껴진다.

익숙한 기분.

어떻게 설명해야 할지 모르겠다. 왜냐하면 그 느낌이 변했으니까. 메리 할멈과 재스를 비롯해 이런저런 일들이 벌어진 뒤로 말이다. 지금은 다르다. 예전엔 짜릿하면서도 흥분되고, 뭔가 폭발할 것 같은 그런 기분이었다. 어떤 힘과 두려움이 혼합되어 있었다.

지금은 그저 두려움뿐이다.

하지만 익숙한 느낌이기는 하다.

그리고 다른 느낌도 든다. 예전엔 느끼지 못했던 것이다.

이유.

이전엔 이유라는 걸 가져보지 못했다. 그러니까 제대로 된 이유 말이다. 그러니 구경꾼 당신도 잘 들어두는 편이 나을 거다. 나를 똑바로 보고 잘 들어라. 내가 말했던 거 기억하나? 내일 벌어질 일에 대해? 떨어져 있으라고 했었다. 내가 할 일을 당신은 반기지 않을 테니까.

흠, 나도 마뜩잖기는 마찬가지다. 하지만 유일한 방법이다.

배수관을 내려다본다. 심호흡을 하고, 그것들을 꺼낸다.

칼 두 개 모두.

이 칼들을 잘 봐라, 구경꾼 양반. 이 녀석들에게 익숙해지라고. 아주 중요한 순간이니까.

중요한 작업을 위한 중요한 칼들이다.

한낱 접이식이 아니다. 이놈들은 아주 무겁다.

자, 보라고. 이놈들을 봐라. 직접 봐야 한다. 그리고 당신도 알아두는 게 좋겠다. 사연이 있는 칼들이다. 그러니까 명심해둬라. 톡 까놓고 말하지. 당신도 뭐가 뭔지 알아야 하니까.

원한다면 내일 나와 함께 있어도 좋다.

하지만 피를 보게 되더라도 날 막을 생각은 접어두는 게 좋을 거다.

그렇지 않으면 이 녀석들이 당신 몸을 쑤시고 들어갈 테니까.

오케이. 할 말은 다 한 것 같다. 칼들을 허리띠에 찔러 넣고 코트로 덮는다. 둑을 구르듯 내려와 다리 밑을 통과해 철조망으로 가 기어오른다.

다시 귀를 기울인다.

고요하다. 들리나? 온 사방에 적막뿐이다. 지금은 진짜 적막이다. 차도 없고, 멀리서 웅웅대는 소리도 없다. 아무것도 없다. 하지만 귀를 기울이는 게 우리만은 아니다.

그놈도 귀를 기울이고 있다.

야수.

나를 향해 귀를 기울이고 있다. 내 움직임, 내 생각을 향해. 그리고 지금 난 그놈이 저 멀리서 내게 속삭이는 소리를 들을 수 있다. 여긴 아니다. 분쇄기 내부는 조용하다. 하지만 저 멀리서, 저놈의 영혼 깊숙한 곳에서, 놈이 날 부르고 있다. 그리고 놈의 냄새나는 아랫것들도 모두.

코트 안에 손을 넣어 칼을 만져본다.

감촉을 느낀다.

그리고 마주 속삭여준다.

"그래, 내가 간다."

쭉, 쭉, 계속 차를 몰아 분쇄기를 벗어나 밤의 한가운데로 질주한다.

다시 소리가 들려온다. 엔진 소리, 다른 차 소리, 거리에서 들려오는 사람들의 고함 소리. 밖에 사람들이 있으니까. 대부분 클럽과 술집을 들락거리는 젊은이들이다.

그리고 여전히 야수가 내 귓가에 속삭이고 있다.

부르고, 또 부른다.

쓸데없는 짓이다. 안 그래도 난 이미 가고 있다. 하지만 놈은 계속해서 불러댄다. 내가 포기할까봐 걱정된다는 듯이. 하지만 난 포기하지 않는다. 두려움에 숨이 막혀오지만, 절대 포기하지 않을 것이다. 분명히 다짐한 바가 있으니까.

분쇄기는 멀어지고 난 중심부 쪽으로 달려가고 있다. 차들의 간격이 좁아지고, 온통 헤드라이트 불빛이 희번덕거린다.

구경꾼이여, 저놈의 얼굴을 한번 보라. 밤이 되면 야수는 다른 얼굴로 바뀐다. 우리가 예전에 지냈던 도시가 그랬듯이. 다만 차이점은…… 그래도 예전의 그 아가씨는 좀 귀여운 구석이 있었다.

이놈은 그렇지 않다.

힘이 넘친다. 일종의 에너지 같은 것. 난 그게 두렵다. 놈은 통제 불능이니까.

또 옛 생각이 마구 떠오른다.

베키, 메리 할멈, 꼬맹이 재스.

그리고 벡스. 심지어 벡스까지.

믿기지 않겠지만, 내가 생각해도 믿어지지 않지만, 난 정말 그녀가 걱정된다. 아마도 그 여자는 날 걱정하지 않겠지만. 아마 지금쯤 경찰서에 전화를 넣었을 것이다. 루비가 시켰겠지. 어쩌면 난 목적지에 닿기도 전에 수갑을 차게 될지도 모르겠다.

이 도로에서 이미 경찰차와 세 대나 마주쳤다.

그래, 나도 안다. 당신은 못 봤다는 거.

적어도 우리 중 하나는 정신을 차리고 있어야 하지 않겠나.

큰길에서 벗어난다. 뒷길로 가는 편이 낫겠다. 내가 원하는 곳까지 가려면 아주 신중히 행동해야 한다. 신호등에서 우회전, 공원을 끼고 돌아 교차로에서 좌회전. 고함 소리가 또 들린다. 역시 젊은 치들이다. 병나발을 불고 있다.

주의 깊게 살피며 그들 곁을 지난다. 길이야 훤하다. 그냥 가기만 하면 된다. 좌회전, 다시 좌회전, 직진, 직진. 또 다른 젊은이들. 이번엔 길을 막고 있다.

흑인 녀석들, 뭔가를 둘러싸고 서 있다.

한바탕 싸움이 벌어지는 중이겠지. 역시, 짐작대로다. 여자 깡패 둘이 땅바닥을 뒹굴며 치고받고 있다. 난 그저 구경꾼일 뿐이다. 저기 말려들 순 없다. 뒤를 돌아본다. 내 궁둥이를 물고 있는 차는 없다. 후진 기어를 넣는다.

텅!

뭔가 차 앞에 부딪힌다. 돌아본다. 조그만 돌멩이가 보닛 위를 구르고 있다. 저만치 앞에서 흑인 녀석 하나가 날 음흉하게 쳐다보고 있다. 분명 나를 발견하고는 무리에서 떨어져 나와 돌을 던진 것이다.
 녀석은 나에게 가운뎃손가락을 세워 보이고는 다시 싸움 구경에 열중한다.
 끼이익 요란한 소리를 내며 후진한 다음 차를 돌려 다시 직진한다. 돌멩이가 길바닥에 떨어진다. 교차로에서 우회전. 오케이, 구경꾼 양반, 거의 다 왔다. 눈을 번쩍 뜨고 짭새들이나 놈들이 있는지 살펴봐라. 위험해 보이는 것이라면 뭐든지 확인하란 말이다.
 굳이 이유를 말해주지. 이제부터 한층 더 힘들어질 예정이기 때문이다.
 그리고 내일은 정말 빡셀 거다.
 그래, 나한테 계획이 있긴 하다. 하지만 성공 확률은 기껏해야 반반이다.
 최대가 그렇다는 것이다.
 계획이 성공하려면 수백 가지 요소들이 착착 맞물려 돌아가야 한다. 그리고 아주 손쉽게 틀어질 수 있는 요소들도 수백 가지다. 그중 대부분은 내가 예상할 수 없는 것들이고. 그냥 저지르고 기도하는 수밖에.
 구경꾼이여, 난 두렵다.
 반반이라고?
 거짓말한 거다. 가능성을 불려 말한 거다. 바른대로 말하자면,

그건 그냥 꿈이다. 반반은 무슨, 그 근처에도 못 간다. 진짜 가능성은 생각하기도 싫다.

그렇지만 한 가지만은 고무적이다. 그럭저럭 쓸 만한 차를 마련한 것. 계획을 실행하기 위해서 어차피 차가 필요했지만 훔치는 건 나중에 할 생각이었다. 다만 짭새들이 이미 이 차를 찾아다닐 거라는 문제가 있다.

이런, 또 다른 문제가 생겼다.

신호등이 빨간불인데 인도에 짭새가 둘이나 서 있다.

차를 세우고, 주위를 살핀다. 짭새들은 내 쪽을 보고 있지 않다. 정신없이 뭔가 얘기 중이다. 그저 얼른 신호가 초록색으로 바뀌기만 기다린다. 오케이, 바뀌었다.

빌어먹을.

앞차가 꿈쩍도 하질 않는다. 뒤에 있는 녀석이 경적을 마구 울려댄다. 짭새 둘이 동시에 고개를 돌려 늘어선 차들을 살펴본다. 앞차 주인이 차를 출발시키려 해보지만 시동이 꺼진다. 세 번째 시도에 엔진이 제대로 돌아가고 바퀴가 굴러가기 시작한다. 하지만 이젠 신호가 다시 바뀐다.

난 기다리지 않는다.

클러치를 떼고 출발.

짭새들 시선이 나를 향한다. 난 얼굴을 반대편으로 돌리고 속도를 높인다. 교차로로 반쯤 진입해 들어가니 오른쪽 왼쪽에서 달려오는 차들이 빵빵대고 난리다. 난 무작정 내달려 다음 거리로 접어든다. 백미러를 살핀다.

짭새들 고개가 내 쪽을 향해 있다.

그중 하나는 무전기에 대고 뭔가 말하는 중이다.

별 문제없겠지. 신호를 어기는 인간들은 쌔고 쌨다. 그리고 마침 내가 가려던 참에 신호가 바뀐 것뿐이다. 그런데 만약 짭새들이 번호판을 확인하면 문제가 커진다. 이게 훔친 차라는 게 발각될 테니.

계속 달린다. 끝에서 우회전, 다시 우회전.

똥줄 빠지게 내달려야 한다. 부지런히 차바퀴를 굴려 경찰과의 사이를 벌려놓아야 한다. 길 끝에서 우회전, 여기서 또 한 번 빈틈없이 시야를 확인한다. 이제 왼쪽으로 꺾어 좁은 샛길로 접어든다.

아주 협소한 곳이다.

양쪽에 높은 빌딩들이 서 있다. 봐라, 구경꾼 양반. 사무용 건물들이다. 지루하고 오래된 사무실. 저기 몇 군데서 자본 적이 있어 잘 안다. 몰래 들어가기 쉬운데다 대부분 잠자리로 쓸 만한 창고나 다락 비슷한 걸 갖추고 있다. 하지만 지금은 저기로 가는 게 아니다.

우린 이쪽으로 간다.

훨씬 더 한갓진 곳이다.

샛길 끝에서 좌회전한 다음 차를 세운다.

시동을 끈다.

어떤가? 자그마한 막다른 골목이다. 그리고 아무도 없다. 왼쪽은 창고, 오른쪽은 차고다. 각각 열두 개씩. 굳이 세어볼 필요도 없다. 전에 와본 적이 있어서 열두 개라는 걸 안다. 한두 번 와본 것도 아니다.

차에서 내려 문을 닫고 주위를 둘러본다.

아주 끝내주는 곳이다. 여러 가지 의미에서 말이다. 첫 번째, 눈에 띄지 않는다. 창고는 신경 쓰지 않아도 된다. 여기서 보이는 건 창고 뒤편이니까. 저기서 일하는 인간들은 모두 반대편 문으로 드나든다. 최소한 이런 밤에 이쪽으로 오는 사람은 없다. 그리고 내일도 별 문제없을 것이다. 운수가 더럽게 꼬이지만 않는다면.

오른쪽에 늘어선 차고들도 이 골목의 장점에 속한다.

항상 두세 곳 정도는 비어 있다. 비어 있지 않아도 그 안에 있는 차는 거의 쓰이질 않는다. 한번 둘러보라. 아주 낡다 못해 부스러질 지경이다. 누가 여기 오는 걸 거의 본 적이 없다. 게다가 차고 안으로 들어가는 건 식은 죽 먹기다. 의심 많은 주인이 이상한 장치를 달아놓지 않은 한은.

하지만 그런 일은 없다. 차고들은 3년 전보다 훨씬 더 허름해졌다. 그리고 필요한 건 딱 한 대뿐이다. 가자. 첫 번째 차고다.

문이 잠겼다. 잠금장치를 살펴본다. 필요하다면 여는 것쯤 일도 아니다. 하지만 일단은 다른 차고들을 찔러볼 생각이다. 그럼 그렇지. 내가 뭐랬나? 두 번째 차고는 아주 들어와 달라고 사정하는 꼴이다.

문은 닫혔지만 잠금장치가 고장 났다. 보이나? 문을 열고 둘러본다. 끝내주는군. 녹슨 연장들과 오래된 페인트 통 말고는 아무것도 없다. 물론 주인이 나타날 가능성은 제로에 가깝다.

첫째, 이 차고 주인은 자기 차를 여기다 보관하지 않는다. 만약 그렇다면 저 연장과 페인트 통 따위를 바닥에 굴러다니게 두지 않았을 거다. 모두 옆에나 뒤에 잘 정리해뒀겠지. 둘째, 그 주인 양반은 이곳을 다른 어떤 용도로도 쓰지 않는다. 장담할 수 있다.

이 잡동사니들 말고는 아무것도 없다. 그리고 저 잡동사니들도 한번 봐라. 낡고 녹슬어 쓰레기나 다름없는 연장들. 퍽 오랫동안 쓰지 않은 것이다. 페인트 통들은 텅텅 비었다. 굳이 확인해서 뭐하나. 안 봐도 비어 있을 게 뻔한데.

나에게 필요한 건 방해받지 않을 장소다. 그렇다고 오래 있을 것도 아니다. 하루도 안 걸려 모든 일이 결정 날 것이다. 어느 쪽으로든. 몸을 숙이고 연장과 깡통 따위를 구석으로 치운다. 일어서서 안을 둘러본다.

좋다, 구경꾼.

적절한 곳을 찾은 것 같다.

차를 안으로 넣고 시동을 끈 다음 나와서 차고 문을 내려 닫는다. 어둠이 나를 휘감는다. 선 채로 숨을 몰아쉰다.

멀리서 차 소리가 들려온다. 하지만 그렇게 멀지는 않다. 조금만 나가면 자동차와 버스, 택시들이 길거리에 바글바글하다. 그냥 소리가 먼 것뿐이다. 기분 탓이다. 어둠 속에서 들으면 마치 다른 세상에서 들려오는 것처럼 느껴진다.

두리번거리며 눈이 어둠에 적응하길 기다린다. 시간이 좀 걸리지만 이제 슬슬 보이기 시작한다. 아까 처음 들어올 때 안쪽 벽에 선반이 있는 걸 봐두었다. 꼬질꼬질한 기름 깡통 말고는 아무것도 없었다.

호흡이 차츰 안정되는 게 느껴진다.

구경꾼 양반, 난 아직 서 있다. 내가 왜 이러고 있지? 난 쉬어야 한다. 잠을 자둬야 한다. 내일을 준비해야만 한다. 그런데 난…… 그저 여기 서서, 어둠을 노려보고 있다. 도대체 내가 왜 이러냔 말이다.

차로 돌아가서 운전석에 앉아 문을 닫는다. 잠근다. 무엇 때문인지 몰라도 아무튼 잠갔다. 어차피 놈들이 이 안으로 쳐들어오면 차문 따위 잠그건 안 잠그건 매한가지인데. 그래도 뭐…….

등받이를 뒤로 최대한 젖힌다. 길게 한숨을 내뿜는다. 눈을 감는다. 쉬어야 한다, 구경꾼이여. 잠을 자야 한다. 그런데 그게 안 된다. 감은 눈으로 어둠이 쏟아진다. 눈 속으로, 머릿속으로. 그리고 익숙한 얼굴들이 나타난다.

베키, 메리 할멈, 재스.

내일 일이 너무나 두렵다. 일이 잘못되었을 때 벌어질 모든 상황이 두렵다. 또 두려운 게 있다. 나 자신. 그렇다, 난 나 자신이 두렵다. 다시 눈을 뜬다.

어둠은 여전히 이 안을 가득 메우고 있다. 절대로 사라지지 않을 것처럼.

구경꾼 양반, 할 말이 있다. 난 벡스에게 거짓말을 했다. 조직에 대해 이야기할 때 말이다. 그녀는 그 조직에 이름이 있는지 물었다. 기억하는가? 난 없다고 대답했다. 어느 정도는 진실이다. 말했다시피, 말단에서 지저분한 일을 처리하는 자들은 아는 게 별로 없기 때문이다. 놈들은 그냥 명령을 이행할 뿐이다.

지금은 블레이드라는 아이를 찾으란 명령을 받은 상태일 것이다. 블레이드라는 놈을 처리하면 다음 임무로 옮겨갈 테지. 그 위에 있는 자들도 마찬가지다. 명령을 이행하고, 다음 임무에 착수한다.

이름 따위, 아무도 신경 쓰지 않는다.

그런데 말이다, 이름이 있다. 맨 꼭대기에 있는 작자들이 작업에 대해 논할 때만 쓰는 비밀스런 이름. 그들이 그걸 뭐라 부르는지 아나?

'게임'이다.

그래 맞다, 구경꾼이여.

게임.

그들에겐 이 모든 일들이 게임이다. 막대한 돈이 걸린, 거대하고도 무시무시한 게임. 권력, 정치, 돈, 국제 정세…… 이런 엄청난 것들을 말하는 것이다. 말단이나 중간에 걸친 애매한 놈들이 모르는 게 바로 그것이다. 그들은 단순히 자신이 그저 그런 범죄자의 길을 걷고 있는 줄로만 안다. 자기가 하는 일들이 뭔가의 경제적 가치를 부풀린다는 건 꿈에도 모른 채.

더구나 그 규모는 상상을 초월한다.

윗대가리들이 노리는 것이 상상을 초월하니까. 분명히 말해두겠다. 그들의 '게임'은 재미를 위한 게 아니다. 그들에게 게임은 생사에 관련된 것이다. 그들에게 게임은 전부다. 무조건 이겨야 하는 것이다. 그들은 게임의 승자가 되는 데 몹시 집착한다.

그래, 그래. 대체 나는 이걸 어떻게 아느냐고?

글쎄, 언젠가는 털어놓을 수 있을지도.

하지만 일단 내일 일을 잘해내는 게 먼저다.

그러니 오늘밤은 제발 잠들 수 있기를.

아, 마음속이 온통 어지럽다. 달려 나가 공중전화를 찾아서 크라운에 전화를 걸고 싶다. 아직 살아 있다면, 메리 할멈과 대화를 나누고 싶다. 만약 죽었다면, 이번엔 루비에게 전화하는 거다. 번호는 안다. 그녀와 통화할 수 있다. 아니면 벡스나, 아니면······.

누구든.

난 다만······.

대화를 나누고 싶을 뿐이다.

단 한 번이라도······ 내가 겁을 먹었을 때 혼자가 아니면 좋겠다.

몸을 일으켜 등받이를 다시 앞으로 당긴 다음 코트 속에 손을 넣는다. 칼 두 개를 꺼낸다. 눈앞에 들고 날을 세워본다.

내가 이 망할 것들을 다시 보게 될 거라고는 생각도 해보지 않았다. 원치도 않았다. 그냥 과거 속에 묻어둘 수 있을 줄 알았다. 칼이라면 모두 다. 하지만 인생은 그런 식으로 흘러가지 않는다. 그렇지 않나, 구경꾼 양반? 내겐 그렇다. 아무리 힘껏 던져버려도, 이놈들은 내 손으로 되돌아온다.

하지만 어쩌면 내가 나 자신을 기만하고 있는지도 모른다.

난 이 두 놈을 묻어두었었다, 안 그런가? 먼젓번에 지녔던 칼처럼 물속에 내던지지 않았다. 다시 찾을 수 있는 상태로 둔 것이다. 그리고 결국은 다시 찾는 쪽을 선택했다. 어쩌면 내 마음 속 깊은 곳 어디에선 내가 언제든 야수로 돌아올 운명임을 알고 있었는지도 모른다. 여기서 도망칠 때도 기어코 저 칼들을 없애버리지 않았다는 사실을 인정해야 한다.

재스의 얼굴이 눈앞에 떠오른다.

정말이다, 난 그 아이를 선명하게 볼 수 있다. 나를 바라보는 작은 얼굴. 마치 앞 유리에 매달려 있는 것 같다. 미소도 아무것도 없는 표정. 그저 가만히 나를 똑바로 응시한다.

"사랑한다."

난 속삭인다.

아이는 계속 바라만 볼 뿐이다. 난 아이에게 속삭인다.

"그 이야기를 끝내지 못했어. 하지만 끝까지 해줄 거야, 만약 네가 아직……."

난 차마 말을 잇지 못한다. 생각도 할 수 없다. 두 개의 칼을 꽉 움켜쥔다. 한순간 칼들이 재스의 머리를 겨눈 것처럼 보인다. 머리 양옆으로 하나씩. 난 황급히 손을 내리고는 아이의 얼굴을 다시 바라본다.

하지만 아이는 가버렸다.

눈앞에 보이는 건 차 앞 유리뿐이다. 울음이 터져 나올 것 같다. 난 몸서리치며 울음을 꾹 참는다. 울지 않겠다고 분명히 말했었다. 물론 울지 않을 거다. 칼을 힘껏 쥐고는 차에서 내려 그 자리에 선다. 어찌할 바를 모르겠다. 어둠이 다시 내려앉는 게 느껴진다.

차고 안이 흐려진다.

모든 것이 흐려지고 있다.

나는 벽에 기댄 채 바닥에 주저앉아 벽돌에 뒤통수를 댄다. 곰팡이 냄새가 나고, 거미줄 몇 가닥이 얼굴에 닿는다. 눈을 다시 감는다. 그리고 어느 결에 난 자고 있다.

경적 소리에 소스라치게 놀라 깰 때까지.

긴장하며 일어나 앉는다. 몸이 바들바들 떨린다. 그 덕에 여기가 어딘지 금방 깨닫는다. 약에 취한 것 같은 몽롱한 기분. 춥다. 그리고 난 아직 겁에 질려 있다. 심장이 미친 듯이 쿵쾅댄다. 차고 문 아래의 틈으로 밖이 보이기 때문이다. 아침이다. 결전의 날이 밝았다.

벌떡 일어나 몸을 펴고 심호흡을 한다.

생각을 한다.

계획대로 하는 거다, 계획대로.

그러나 계획을 바꿀 준비도 해야 한다. 일단 일이 진행되기 시작하면 어떤 상황이 터질지 전혀 예측할 수 없으니까.

난 아직도 칼을 쥐고 있다. 한 손에 하나씩. 보이지 않는 곳에 얼른 넣어둔다. 이 녀석들은 준비가 다 됐다. 나도 마찬가지다. 딱 하나만 더 찾으면 된다. 이 차고 안에 쓸 만한 게 굴러다닐 것이다. 낡은 연장들을 뒤져본다.

이거면 되겠다.

작은 망치. 가볍지만 단단하다. 이게 필요한 상황이 닥치지 않길 바라지만 만약을 위해 지녀두는 게 좋다. 주머니 속에 망치를 쑤셔 넣는다. 돈뭉치 따위와 함께 코트 주머니가 불룩해진다. 그래도 어쩔 수 없다. 돈을 두고 가진 않을 것이다.

만약 오늘 일이 안 좋게 흘러간다면, 그런 것 따위 아무래도 상관없게 될 테고.

차고 문으로 다가가 귀를 기울인다. 야수를 온통 휘감기 시작하는 이른 아침의 자동차 소리 말고 밖에서는 아무런 소리도 들려오지 않는다. 문을 열고 바깥을 살핀다. 몇 시인지 모르겠다. 여섯 시 반쯤이려나. 차로 돌아가 시계를 본다.

빌어먹을, 일곱 시 10분이다.

움직여야 한다.

예정보다 훨씬 늦었다. 일을 벌이기 전에 처리할 것들도 있다. 차에 올라 키를 돌린다. 시동이 걸린다. 후진으로 나온 다음 차고 문을 닫고 다시 운전대를 잡는다.

샛길에서 나와 큰길로 들어선다.

됐다, 구경꾼 양반, 지금 목적지는 당신도 가본 곳이다. 도로 끝에 이르면 오른쪽을 살펴라. 아직이다, 좀 더 기다려라. 오케이, 이제 봐라.

저 도로 알아보겠는가?

얼씨구, 봐도 모르는구먼. 집어치워라.

느리고 꾸준한 속도로 쭉 직진한다. 난폭 운전은 금물이다. 평범해 보여야 한다. 벌써 거리로 나온 차들이 많으니 딱히 우리가 눈에 띄진 않을 테지만, 짭새들이 이 차를 찾고 있을지도 모른다. 어차피 이 차를 오래 탈 것도 아니니까 별문제는 없을 것이다. 그래도 조심해야 한다.

그래, 이제 다시 한 번 봐라.

도로 왼쪽. 알겠나? 우리가 택시를 잡아탔던 곳이다. 놈들이 거의 우릴 잡을 뻔한 곳이기도 하다. 저기 농지도 기억나겠지? 저길 가로질러 달려와 택시를 잡지 않았나. 그렇다, 구경꾼 양반.

우린 내가 당신에게 보여준 첫 번째 장소로 돌아가는 중이다.

맨 처음 말이다.

교차로를 지나 두 번째 출구. 오른쪽을 봐라. 갈림길이 보이는가? 작은 거리? 골목에서 놈들에게 들켰을 때 나와 벡스가 달려갔던 길이다. 짐작이 되나? 우린 그 길로 되돌아간다.

바로 지금.

놈들에게 걸렸던 곳으로 돌아가다니, 돌았다고 생각하겠지. 하지만 말이다, 거기야말로 이 야수 안에서 가장 덜 위험한 곳이다. 놈들이 우리가 다시 여기로 올 줄 상상이나 하겠는가?

거리를 따라간다.

좀 알아보겠나? 자전거 보관대는? 은행은? 쳇, 내가 왜 굳이 댁한테 일일이 확인하는 수고를 하는지 모르겠군. 아무튼 계속 간다. 이제 속도를 줄이고 주위를 살핀다. 차를 댄다. 좋다, 왼쪽을 봐라. 아무리 당신이라도 저건 기억하겠지.

신발 가게. 그 뒤에 있는 작은 마당. 그리고 그 뒤엔 나와 벡스가 골목 쪽에서 넘어온 담이 있다. 겁먹을 거 없다. 다시 넘어갈 건 아니니까. 하지만 차에서 내리긴 할 거다. 할 일이 좀 있거든. 너무 오래 자버린 탓에 시간이 촉박하다. 그러니 어정거릴 틈이 없다.

차에서 나와 거리를 살핀다. 생각했던 대로 이미 사람들이 꽤 많이 돌아다닌다. 다들 평범한 인간들일 테지만 그래도 경계를 늦출 수 없다. 후드를 내리고 비니를 눌러쓴다. 길가에 붙어서 편하게 걷는다.

섞이는 거다, 알겠나? 눈에 띄지 않아야 한다. 예전엔 이런 데 선수였다. 지금도 그렇긴 하지만 자신감이 조금 줄었다. 게다가 놈들과 맞닥뜨릴까봐 신경이 잔뜩 곤두선 탓에 여차하면 기절할까봐 걱정이다. 근처 어딘가에 놈들이 있다면, 분명 냄새를 맡을 것이다.

거리 끝까지 걸어가서 주위를 둘러본다. 오른쪽으로 꺾고, 다시 오른쪽으로 돈다.

자, 구경꾼. 전방의 도로를 봐라. 보라니까. 또 기억 안 난다고 해보시지. 오른쪽으로 난 골목, 보이나? 나와 벡스가 숨었던 곳이다. 도로 건너편은 한때 집이 있었던 주차장이다.

내가 태워버린 집.

심호흡을 한다.

보석 가게로 다가가 유리창 안을 들여다본다. 시계들이 제각각 다른 시각을 가리키고 있지만 벽에 붙은 건 일곱 시 반이다. 저게 맞겠지. 즉 매우 서둘러야 한다는 뜻이다. 주위를 둘러본다.

거리는 사람들로 북적댄다. 오히려 고르기가 어렵다. 내가 원하는 건 휴대폰이다. 두 개나 세 개쯤 있으면 더 좋겠지만 여의치 않으면 한 개라도 괜찮다. 눈에 띄지 않게 길을 따라 걷는다.

차에서 여자가 내리고 있다. 아, 좋은 기회였는데. 하지만 미처 보지 못했다. 노파가 휴대폰을 핸드백 속에 넣고 있다. 저것도 놓쳤다. 아, 내가 왜 이러지? 눈 감고도 해치울 만한 일을. 하지만 멀쩡히 두 눈 뜨고도 못하질 않나. 너무 긴장한 나머지 버벅대는 거다.

양복쟁이 두 명이 나란히 걸어간다. 둘 다 휴대폰을 들지 않았다. 그냥 둘이서 부지런히 걷고만 있다. 아무래도 위험을 무릅써야겠다. 둘 사이를 향해 걸어간다. 저들을 보는 게 아닌 양 고개를 숙인다. 둘은 양쪽으로 갈라져 나를 피해 간다.

나는 한참 더 앞으로 가다가 슬쩍 뒤를 살핀다. 남자 둘은 그냥 가고 있다.

도로 쪽으로 비스듬히 걸어가며 휴대폰을 꺼낸다. 상태는 괜찮은 것 같다. 전원이 켜져 있고 배터리도 충분하다. 주위를 둘러본다. 하나 더 슬쩍할 수도 있다. 맘만 먹으면 아주 많이도 가능하다. 휴대폰 시계를 들여다본다.

일곱 시 45분.

제길, 고작 이거 하는 데 15분이나 허비했다.

뱃속이 조여드는 것 같다. 그만 가야 한다. 휴대폰을 더 슬쩍하는 건 그만두자. 당장 차로 돌아가 출발해야 한다. 왔던 거리를 돌아가서 골목을 지나 길 끝에 멈춰선 다음 사람들을 살핀다. 모퉁이를 돌아 좌회전, 신발 가게 쪽으로 간다.

이럴 수가!

저 앞에 경찰차 두 대가 와 있다. 그리고 짭새 넷이 나와 있다.

내 차를 살피는 중이다.

쓰레기통 뒤로 숨는다.

이런, 큰일 났다. 차가 없으면 이 일도 할 수 없다. 그렇다고 이제 와 다른 차를 어디서 어떻게 구한단 말인가. 하지만 구해야 한다. 오늘 일은 반드시 해치워야 한다. 난 마음을 정했다. 더 이상 지체할 수 없다.

다시 거리로 돌아간다. 지금 난 필사적이다. 그래, 아직 두렵기도 하다. 하지만 난 이 일에 사활을 걸었고 그 마음은 여전하다. 블록을 돌아 골목으로 들어간다. 스톱, 주위를 둘러본다. 틀림없이 뭔가 있을 것이다. 있어야만 한다. 오늘 하루를 그냥 날려버릴 순 없다. 단지 내가 더 기다릴 수 없기 때문만은 아니다. 내일이면 너무 늦어버릴 수도 있기 때문이다.

차들이 쏜살같이 좌우로 지나다닌다. 제길, 나만 빼고 이 세상 사람들 전부 다 차를 가졌잖아. 그 순간 그 남자가 눈에 들어온다. 도로 건너편. 주차장. 한때 집이 있었던 곳. 그리고 난 전에도 저 남자를 본 적이 있다.

낡아빠진 차에 탄 늙어빠진 남자. 지난번에 그는 다섯 살 정도 된 남자아이를 데리고 있었다. 손자인 것 같았다. 아, 그 녀석도 보인다. 조수석에 앉아 있다. 둘이 놀러 나온 모양이다. 아이가 발권기를 향해 달려가더니 주차권을 쏙 뽑아서 다시 쪼르르 뛰어온다. 영감은 아직도 차에서 나오는 중이다.

가야 한다. 가서 해야만 한다.

도로를 건너 주차장으로 들어간다. 나도 모르게 발걸음이 빨라지지만 되도록 침착하기 위해 애쓴다. 저들이 나를 보고 겁에 질려버리면 이 일도 말짱 꽝이다. 어차피 잘 안 될 것 같다. 지금 내 머릿속이 엉망인데다 행동거지도 어색하고 멍청하잖은가. 영감과 손자가 주차권을 앞 유리에 끼운다. 영감이 차 문을 잠근다.

아이는 돌아서다가 내가 다가가는 걸 본다. 약간 겁먹은 것 같다. 난 걸음을 늦추고 꼬마에게 미소를 지어 보인다. 녀석은 전혀 응해주지 않는다. 할아버지의 눈치를 살핀다. 영감이 돌아서서 나를 본다.

"안녕, 얘야."

영감이 말한다.

손에 아직 자동차 키를 쥐고 있다. 나에게 미소를 지어준다.

"급한 일이라도 있나 보구나."

아이는 아직 경직된 표정이다. 저 얼굴이 자꾸만 내 의지를 꺾는다.

난 영감을 바라보며 가까스로 마주 웃는다.

"네, 좀 늦었거든요. 저기, 지금 몇 시인지 알 수 있을까요?"

영감은 키를 주머니에 넣고는 손목시계를 확인한다.

"여덟 시 10분 전이구나."

난 슬쩍 눈을 굴린다.

"이런, 큰일 났네. 고맙습니다."

난 서둘러 앞으로 걸어간다.

"행운을 빈다."

영감이 말한다.

난 영감을 스쳐 지나가며 주머니에서 열쇠를 슬쩍해 계속 걸어간다.

"할아버지도요."

쭉 걸어가며 어깨 너머를 살핀다. 둘은 주차장 밖으로 향하는 중이다. 영감은 기분이 좋아 보인다. 하지만 꼬마는 다시 한 번 뒤를 돌아본다.

그리고 둘은 사라진다.

얼른 차로 돌아가 문을 열고 올라탄다.

또다시 심장이 쿵쾅대고 이가 딱딱 부딪힐 정도로 몸이 심하게 떨린다. 시계를 본다. 여덟 시까지 7분 남았다. 됐다, 아직 시간은 있다. 교통정체에 걸리지만 않는다면. 진정하고, 천천히 숨을 쉬자. 진정하지 않으면 이 일을 완전히 망쳐버리고 말 거다.

차 안을 둘러보고 모든 게 정상인지 확인한다.

튀지 않는, 평범한 차다. 오, 작은 선물도 놓여 있다.

영감이 휴대폰을 두고 갔다. 이리저리 살펴본다. 맙소사, 이거 도대체 몇 세기에서 온 물건이야? 하지만 전원은 켜져 있고 이게 필요할 수도 있다. 이제 주머니가 가득찼지만 이 휴대폰도 쑤셔 넣는다.

자세를 바로잡고 집중한다.

몇 번 더 심호흡.

필요한 걸 모두 챙겼는지 확인한다.

좋아, 됐어.

그리고 갑자기 번뜩 뭔가가 떠오른다. 미처 대비하지 못한 것.

한시가 급하니 난 당장이라도 차를 몰고 떠날 참이다. 그리고 그 순간 일이 시작되는 거다. 하지만 잠시 생각에 잠긴다. 왜냐하면…… 지금 내가 모든 것의 시작점, 바로 그곳에 앉아 있으니까.

내가 처음 살았던 그 집.

절대 내 집이 될 수 없었던 집.

어느 누구의 집도 될 수 없었던 곳.

잠시일지언정 다시 그 기분에 사로잡힌다. 좀 전에 나를 바라보는 표정만으로 날 멍하게 만든 그 소년과 똑같은 나이였을 때로 돌아간 것만 같은. 난 다시 다섯 살이 되어 사방을 둘러보고 있다. 모든 것이 불타고 있다. 화르륵, 타닥타닥, 활활.

언젠가 내가 댁한테 이야기하지 않았나.

유령들은 그렇게 쉽게 떠나지 않는다고.

안전벨트를 매고 키를 돌려 시동을 건다.

주차장을 빠져나와 도로로 들어선다.

쭉 가서 신호등에서 우회전. 일정한 속도를 유지한다. 급하게 몰 필요는 없다. 교통이 원활하다.

거리가 나온다. 그리로 들어선다.

구경꾼 양반, 기억하나? 우리 맨 처음에 이 길로 왔다. 주위를 둘러봐라. 뭐가 보이나? 그래, 자동차들. 그런데 어떤 차들인가? 저 차들을 보면서 뭐 떠오르는 것 없나?

돈.

당신이 보고 있는 게 바로 그거다. 이 거리에서 보이는 건 전부 돈이다. 자동차가 무척 많다. 모두 똑같다. 아주 멋들어진 차들. 그 안에 멋들어진 꼬맹이들이 타고 있다. 부잣집 아이들.

학교가 있다. 기억하나? 당연히 그렇겠지.

차를 대고 기다린다. 완벽한 지점이다. 정문이 한눈에 들어온다. 운동장에 벌써 아이들이 우글거린다. 더 많은 아이들이 꾸역꾸역 정문으로 밀려들어간다. 이 주변에 있는 사람들을 모두 둘러봐라. 멋진 사람들이 멋진 아이들을 멋진 차에 태워 학교로 속속 데려오고 있다.

드디어 내가 노리는 차가 나타난다.

경비가 삼엄하다.

최고로 부자인 가족이 왔다고 호들갑 떨 필요는 없다. 어차피 다들 아니까. 여긴 전 세계에서 등록금이 가장 비싼 학교에 속한다. 따라서 저건 '겸손한' 벤츠고 운전은 보모가 한다. 물론 그 뒤 차에 탄 두 놈도 '겸손한' 수행원일 뿐이다.

말끔하지만 눈에 띄진 않는다. 3년 전에도 저놈들이었다.

철통같은 경비.

난 나 자신도 놀랄 만큼 침착해졌다. 이 일이 시작되면서 온몸에서 긴장이 스르르 빠져나간 것 같다. 하지만 이런 상태가 오래 지속되진 않을 것이다. 놈들에게서 시선을 떼지 않는다. 예전과 똑같은 일을 수행하고 있다. 뒤에서 지키는 것.

단 너무 가깝지는 않게. 벤츠 안에 있는 꼬마에게 경호원이 둘 딸려 있는 건 모두가 아는 사실이다. 하지만 다른 부모들의 심기를 건드려서 좋을 게 없다. 왜냐하면 그들 중 일부는 경호원 한 명도 고용할 여력이 없으니까.

그래, 이 자식들. 그 자리에 가만히 있어라. 난 네놈들이 거기 있어주길 바란다.

벤츠를 살핀다. 두 사람이 안에 있다. 데미안과 보모다. 보모는 예전에 더 예뻤는데. 저 남자아이는…….

흐음, 쟨 별로 쳐다보고 싶지 않다.

저 아이는 지금 일곱 살이지만 내가 달아나던 그땐 네 살이었다. 지금의 재스와 같은 나이. 그리고 지금 나에겐 3년 전 저 녀석의 얼굴만이 보인다. 그걸 견디기가 힘든 게 문제다. 재스와 너무도 닮았기 때문에.

보모가 차를 댄다. 놈들도 똑같이 뒤에 와서 선다.

지금이다.

나는 시동을 걸고 차를 빼서 거리를 질주한다. 가속페달을 힘껏 밟는다. 빨리, 더 빨리.

사람들이 돌아본다. 부모들, 선생들, 아이들, 보모, 데미안.

그리고 이제 놈들까지.

두 놈이 내가 탄 차를 쳐다본다.

동시에 난 놈들의 차 앞을 들이받는다.

온 사방에서 비명이 터져 나온다. 머리가 꽝 울린다. 마음의 준비를 단단히 했지만 충격은 생각보다 더 크다. 나는 차문을 박차고 나와 벤츠 쪽으로 뚜벅뚜벅 걸어간다. 차 안에 있던 보모와 데미안이 어리둥절한 얼굴로 나를 쳐다본다. 보모가 허둥지둥 뒤를 살피며 핸드브레이크를 풀고는 시동을 건다.

난 운전석 문손잡이를 움켜쥔다. 차가 움직이기 시작한다. 난 손잡이를 놓치고 차는 빠져나가려 한다. 잽싸게 뒷문 손잡이를 잡고 망치를 꺼내 유리를 깨뜨린 다음 잠금 버튼을 포악스럽게 뽑는다. 고함 소리, 비명 소리. 서둘러 달려오는 사람들.

난 문을 열어 뒷좌석에 몸을 던지고 다시 문을 닫는다. 보모가 급브레이크를 밟고 아이에게 외친다.

"내려! 차에서 내려!"

데미안은 움직이지 않는다. 꼼짝도 못하고 얼어붙었다.

난 두 개의 칼을 꺼내 앞좌석 사이로 몸을 들이민다. 날 밀치려는 보모의 얼굴에 칼을 들이댄다.

"출발해! 출발!"

보모는 말을 듣지 않는다. 칼날을 응시하며 도움의 손길이 올 때까지 버텨보려 한다. 이 차로 다가오는 그림자들이 보인다. 난 몸을 돌려 아이를 덮치며 칼을 겨눈다. 아이가 비명을 지른다. 난 다시 보모에게 으르렁거린다.

"출발 안 하면 이 녀석이 다쳐!"

보모는 차를 출발시킨다. 나에게 짓눌린 아이가 계속 비명을 질러댄다.

"더 빨리! 더 빨리 몰아!"

보모는 속도를 높이고 차는 완전히 길가를 벗어난다. 난 창밖을 살핀다. 선생들, 그리고 놈들 중 하나가 쫓아오고 있다. 또 하나는 원래 있던 차 운전대 위에 엎어져 있다.

저들과 우리 사이의 거리를 가늠한다. 촉박하다. 금세 잡힐 것 같다. 보모는 벌벌 떨고 있지만 그럭저럭 버티고 있다. 그리고 내 눈치를 살피고 있다. 어떻게 대응해야 할지 생각해보려 애쓰는 듯하다.

지금밖에 없다.

"차 세워."

난 날카롭게 외친다.

보모가 차를 세운다. 난 그녀에게 달려든다.

"아악!"

그녀가 비명을 지른다.

난 다시 그녀의 얼굴에 칼을 들이댄다.

"내려!"

"안 돼요!"

"제기랄, 내리라고!"

그녀는 내리지 않고 칼을 피하려 발버둥 친다. 어쩔 수 없군. 난 칼날로 보모의 목을 살짝 찌른다. 팔을 뻗어 운전석 문을 연다.

"아이는 해치지 말아요!"

"나가라니까!"

그녀의 허벅지를 걷어차듯 밀쳐낸다. 그녀가 거리로 튕겨져 나가 바닥에 나동그라진다. 나는 운전석을 차지하고 문을 쾅 닫자마자 가속페달을 밟는 동시에 백미러를 살핀다. 남자 넷이 뒷문을 열기 직전이다. 난 가속페달을 힘껏 꾸욱 밟는다. 그들이 순식간에 뒤로 멀어진다.

그런 눈으로 보지 마라, 구경꾼 양반.

아예 나를 보지 마.

쭉쭉 달린다. 시선을 끌지 않는 한도 내에서 최대한 빨리.

이거다. 나에게 주어진 기회. 단 한 번뿐인 기회.

신호등에서 좌회전한다. 목적지와 다른 방향으로 가다가 되돌아올 것이다. 누가 나를 보더라도 헷갈리도록. 골목을 지나고, 주차장을 지나 끝에서 우회전, 로터리에서 다시 우회전.

그리고 이제 난 아이를 본다.

이 순간을 의식적으로 피해왔다.

이유는 상관 마라.

데미안은 날 보지 않는다. 공처럼 몸을 웅크리고 얼굴을 파묻고 있다. 오줌을 지렸는지 바지에 냄새나는 짙은 얼룩이 생겼다. 문득 궁금해진다. 재스도 저랬을까? 놈들에게 납치당할 때? 정말 그랬을까? 이 의문을 머릿속에 단단히 박아두어야 한다. 계속 떠올리고 기억해야 한다. 그래야만 이 일을 끝까지 해낼 수 있다.

교차로에서 우회전. 이제야 안정을 되찾은 것 같다. 자, 여기다.

사무용 건물들 사이로 난 샛길. 여전히 아무도 없다. 난데없이 누가 나타나 덮칠 것 같지도 않다. 길 끝까지 가서 좌회전한다. 차고가 나온다.

횡하다.

꼬마를 힐끔 본다. 여전히 몸을 웅크린 채다. 여전히 나를 보지 않는다.

그리고 이젠 울고 있다. 숨죽여 낑낑거린다.

내려서 차고 문을 연다. 다시 차를 몰고 안으로 들어가 시동을 끈다. 차고 문을 닫고 차로 되돌아온다. 길고 깊게 한숨을 내쉰다. 아래를 내려다본다.

무릎 위에 칼 두 개가 놓여 있다.

방금 전 칼을 무릎에 놓은 건가? 차고 문을 열 때도 칼을 쥐고 있었나? 기억이 나지 않는다. 틀림없이 그랬을 것이다. 그리고 무의식중에 다시 내려놓았겠지. 칼들을 노려본다. 저것들이 싫다.

집어 든다.

데미안이 흠칫하며 바라보는 게 느껴진다.

나는 아이를 돌아보고 칼을 무릎에 다시 내려놓는다. 휴대폰을 꺼낸다. 어느 걸로 할까? 둘 다 별로다. 어라, 가만있자…… 선택지가 하나 더 늘었군. 보모가 자기 휴대폰을 벤츠 안에 놓고 내렸다. 저건 더 나으려나?

집어 든다.

직통 번호는 이미 알고 있다. 이전에도 말한 적 있지 않나. 난 기억력이 아주 좋다. 하지만 이 번호는 기억해둘 필요도 없었다. 보모가 휴대폰에 입력해놓았으니까.

H 경.

이거란다. 어찌나 깜찍하신지. 뭐, 그 인간 성이 길긴 하다. 나라도 간단히 이니셜로만 입력했을 거다. 다시 심호흡을 한다. 휴대폰을 지그시 내려다본다.

H 경.

확인. 통화.

신호는 딱 한 번. 그럴 줄 알았다. 목소리가 응답한다.

차분하고, 귀에 익은 목소리.

"네?"

난 대답하지 않는다. 그럴 필요도 없다. 이자는 전화를 건 사람이 누군지 정확히 안다. 내가 원하는 게 뭔지도.

데미안은 계속 훌쩍거리고 있다. 난 휴대폰 든 손을 데미안 가까이로 뻗어 훌쩍이는 소리를 전화기 너머로 흘려보낸다. 아아, 얼핏 그 얼굴이 다시 보인다. 재스의 얼굴. 지난밤처럼 허공에 매달린 얼굴. 나를 응시한다. 나도 아이를 마주 본다. 아이의 얼굴이 흐릿하게 사라진다.

이제 내 눈에 보이는 건 흐느껴 우는 데미안뿐이다.

뻗은 손을 거두어 휴대폰을 다시 귀에 댄다.

저편엔 침묵뿐이다. 말 없는 기다림.
그 침묵을 깰 시간이다.
"얘기 좀 하지."
내가 말한다.

일이 너무 커져버렸다.
난 대담하게 행동해야 한다.

2

저편에선 아무 소리도 들리지 않는다. 난 그 이유를 안다. H, 이 나쁜 자식은 내가 먼저 입을 열기를 기다리고 있다. 그는 안다. 내가 그러리라는 것을, 그럴 수밖에 없다는 것을. 자신이 나보다 더 강하다는 사실을 알기 때문에.

그래, 내가 그의 아들을 납치했다. 내 옆자리 조수석에서 바들바들 떨고 있는 꼬맹이 데미안. 내 칼을 보고는 더더욱 겁에 질렸지. 그러나 그런다고 달라질 것은 없다.

침묵이 이어진다. 비명 같은 침묵이.

H가 나보다 강하기 때문이다.

H.

그래, 어련하시겠어.

그의 얼굴이 떠오른다. 조금도 변하지 않았을 것이다. 지금은 쉰세 살일 테지만 여전히 마흔 살처럼 보일 것이다. 오히려 더 젊어 보일지도. 귀족 중의 귀족, 자기 눈이 닿는 모든 것의 주인. 푸른 눈동자, 조각 같은 뺨, 키스의 색깔을 지닌 머리칼.

입매만 제외하면 퍽 다정해 보이는 얼굴이다. H는 자신이 마음먹은 대로 얼마든지 다정한 얼굴을 만들 수 있다. 그런 입을 갖고서도 말이다. 그는 어떤 얼굴이든 만들어 보일 수 있다. 허나 나까지 속일 순 없다. 난 그 얼굴을 너무도 잘 아니까.

3년간 보지 않았지만 똑똑히 기억한다. 대부분의 이미지는 내가 엎드린 채 축 늘어져 있고 그가 위에서 날 내려다보는 장면이다. 그가 한 손으로 내 턱을 들어 젖힌다. 눈으로 나를 조롱할 수 있도록.

그는 그 짓을 좋아했다. 굴욕감을 안기고 조롱하는 것. 난 그를 막을 수 없었다. 왜냐고? 그가 너무 강했기 때문이다. 내가 할 수 있는 거라곤 계속 스스로 되뇌는 것뿐이었다. 난 그의 소유물이니 아무도 날 해칠 수 없다고 말이다.

그러나 그것도 베키가 죽기 전의 일이다.

베키가 죽고, 온 세상이 조용해졌다.

지금 내 손에 쥔 이 전화기처럼. 내 안으로 스며드는, 작고 고요한 정적. 그 힘이 다시 느껴진다. 하지만 그것은 내게서 나오는 게 아니다. 그 힘은 H가 뿜어내는 것이다. 언제나 그렇듯이.

나는 그것과 싸워야 한다.

어떻게든 말이다.

흘깃 데미안을 본다. 꼬마는 조수석에 웅크리고 앉아 내 무릎에 놓인 칼을 힐끔거리고 있다. 나는 전화기에 대고 말한다.

"내가 뭘 원하는지 알잖아."

여전히 조용하다.

"내가 뭘 가졌는지도 알겠지."

나는 천천히 긴 한숨을 내쉰다.

"당신이 재스를 데려갔어. 당신 아니면 당신 똘마니겠지. 내가 원하는 건 그 아이야. 그러니까 그 아이를 포기하고 데미안을 데려가. 간단하잖아? 하지만 잘 들어."

또 한 번의 심호흡. 침착한 목소리를 내야 한다. 자신 있고 절제된 목소리를 들려줘야 한다. 실제로는 그렇지 않다 해도.

"당신, 주는 대로 받게 될 거야. 알아들어? 만약 재스가 죽는다면 데미안 목숨도 없는 거야."

나는 눈을 내리깔고 칼을 응시한다.

"당신의 나머지 꼬맹이들도 마찬가지 신세가 될 줄 알아."

데미안이 다시 훌쩍거리기 시작한다.

그래 나도 안다, 구경꾼 양반. 나도 이러기 싫다. 하지만 어쩔 수 없다. 일이 너무 커져버렸다. 그러니 나는 대담하게 행동해야 한다.

난 이 거대한 악마를 상대할 수가 없다. 물론 그는 아들이 돌아오길 원한다. 그러나 그는 강철처럼 차갑고 강철보다 두 배는 강하다. 하지만 더 심각한 문제가 있다. 그가 똑똑하다는 것, 그게 정말 최악이다. 세상 그 누구보다 영리하고 무자비한 인간이다.

당신은 다른 사람들처럼 이 인간한테 넘어가지 마라.

"이제 내가 시키는 대로 해."

내가 말한다.

여전히 그는 침묵한다. 점차 깊이를 더해가는 침묵. 차갑고 어두운 침묵 안에서 끓어오르는 그의 분노를 느낄 수 있다. 나는 목소리를 내기 위해 안간힘을 쓰고 있다.

"당신 똘마니들 시켜서 재스를 경찰서에 데려다줘. 뉴크로스 로드 경찰서로. 경찰서 밖에 차를 세우고, 애를 정문 앞에 놓아준 다음, 다시 차를 타고 꺼지면 돼. 누군가가 그 애를 기다리고 있을 거야."

나는 칼 하나를 집어 든다.

"아이가 안전하다는 연락을 받는 즉시 다시 전화하지. 데미안이 어디 있는지는 그때 말해주겠어."

입을 다물고, 대답을 기다린다.

그는 결코 응하지 않을 것이다. 두 아이를 동시에 바꾸는 거래를 원할 것이다. 그래야 날 덮칠 기회가 생기니까. 그는 재스를 넘기지 않을 것이다. 나중에 전화로 데미안의 위치를 알려주겠다는 내 말도 믿지 않겠지.

"한 시간 준다."

나는 목소리를 깔고 다짐하듯 말한다.

"지금부터 한 시간이야."

자동차 시계를 확인한다.

"열 시에 아이가 경찰서에 나타나지 않으면 죽었다는 뜻으로 받아들이겠어. 그게 데미안에게 뭘 의미하는지 당신도 알지?"

나는 칼을 으스러져라 꽉 쥔다.

"혹시나 해서 일러두지. 내 배짱이 사라졌다고 보고한 똘마니가 있을 것 같아서 말인데, 당신이 알아둬야 할 것이 있어. 데미안을 내 손으로 죽이진 않을 거야. 나보다 질 나쁜 인간들한테 넘길 생각이야."

나는 잠시 말을 끊었다가 다시 잇는다.

"넬슨이나 피츠, 지미─조 스파이스면 어떨까? 다른 놈들도 있고. 당신 아이의 목숨을 노리는 양아치들이 널린 것쯤은 알지? 내 말이 허풍인 것 같아? 그럼 한번 시험해보든가."

데미안이 옆에서 끄윽끄윽 숨죽여 울기 시작한다.

여태 휴대폰 너머는 잠잠하기만 하다. 나 참, 환장하겠군. 그의 속을 전혀 읽을 수 없다. 예전엔 그를 훤히 읽을 수 있었다. 아니, 그렇다고 생각했었다. 하지만 이젠 아니다. 바로 그때…….

전화선 저편에서 딸깍, 하는 소리가 들렸다.

그렇게 그는 사라졌다.

운전석에 깊숙이 기대앉는다. 온몸이 부들부들 떨린다. 멈추려 해도 안 된다. 뭐든 해야 한다. 정신 차리자. 데미안에게 겁먹은 꼴을 보일 순 없다. 녀석을 살펴본다. 내 상태를 눈치채지 못한 것 같다. 내게서 등을 돌린 채 조수석 창문에 얼굴을 대고 흐느낄 뿐이다.

내 시선이 녀석을 지나쳐 그 너머의 차고 벽에 가 닿는다.

이거 먹히지 않을 것 같다, 구경꾼 양반.

이 비열한 귀족 양반은 결코 내가 시킨 대로 하지 않을 것이다. 어쩌면 할 수 없는 것인지도 모른다. 이미 재스가 죽어버렸다면, 그도 어쩔 수 없지 않은가. 하지만 재스가 살아 있다면? 아직 일 말의 가능성은 있다. 난 그 가능성을 염두에 두고 행동해야 한다.

그렇지 않으면 달리 내가 할 수 있는 일이 없으니까.

"데미안."

가만히 녀석을 불러본다.

아이는 대답이 없다. 돌아보지도 않는다. 창문에 얼굴을 대고 하염없이 울 뿐이다. 그래, 이해한다. 재스도 마찬가지였을 것이 다. 혼이 쏙 빠져나가도록 겁에 질렸겠지. 하지만 그토록 가슴 아 픈 생각은 떠올리기도 싫다.

"데미안, 난 널 죽이지 않아."

그리고 말이다, 난 이 아이를 다른 놈에게 넘기지도 않을 거다. 넬슨이나 다른 갱단에게 데미안을 넘길 생각은 애초부터 없었다. 하지만 지금 이 녀석에게 그 얘길 해줄 순 없다. 그저 아이가 울음을 그치면 좋겠다. 또 한 번 전화를 걸어야 하는데 아이 울음소리가 전화선으로 흘러들어가게 하고 싶지 않다. 그리고 또 다른 이유는……

그냥 그랬으면 좋겠다.

녀석이 몸을 공처럼 웅크리고는 머리를 감싸 안는다. 대신 울음소리는 훌쩍이는 정도로 잦아들었다. 저 정도면 괜찮다. 나는 휴대폰을 쳐다보며 번호를 누른다. 이 번호가 다시 떠오르다니, 기가 막힌다. 다른 번호들도 그렇고. 방법 같은 건 나도 모르니 묻지 마라. 난 기억력이 끝내준다. 그냥 기억하는 거다.

통화 버튼을 누른다.

따르릉, 따르릉.

전화를 받는 게 신상에 좋을 텐데. 이건 H한테 걸 때처럼 그냥 한번 해보는 게 아니다. 얼굴에 개기름이 번들번들한 이 아저씨는 언제나 전화를 받았다. 그런데 이번엔 아니다. 하지만 난 이 번호가 안 될 때 쓰는 다른 번호 한두 개 정도는 알고 있다.

따르릉, 따르릉.

전화 좀 받아, 이 양반아.

딸깍, 소리에 이어 뚱한 목소리가 들려온다. 전혀 변하지 않았군.

"배너만 경감입니다……"

"알아, 알아."

"지금은 자리를 비웠으니……."

"게을러빠진 인간 같으니."

"삐 소리 후 성함과 전화번호를 남겨주시면……."

나는 전화를 끊고 다른 번호를 누른다.

따르릉. 따르릉. 이건 그의 휴대폰 번호다. 그가 전화 받길 기대했지만 제길 또 음성사서함이다.

"배너만입니다. 지금 전화를 받을 수 없습니다. 메시지를 남겨주시면……."

전화를 끊고 데미안을 슬쩍 본 뒤 다시 휴대폰을 본다. 남은 번호는 하나뿐이다. 번호를 누른다.

따르릉. 따르릉.

"여보세요?"

여자 목소리다. 전혀 예상 밖이다. 이사를 갔나? 무슨 말이냐면, 그러니까 그에게 아내가 생겼을 리는 없기 때문이다. 그렇게 생긴 주제에 말도 안 된다. 어쩌면 여동생인지도 모르겠다.

"누구세요?"

여자가 말한다.

아는 목소리다. 그래, 들어본 적 있다.

"하루 종일 전화통만 붙들고 있을 순 없는데요."

여자의 목소리에 살짝 가시가 돋는다.

"배너만 경감님 계신가요?"

"배너만 경감님이요?"

"네."

"경찰과 관계된 일인가요?"

"아마도요."

"그럼 여기가 아니라 경찰서로 전화하셨어야죠. 이 번호는 사적인 겁니다."

아하, 이제 알겠다. 그 목소리다. 이거 믿을 수가 없군. 이 여자의 얼굴이 확실히 떠오른다. 그의 얼굴만큼, 차 안 거울에 비친 내 얼굴만큼이나 선명하게. 하지만 내 기억에 분명히 박힌 건 그녀의 얼굴이 아니다. 다른 것이다.

풍만한 가슴.

그게 내가 기억하는 것이다.

그래서 이 여자를 '왕가슴'이라 불렀다. 내 나이 여덟 살 때 말이다. 도대체 이 여자가 왜 배너만의 사적인 전화를 받는 거지? 내 짐작이 맞을 리 없다. 말도 안 돼. 그와 그녀라니.

"경찰서로 전화하세요."

여자는 당장 전화를 끊어버릴 기세다.

"조니 벨이에요."

난 얼른 말한다.

수화기 너머로 헉, 하는 숨소리가 들려온다. 여자가 고민하는 게 느껴진다. 그녀는 전화를 끊으려 했다. 지금도 그렇고. 어떻게 아느냐고 묻지 마라. 저편에서 문 열리는 소리에 이어 가까이 다가오는 발소리가 들린다. 누군가가 귓속말을 하고, 여자도 귓속말로 대답한다. 곧이어 다른 목소리가 내 귀에 닿는다. 전과 다른, 늙은 목소리.

"조니 벨."

"배너만 경감님."

그가 코웃음 치며 한껏 비꼰다.

"오늘은 빌리 네일인가? 아니면 리치 펀치? 지미 스토코? 프랭키 리브? 스티브 블랙? 아니면……."

"작명소 차렸어요?"

"그건 네 전문이잖아? 네 녀석이 짓는 이름을 내가 다 안다 쳐도, 줄줄 읊어봤자 소용없겠지. 네 창의력을 채워주기엔 인생이 너무 짧거든. 그러니까 간단하게 하자고. 그냥 널 블레이드라고 부르마, 괜찮지?"

"그럼 서비스로 아저씨 이름도 지어줄게요. 이건 어때요?"

나도 비웃음으로 응수한다.

"퍼그 면상."

배너만이 콧방귀를 뀐다.

"퍼그 면상? 너 작명소 접어야겠다? 실력이 영 신통찮네."

"다른 것도 있어요."

"아무렴, 그러시겠지. 그나저나 내 집 전화번호는 어떻게 알았지?"

"원래부터 알고 있었어요."

"이 번호로 건 적은 없었잖아."

"그래서 아쉬우셨나? 그런 것도 아니면서."

배너만은 흰소리 집어치우라는 듯 단도직입적으로 묻는다.

"그럼 이 전화는 뭐지? 드디어 포기하셨나?"

"아니요."

"이만 포기해. 도망쳐봤자 헛수고야."

"누굴 좀 도와주셔야겠어요."

"누구?"

"네 살배기 여자아이. 이름은 재스. 그 아이는……."

"누군지 알아."

배너만이 내 말을 가로챘다.

"레베카 제이크스라는 여자애도 알지. 트릭시 켄튼도. 그 애 오빠 디그도 있지. 다른 놈들도 다 알아. 아일랜드 출신 할머니를 포함해서 말이야."

내 몸이 뻣뻣하게 긴장하는 게 느껴진다.

"메리 할머니."

"맞아."

어렵게 침을 삼킨다.

"그분은…… 그러니까 내 말은…… 그 할머니 아직 살아 있나요?"

"그분에 관한 정보는 나한테 없어."

"마지막으로 만났을 때, 할머니 건강이 무척 안 좋았거든요. 할머니는……."

"그분 정보는 가진 게 없다니까."

침묵. 이 감정이 뭔지 모르겠다. 아프다는 것밖에는. 베키를 생각하면 마음이 아픈 것처럼. 배너만의 목소리가 이어진다.

"그나저나 그 아이 도와주라며? 네 살짜리 여자애."

그의 목소리가 날카롭다. 재촉하는 듯한 말투다. 나로선 고마울 따름이다. 나도 서두르고 싶으니까. 메리 할멈 생각에 사로잡힐 때가 아니다. 지금은 안 된다. 허비할 시간이 없다.

"빨리 움직여야 해요. 아저씨랑 아까 그분, 그 여자분 이름이?"

"여자?"

'왕가슴'이라고 말할 순 없다. 상대가 배너만이라 해도.

"누구 말하는 거야?"

"전화 받으신 분이요."

"편 경위?"

"그런가 봐요. 경찰서에 전화해요. 지금 당장. 열 시 언저리에 누군가가 재스를 정문 밖에 놓고 갈 거라고 전해요."

"넌 그걸 어떻게 알았지?"

"신경 꺼요. 그 애가 지금 어떤 상태인지 모르지만 앞으로는 더 나빠질 거예요. 경찰은 그 애를 데려간 놈들한테 상대가 안 돼요. 아마 마주치지도 못할 걸요. 재빨리 내뺄 테니까. 하지만 누군가는 거기서 재스를 찾아 돌봐줘야 해요."

배너만은 대답하지 않는다. 하지만 편에게 뭐라고 속닥이는 것 같다. 정확히 들리진 않지만 그녀가 '알았어요'라고 답하는 소리는 확실히 들었다. 한동안 아무 소리도 들리지 않다가, 다른 전화기로 통화하는 편의 목소리가 들린다. 그리고 내 전화기로 다시 배너만의 목소리가 들려온다.

"자, 그럼……."

하지만 나는 그의 말을 자른다.

"아저씨도 그 자리에 있어야 해요. 아저씨랑 편 경위님이랑."

"경찰서에서 사람들이 기다려줄 거야."

"아저씨가 거기 있으면 좋겠어요. 편 경위님도요."

"당장 가긴 어려워."

"가요, 아저씨랑 경위님 둘 다. 재스가 나타났을 때 거기 있어야 한다고요."

"왜지?"

왜냐하면 재스가 제대로 된 사람을 만나야 하니까. 아무나 그 애를 맞이해서는 안 된다. 난 아무리 상황이 좋아도 짭새들하고 마음을 트고 지내지 않지만, 적어도 배너만하고는 알고 지낸 시간이 있다. 또한 만약 편이 그의 애인이건 동료건 뭐건 간에 그렇다면 더 잘된 일이다. 그 여자도 적당한 사람에 속하니까 말이다.

그들이 재스를 도와줄 것이다.

내가 바라는 건 그것뿐이다.

"이유는 알 거 없어요. 경찰서로 가세요. 나중에 다시 전화할게요."

"그냥 네가 오면 되잖아?"

"그냥 닥치고 시키는 대로 하시죠?"

나는 전화를 끊고 다시 등받이에 기대앉는다. 아까처럼 몸이 떨린다. H와 통화할 때만큼은 아니지만, 실은 숨도 쉬기 어렵다. 내가 어찌할 수 없는 일들로 머릿속이 꽉 차버렸다. 그리고 또 이 모양이다. 망할 눈물이 난다. 솟구치는 눈물, 가득 차올랐다 줄줄 흘러내리는 눈물을 막을 수가 없다.

눈물만이 아니다.

나는 떨리는 몸으로 끅끅대면서 주먹으로 머리를 퍽퍽 치고 있다. 데미안이 입을 헤벌린 채 젖은 눈으로 나를 쳐다본다. 나도 녀석을 응시한다. 어떻게든 정신을 차리려고 애써본다.

그러나 그럴 수 없다. 눈물이 홍수처럼 쏟아지고 곧이어 오열 같은 게 터져 나온다. 안으로 삼키기엔 너무 늦었다. 내 손이 칼을 그러모아 잡고 부서져라 꽉 쥔다. 나는 눈을 감고 어둠을 향해 울부짖는다.

꽤나 오랜 시간이 흐른 것 같다. 마침내 흐느낌을 멈추고 정신을 차려보니 어느새 난 데미안이 그랬던 것처럼 몸을 둥글게 웅크리고 있다. 눈을 감은 채로도 느낄 수 있다. 무릎을 가슴께로 끌어올리고 두 손으로 발목을 부여잡은 모습. 칼이 무릎 사이에 낀 걸 보니 나도 모르게 놓아버린 모양이다. 이마가 핸들을 짓누르고 있다. 상처가 쏠려 또다시 욱신거린다.

나는 눈을 뜨지 않는다. 뜨고 싶지 않다. 아직은 싫다. 길게 한숨을 내쉰다. 폐가 기능하길 거부하는 듯 숨이 턱턱 막힌다. 또 한 번 심호흡. 역시 힘겹다. 눈을 뜨고, 주위를 둘러본다.

데미안이 없다.

심장이 덜컥 내려앉는다. 조수석 문이 열려 있고, 아이는 흔적도 없다. 당혹감이 밀려오는 걸 느끼며 칼을 낚아채 부리나케 차 밖으로 뛰쳐나간다. 그리고 아이를 발견한다. 차고 구석에 무너지듯 주저앉아 있다.

녀석이 나가는 소리를 못 들었다. 그 소리를 놓치다니, 정말 머리가 어떻게 됐던 모양이다. 녀석에게 눈곱만큼의 배짱만 있었어도 도망칠 수 있었을 거다. 그렇지만 아이는 여전히 겁에 질려 있다. 고개를 들어 차 옆에 선 나를 보더니, 벽에 들러붙을 듯 물러서며 더욱 움츠린다.

난 넌지시 말을 건넨다.

"너한테 화난 건 아니야."

대답이 없다. 어두운 얼굴로 내 눈치만 살필 뿐이다.

문득 궁금해진다. 저 아이도 내 어둠을 볼 수 있을까? 물론 그렇겠지. 내가 무너지는 걸 봤고, 나의 신음과 흐느낌과 오열을 들었으니. 그렇다면 녀석에게 난 더 이상 무서운 존재가 아닐 것이다. 그렇지 않은가?

하지만 아니다. 저 녀석을 보라.

공포에 휩싸인 저 모습을.

내가 자기 앞에서 그런 모습을 보였기 때문에 지금은 한층 더 위험해졌다고 생각하는 것 같다. 아마 그 생각이 맞을 거다. 정말 내가 더 위험해진 것인지도. 사실은 말이다, 더 이상 나도 내가 뭔지 모르겠다. 내가 뭘 할 수 있는지 모르겠다.

예전엔 다 알았었다. 내가 누군지, 뭘 할 수 있는지 명확하게 알고 있었다.

그래서 자신 있었다.

하지만 이젠 아무것도 모르겠다.

"너한테 화난 거 아니야."

다시 말한다. 같은 얘길 왜 또 한 건지 모르겠다. 내가 입을 뗄 때마다 아이는 더 겁에 질린 꼴이 되는데. 아래를 내려다본다. 여전히 칼을 손에 쥐고 있다. 역시. 알겠나? 늘 똑같은 습관. 내 손이 자석이라도 되나. 이 망할 자식들은 내 의지와 상관없이 내 손에 철썩 붙어 있다.

데미안을 돌아본다. 녀석의 눈동자가 변함없이 나를 향해 있다. 진한 색깔의 조그만 눈동자.

나는 운전석에 칼을 내려놓고 문을 닫은 뒤 차 앞으로 돌아 아이에게로 간다. 녀석은 벽으로 몸을 붙이며 또 훌쩍이기 시작한다. 나는 걸음을 멈추고 말한다.

"진정해, 꼬마야."

녀석은 계속 흐느낀다.

"괜찮대도."

나는 보닛 위에 앉아 아이를 건너다본다.

"난 널 해치지 않아."

녀석의 눈동자는 여전히 내게 박혀 있다.

나는 가만히 녀석을 바라본다. 이 꼬마한테 그런 아빠가 있다는 게 믿어지지 않는다. 자기 아빠가 어떤 사람인지 알기나 할까? 꿈에도 모르겠지. 어떻게 알겠나? 누가 알 수 있겠나? 왠지 아는가?

H의 진짜 모습을 아는 이는 극소수에 불과하다. 그의 아내와 아이들은 당연히 모를 테고, 그의 친척이나 친구들도 마찬가지다. 그의 자선단체에서 일하는 인간들도 모른다. 그들은 단지 그를 헌신적이고 가정적인 남자, 사회에 공헌하는 훌륭한 인물로만 알고 있다.

이 지구 상에서 가장 부유한 사람 중 하나이기도 하고. 그는 태어날 때부터 이미 부자였다. 하지만 구경꾼이여, 그는 그 정도로 만족할 위인이 아니다. 그는 거물급 사업가가 되었다. 유산의 스무 배가 넘는 돈을 긁어모았을 것이다.

이제 그에게 이름을 좀 붙여줄까. 아이 보모가 휴대폰에 저장한 이름도 퍽 마음에 드는데. 'H 경' 말이다. 정말 딱이다. 하지만 'H'라는 이니셜에는 유모가 알아채지 못할 무언가가 있다.

또 한 번 정곡을 찌르는 대목이지.

우선 그녀가 아는 이름이 있다. 공식적인 이름.

하플러─데베룩스 경(Lord Haffler─Devereaux).

그래, 동의한다. 고급스럽고 근사한 이름이다. 하지만 걱정 마라. 우린 그 이름을 쓰지 않을 테니. 그에겐 다른 이름이 있기 때문이다. 'H'로 시작하는 다른 이름 말이다. 유모는 그 이름을 모를 것이다. 그의 아내나 아이는 물론이고 그를 위해 일하는 수천 명의 사람들과 그의 말을 듣는 정부 사람들도, 한마디로 아무도 모르는 이름.

얼마 안 되는, 야비한 인간들만이 아는 이름이다. 그의 조직에서도 상부에 있는 인간들이다. 선택된 소수. 이 세상을 지탱하는 끈들을 천천히 잘라내는, 꼭두각시의 조종자들. 선량한 탈을 쓴 추악한 괴물들.

언젠가 당신에게 말한 적 있다.

이건 게임이라고.

이 게임에 참여하는 이들에겐 각자 이름이 있다. 은밀한 삶을 위한 비밀 이름. 들어볼 텐가? 그럼 들어라. 그리고 기억하라.

까마귀, 백조, 칼새, 부엉이, 콘도르.

물론 우리가 아는 그 사람의 이름도 있다. H 경. 이제 'H'가 뭔지 알겠나? 당연히 알겠지.

매(Hawk).

그게 바로 다른 괴물들이 그를 부르는 이름이다.

꽤 잘 어울리는 이름이기도 하다. 왜냐고? 그의 외모, 매력, 태도가 딱 '매'의 그것이기 때문이다. 그는 매처럼 자유롭고, 매처럼 보며, 매처럼 죽인다. 그의 존재를 알아채는 순간은 이미 늦은 후이기 십상이다.

나를 바라보는 데미안의 시선이 느껴진다. 나도 녀석을 응시한다. 나를 향한 저 눈동자는 매의 것인가? 미래의 매? 누가 알겠는가? 하지만 지금은 매의 모습이 보이지 않는다. 그저 어린아이의 겁먹은 눈동자일 뿐이다. 녀석이 눈물을 닦고는 고개를 떨어뜨린다.

나는 주머니를 더듬어 휴대폰을 찾아 꺼낸다. 주차장에 있던 노인네한테서 슬쩍한 것이다. 낡고 볼품없는 전화기. 하지만 무슨 상관인가? 멀쩡하게 작동하기만 한다면야.

경찰서로 전화하기엔 아직 이르다. 재스가 벌써 왔을 리 없다. 그 애가 반드시 나타난다는 보장도 없다. 그래도 어쩔 수 없다.

배너만에게 다시 전화해야 한다. 할 수 있는 건 그것뿐이다.

번호를 꾹꾹 누른다. 먼저 휴대폰으로 건다. 아직 경찰서에 도착하지 않았을 것이다. 그래도 누가 전화로 그에게 새로운 소식을 알렸을지도 모를 일이다.

따르릉. 따르릉.

이 무슨 바보 같은 짓이람. 전화하기엔 아직 이르다니까. 참고 기다려야 한다.

딸깍.

"배너만입니다."

"블레이드예요."

"왜?"

"재스 소식 들은 거 없어요?"

"그럴 틈이나 있었나. 방금 집에서 나왔어."

차 소리가 들린다. 근처 어딘가에서 펀이 말하는 소리도. 맙소사. 이 여자 뭐라는 거야? 누구하고 말하는 거냐고? 도통 알아들을 수가 없다. 경찰서 사람이어야 할 텐데. 좋은 소식이어야 할 텐데.

"나중에 전화해. 운전 중이야. 정 불안하면 직접 경찰서로 오라니까 그러네."

"됐어요."

"마음대로 해."

경적 소리가 빵빵 울리며 배너만이 뭐라고 투덜댄다. 편의 목소리도 계속 웅얼웅얼 들려온다.

"끊는다. 나중에 통화하자고."

"잠깐만!"

편의 목소리가 부쩍 가까이 들린다.

"기다려요!"

서로 속닥거리는 소리에 이어 편의 목소리가 또렷이 들려온다.

"아직 안 끊었니?"

"네."

나는 고개를 돌려 데미안을 쳐다본다. 녀석이 다시 나를 바라보고 있다. 그리고 그 순간, 그게 보인다. 아주 잠깐, 저 작은 일곱 살 꼬맹이의 눈동자에 언뜻 비치는 그것. 나의 시선을 날카롭게 맞받아치는 매의 눈빛.

먹이를 노리는 섬뜩한 눈빛.

허나 데미안 자신은 아직 깨닫지 못했으리라.

편이 다시 말한다. 그녀의 목소리가 떨린다.

"재스가 경찰서에 있단다."

내 입은 다급하게 질문을 쏟아낸다.

"살았어요? 그 애 살아 있냐고요?"

"그 애는…… 살아 있어."

이 여자, 망설였다. 구경꾼 당신도 들었지? 펀은 분명히 망설였다. 게다가 착 가라앉은 목소리였다. 뭔가 잘못된 거다. 난 지체 없이 다시 묻는다.

"무슨 일이에요?"

"방금 말했잖아. 그 애 살아 있다고."

"당신 망설였잖아!"

"전화기에 대고 소리치지 마."

"소리치는 거 아니야!"

하지만 난 소리치고 있다. 어쩔 수가 없다. 펀이 숨기려는 걸 난 알아야겠다.

"말해봐요! 놈들이 그 애한테 무슨 짓을 한 거냐고!"

묵묵부답이다. 데미안 녀석은 입을 벌린 채 어리둥절한 표정으로 나를 보고 있다. 이윽고 펀이 대답한다. 여전히 착 가라앉은 목소리다.

"그 애가 어떤 상태인지는 몰라. 자세한 얘기는 못 들었어. 우리 아직 경찰서로 가는 중이라고. 그 애가 살아 있다는 얘기만 들었어."

"그런데 왜 망설여!"

"너 때문에 망설인 거야."

난 불끈 주먹을 쥔다. 이해해보려 애쓴다. 하지만 납득이 되지 않는다. 난 지금 제정신이 아니다. 미칠 것 같다. 그 애가 무사한지 알고 싶어 미칠 것 같다. 편이 다시 말한다.

"너 때문에 망설였어."

"내가 뭘 어쨌다고?"

"너 때문에 놀랐거든."

"에?"

배너만이 전화기를 넘겨받는다.

"너 때문에 놀랐다잖아. 나도 놀랐어."

"아저씨는 빠져요."

"네가 하도 고래고래 악을 쓰니까 나한테도 다 들리잖아. 셋이 같이 통화한 거나 마찬가진데."

나는 대답하지 않는다.

"아무튼 우리 둘 다 놀랐다."

"뭐가 그렇게 놀라워요?"

"네 녀석이 아이를 걱정하다니."

"그게 뭐 잘못됐어요?"

"잘못은 무슨. 다만 우리는…… 네가 그럴 수 있을 줄 몰랐거든."

"뭐가 그럴 수 있다는 거예요?"

"남에게 마음 쓰는 거."

그의 말이 화살처럼 나를 쿡 찌른다. 데미안이 물끄러미 나를 보고 있다. 난 시선을 돌려버린다. 아이의 눈빛을 감당할 수가 없다. 느닷없이 내 머릿속을 비집고 들어온 생각에 사로잡힌 이 순간만큼은.

남에게 마음 쓸 줄 모른다고?

그럴 수 없다고?

그럼 베키는? 응? 메리 할멈은? 난 그들에게도 마음을 쓴다. 마음 쓸 줄 모르긴! 다시 눈물이 흐른다. 왜냐하면…… 왜냐하면 말이다…… 배너만 말이 맞기 때문이다. 마음속 깊숙이 나도 알고 있다. 난 원래 남 걱정하는 사람이 아니었다. 베키를 만나기 전까지는. 그리고 그녀가 죽고 나서, 나는 남 생각하길 또 한 번 그만뒀다. 지금까지 쭉. 하지만 배너만이 그 사실을 알 리 없다. 펀도 마찬가지. 다른 누구라도.

그가 다시 말한다. 단호한 명령조의 목소리다.

"경찰서로 와. 지금 당장. 그래야 맞아. 재스를 보게 해주지."

"예예, 그러시겠지."

나는 혼잣말처럼 툭 내뱉는다.

"아이를 보여준 다음 어디론가 데려가겠지."

"그럼 우리가 아이를 받아서 얌전히 네놈한테 넘겨줄 줄 알았나?"

나는 대답하지 않는다.

"엉?"

그가 재우쳐 묻는다.

194

"넌 그 애를 경찰서로 데려오게 할 때부터 이렇게 될 줄 알고 있었어. 네가 꾸민 일이야, 안 그래? 이건 우연이 아니야. 네가 어쩌다 우연히 알게 된 사실도 아니고. 네가 정한 거야. 그렇지?"

난 역시 대답하지 않는다. 하지만 재스에 관한 건 그의 말대로다. 당연하지. 난 일이 어떻게 될지 줄곧 알고 있었다. 하지만 안 다고 한들 내가 달리 뭘 어쩔 수 있었을까? 재스는 벡스와 살 수 없다. 그렇다고 나하고 살 수도 없다. 물론 예전 그 도시의 패거리하고 사는 건 더더욱 안 될 일이다. 벡스가 상심할 테지만 결국은 받아들여야 할 것이다.

나 역시 받아들여야 한다.

그래도 그 아이를 다시 볼 수 없다고 생각하면 견딜 수가 없다.

"재스는 네 아이가 아니야. 듣고 있나? 넌 그 아이 아빠나 오빠가 아니야. 보호자도 될 수 없다고."

"시끄러."

"네 소유가 아니란 말이다. 레베카 제이크스의 아이도 아니고. 아이가 경찰서로 넘어오는 데 네가 일조했다면, 잘했어. 그 점이 너한테 유리하게 작용할 수도 있을 거야. 하지만 그게 다야. 아이는 너와 함께할 수 없어. 그건 다른 사람들 몫이야. 재스 같은 아이들을 돕는 좋은 단체가 있어."

"지당하신 말씀. 날 도왔던 단체 같은 곳이겠죠."

대화가 끊긴다. 그가 펀에게 전화기를 건네는 것 같다. 그래, 그랬다. 다시 그녀의 목소리다.

"여보세요?"

나는 대답하지 않는다.

"경찰서로 와. 이렇게 영원히 도망만 다닐 순 없어. 이제 스스로 포기해."

유혹하듯 나긋나긋한 목소리. 메리 할멈을 떠올리게 한다. 할멈도 나에게 그만 포기하라고 했었지. 나도 그럴 작정이었다. 당신도 기억하지? 난 그러리라고 다짐했었다. 놈들이 재스를 납치하고 디그를 죽이기 전까지는.

어쩌면 곧 내가 겪을 일이 바로 그건지도 모르겠다, 구경꾼 양반.

칼이 심장을 관통하는 일. 디그가 그렇게 죽었듯이 말이다.

다시 데미안을 힐끗 돌아본다. 또 한 번의 짧은 순간, 녀석의 얼굴에 비치는 그 표정. 그래 뭐, 아이는 그대로다. 두려움에 바들바들 떠는 꼬마 사내아이. 그러나 겁먹은 저 작은 두 눈 안에는 언젠가 나를 잡으러 다닐 사냥꾼의 눈빛이 담겨 있다.

녀석의 아빠가 먼저 날 잡지 못할 경우의 일이겠지만.

"난 포기하지 않아요."

난 나직이 말한다. 그리고 전화를 끊는다.

다시 정적이 덮친다. 심연 같은 정적에 삼켜질까봐 덜컥 겁이 날 정도다. 바깥에서 무슨 소리가 들리나 귀를 기울여본다. 그래…… 들린다. 자동차, 버스, 잡다한 것들의 소음. 몽롱한 잠에서 또 한 번 깨어나는 세상을 반기는 야수의 콧노래.

나는 데미안을 바라본다.

여전히 나를 보고 있다.

여전히 겁먹은 표정이다.

내가 널 얼마나 무서워하는지 안다면…….

녀석에게로 다가가 내려다본다. 녀석의 눈이 커지고 입이 벌어진다. 녀석에게 말해주고 싶다. 미안하다고 얘기하고 싶다. 하지만 그럴 수 없다. 나는 다시 돌아선다. 운전석 문가로 돌아가 손을 뻗는다.

칼을 꺼내어 든다.

데미안의 몸이 잔뜩 얼어붙는다.

나는 몸을 곧게 펴고 아이에게 말한다.

"미안하다."

녀석의 눈에 눈물이 그렁그렁 맺힌다. 아까처럼 끅끅대거나 훌쩍이진 않는다. 그저 닭똥 같은 눈물방울이 뺨을 타고 또르르 굴러떨어질 뿐이다. 나는 돌아선다. 귀를 쫑긋 세우고는 차고 문을 살짝 들어 열어본다.

빛이 새어 들어온다. 음산한 회색빛이다. 바람 한 점이 나를 스치고 지나간다. 바깥을 둘러본다. 눈에 띄는 놈은 없지만 근처에 꽤 많은 놈들이 진을 치고 있다는 걸 감으로 알겠다. 기회가 있을 때 몰래 빠져나가야 한다. 안전한 곳을 찾아야 한다. 제대로 생각을 정리할 수 있는 곳으로.

하지만 먼저 할 일이 있다.

차고 안을 다시 한 번 확인한다. 데미안은 여전히 구석 바닥에 웅크리고 앉아 있다. 녀석의 눈이 자동차 옆으로 돌아가는 나의 모습을 좇는다. 나는 녀석에게 단단히 이른다.

"거기 그대로 있어, 알았지?"

대꾸가 없다.

"어른들이 와서 너를 데려갈 때까지 여기 꼼짝 말고 있어야 해. 혼자 나가지 마. 차고 문 열지도 말고."

도대체 내가 뭐라고 지껄이는 거지? 이 녀석을 걱정하는 거야? 난 이 녀석한테 마음 쓸 자격이 없단 말이다. 어쨌든 지금 이 문제를 신경 쓸 때가 아니다. 자세를 낮춰 차고 문 아래로 스윽 나간 다음 차고 문을 내려 닫고 다시 한 번 주위를 살핀다.

샛길을 따라가다가 멈춰 선 다음 한 바퀴 휘 둘러본다.

문제 될 건 없어 보인다.

내가 하고 싶은 건 따로 있다. 내빼는 거다. 부지런히 다리를 놀려 도망치고 싶다. 어차피 부질없는 생각이다. 먼저 할 일이 있으니 말이다. 무모하고 위험하기 짝이 없는 일이지만, 그만둘 수는 없다. 다시 길 끝 쪽을 확인한다.

저기 저 건물들에 대해 얘기해준 적이 있는데, 기억하는가?

사무용 건물들이다. 지금은 쓰이지 않는, 낡아빠진 건물. 하룻밤이나 이틀 정도 숨어 지낼 곳이 필요할 때 저기를 은신처로 삼았었다.

뭐, 지금도 그럴 참이지만. 하지만 이번엔 밤이슬을 피하러 가는 게 아니다.

꼼꼼하게 주변을 살피며 샛길을 걷는다. 3년 만에 와보는 곳이니 진짜 조심해야 한다. 저 안에 뭐가 있는지 지금은 나도 모른다. 사람 손길이 닿지 않은 지 오래됐다. 그건 누가 봐도 알 거다. 하지만 내가 저 안을 살펴보지 않은 지도 오래되었다.

그러니 두 눈 크게 떠야 한다.

첫 번째 문, 주위를 확인해본다. 내가 지나온 길은 물론이고 반대 방향 길에도 아무도 없다. 이 건물은 버려진 것 같다. 어쨌든 위험은 감수해야 한다. 울타리를 타 넘고 안뜰을 지나 뒷문 쪽으로 돌아간다.

예전 모습 그대로다.

낡고 녹슬었다.

귀를 바짝 대고 소리를 들어본다.

아무 소리도 나지 않는다. 창문 쪽으로 기어가 안을 확인해본다. 빈 방이다. 뒤를 둘러본다. 보모의 차를 털 때 망치를 잃어버렸지만 이 벽돌이면 될 것 같다.

벽돌을 집어 들고, 잠시 숨을 고른다. 여전히 고요하다. 내려친다.

와장창! 유리가 산산이 깨진다. 경보음도 울리지 않는다. 문고리를 튕겨내고 창문을 살짝 들어 열고는 그 틈으로 몸을 욱여넣는다. 방 안에 들어서서도 귀를 기울인다. 괜찮은 것 같다. 샛길 너머로 들리는 것은 자동차 소음뿐이다.

쿵쾅대는 내 심장 소리도 함께.

아래층 방들을 둘러본다. 천천히, 조심조심, 주의 깊게 귀를 기울이며. 건물 안은 쥐 죽은 듯 조용하다. 바짝 마른 마룻바닥을 밟는 내 발소리뿐이다. 어디에도 가구 한 점 없지만 계단 아래쪽에 페인트 통과 붓, 천 따위가 널브러져 있다. 누군가 여기 들어올 예정인 것이다.

당분간은 그들이 나타나지 않길 바랄 수밖에.

적어도 오래 걸리진 않을 테니 말이다.

계단을 오른다. 천천히, 조심조심, 주의 깊게 살피며. 2층이다. 페인트 통, 붓통, 헝겊 쪼가리, 양동이, 작업복, 반쯤 남은 담배 한 갑.

가만히 서서 소리를 들어본다.

조용하다.

한 층 더 올라간다. 구경꾼이여, 옛 기억이 몰려온다. 마지막으로 여기 왔을 때 나는 아홉 살 혹은 열 살이었다. 그런데 아직도 이곳을 알아보겠다. 서류철 꽂힌 책장이며 책상이 없어도.

3층. 사방의 벽지가 지저분하게 벗겨져 있다. 복도 끝으로 간다. 저기에 마지막으로 계단이 하나 더 있었다. 그렇지, 저 문 뒤다. 건물 옥상으로 올라가는 작은 계단.

저 계단 때문에 여기로 온 것이다.

이유는 곧 알게 될 거다.

계단을 올라 다락방 비슷한 좁은 공간으로 들어선다. 창문가로 다가가 무릎을 꿇는다. 자세를 낮춰야 한다. 몸을 숨길 커튼이 없으니 아래에서 올려다보면 금세 눈에 띌 것이다. 하지만 덕분에 내 쪽에서도 잘 보인다. 한번 내다볼까?

자, 아래로 뭐가 보이는가?

차고다.

아래쪽을 살펴보기엔 최적의 장소다. 나만 들키지 않게 잘 숨으면 된다. 오케이. 전화기를 꺼낸다. 보모의 휴대폰이다.

스크롤을 아래로 내린다.

H 경.

통화 버튼을 누른다.

구경꾼이여, 그 사람 이번엔 단 한마디도 안 할 거다. 장담한다. "네?"라는 불친절한 첫마디도 내뱉지 않을 것이다. 어차피 난 상관없다.

딸깍.

첫 번째 신호에 전화를 받는다. 그리고…… 그럼 그렇지.

그는 아무 말도 없다.

"잘 들어."

내가 말한다.

"두 번 말하지 않는다."

나는 그에게 아들의 위치를 말해주고는 가만히 기다린다. 이유는 모르겠다. 흐음, 내가 뭐랬나. 그는 절대 입을 열지 않을 거라고 했잖은가. 나 역시 그의 목소리를 듣고 싶은 건 아니다. 난 그저…… 그러니까…… 이 사람이 내가 겁먹지 않았다고 느끼길 바란다. 나에게 그의 침묵쯤은 아무것도 아니라는 인상을 주고 싶다.

실은 그렇지 않지만.

그의 침묵은 이미 나를 두려움 속으로 몰아넣고 있다.

예전에 그러했듯이.

나는 전화를 끊고 바닥에 내동댕이치고는 있는 힘껏 밟아서 산산조각을 낸다. 바닥 위로 푹 꺼지듯 주저앉아 기다린다. 오래 걸리지 않을 거다. 놈들은 몇 분 내로 들이닥칠 것이다. 그도 오겠지. 그렇다, 구경꾼 양반. 그가 직접 친히 여기로 올 것이다. 난 안다.

10분 후면 그가 여기에 있을 것이다.

그는 5분 만에 왔다. 크고 힘 좋은 차 소리가 들린다. 나는 일어나 창가로 다가간다. 천천히, 조심스럽게. 신중하게 처신해야 한다. 놈들이 나를 찾아 여기까지 올라오진 않을 것이다. 놈들은 내가 가능한 한 빨리, 가능한 한 멀리 내뺐을 거라고 생각할 것이다.

그렇다 해도 마찬가지.

조심해야 한다.

조금씩 천천히 똑바로 선다. 난 창문 옆에 바짝 붙어 서 있다. 아래에서는 보이지 않는 지점에. 아래를 확인해본다. 차고 밖에 차 네 대가 서 있다.

저 중 하나는 그의 것이겠지.

차에서 사내들이 쏟아져 나온다. 여섯, 일곱, 여덟, 아홉. 하나같이 덩치가 크다. 말쑥한 양복을 차려입었다. 윗대가리들이다. 처음에 나를 잡은 하찮은 하류인생들이 아니다. 뭘 기대했는가? 매는 결코 싸구려로 보이지 않는다.

왜 그는 나오지 않는 거지?

나는 그의 차를 주시한다. 장담건대 저게 그의 차다. 봐라, 구경꾼 양반. 차마저 귀족적이지 않은가. 엔진이 부릉부릉 소리를 내고 있다. 아직 차에서 내리지 않은 형체 둘이 보인다. 앞좌석에 운전사, 뒷좌석에 매. 아니면 그의 그림자.

그는 뒷좌석 저쪽 끝에 앉아 고개를 반대편으로 돌린 상태니까. 어서 내려, 이 자식아. 다시 한 번 당신을 보고 싶다고. 당신의 그 악마 같은 얼굴을 말이야. 그래야만 해서가 아니야. 내가 원하기 때문이지.

당신은 나의 적이니까.

내가 여태껏 마주했던 가장 큰 적. 어쩌면 앞으로도 그럴 것이고.

그건 대단한 거야, 나한테 적이 얼마나 많은지 생각하면 말이야.

그러나 그는 움직이지 않는다. 똘마니들을 시켜 차고 문을 젖히고 안을 싹 뒤지라고 했겠지. 다시 나온 사내들 중 한 놈이 아이를 안고 있다. 이제 아빠가 등장할 차례다. 차 문이 열리고 그가 나온다.

드디어.

팔을 활짝 벌려 아이를 꼭 껴안고는 데미안의 목에 얼굴을 비벼댄다. 저쪽으로 얼굴을 파묻고 있어 내 쪽에선 보이지 않는다. 내가 볼 수 있는 건 아이의 이쪽 뺨뿐이다. 데미안은 울고 있다. 여기서도 보인다. 온몸을 들썩이며 흐느낀다.

사내들이 아빠와 아들 주위로 모여든다. 매는 그들에게 손짓하며 뭔가 지시한다. 한 놈이 차고로 돌아가 보모의 차에 시동을 걸고 밖으로 몰아 나온다. 다른 놈들은 흩어져 차고 주변과 담벼락 너머를 살피고 샛길 쪽도 둘러본다.

내가 있는 곳으로 다가온다.

나는 옆으로 조금 더 비켜선다.

제길, 저들이 여기까지 들쑤시는 건 아니겠지. 그렇다면 예상이 완전히 빗나가는 건데. 슬쩍 창문 밖을 내다본다. 놈들은 샛길에서 더 다가오지 않는다. 단순히 매의 안전을 위해 근처만 대강 둘러본 모양이다. 특별히 나를 찾는 건 아니다.

그래, 내 생각이 맞았다.

놈들이 돌아간다. 각자 차에 올라타고 문을 닫은 후 시동을 건다. 하지만 매는 여전히 아들을 얼싸안은 채 그 자리에 서 있다. 데미안은 아직도 훌쩍이고, 아빠는 아들의 머리를 쓰다듬어준다. 잠시 후 허리를 숙여 아이를 차 안으로 들여보낸다.

그러고는 다시 허리를 펴고 고개를 든다.

나를 향해서.

하지만 그는 나를 볼 수 없다. 아무렴, 거기선 여기가 보일 리 없어. 나는 몰래 창밖을 훔쳐볼 수 있지만 창밖에선 끽해야 내 머리카락 정도나 보일까 말까다. 그가 날 볼 수 있을 리 없다. 그럴리 없다.

하지만 나는 그를 볼 수 있다.

그를 아주 잘 볼 수 있단 말이다.

구경꾼 양반, 직접 확인해봐라. 어서. 보라니까. 머리칼, 뺨, 입, 눈. 여기서 죄다 볼 수 있다. 눈동자까지. 그래 뭐, 눈까지는 아닐지도 모른다. 그냥 내가 저 눈을 기억하는 것일 수도 있으니까 말이다. 하지만 나머지는 분명히 보인다. 구경꾼 당신도 볼 수 있다.

내가 한 말, 기억하는가? 저 양반이 얼마나 젊어 보이는지? 실제보다 10년, 20년은 젊어 보인다. 어차피 나랑은 상관없지만. 사실 그의 진짜 나이도 중요치 않다. 중요한 건 그가 얼마나 위험한 인물인가 하는 것이다.

그리고 그 사실을 아는 자가 거의 없다는 것이다.

설령 그 사실이 만천하에 드러난다 해도, 그걸 믿을 자는 거의 없을 것이다.

그게 바로 중요한 문제다, 구경꾼이여.

당신이 보고 있는 저 인간은 선량한 시민이자 청렴결백한 귀족, 박애주의자, 예술계 후원인, 자선가, 예술품 수집 및 감정 전문가란 말이다.

저 얼굴을 똑똑히 기억해둬라, 구경꾼 양반. 머릿속에 문신처럼 새겨두고 간직해라. 내 머릿속에 각인된 것처럼. 다시는 저 얼굴을 보지 않기를 소망했었다. 하지만 내가 어리석었다. 늘 그렇게 어리석었던 것 같다. 뭐 어쨌든 간에, 소망 따위에 기대서 무엇 하겠는가.

소망은 나를 알아주지도 않는데.

그는 여전히 위를 올려다보고 있다. 그 자리에 그대로 서서, 가만히 올려다본다. 그는 모를 것이다. 절대 알 수 없다. 날 봤다면 저렇게 가만히 서 있을 리 없다. 지금쯤 그의 똘마니들이 이 건물을 에워싸고 출입구를 막은 다음 안으로 쳐들어왔어야 한다. 지금쯤 난 죽은 목숨이었어야 한다.

그가 알아챘다면 말이다.

그가 날 봤을 리 없다.

짐작했을 리도 없다.

그런데 그는 지금도 저기 서서 이쪽을 올려다보고 있다. 나 역시 그를 보고 있다. 물론 숨어서. 그의 눈길이 닿을 만한 곳엔 내 몸뚱이의 극히 일부만 나와 있다. 너무 작고 너무 멀어서 저기선 눈곱만 한 점으로만 보일 것이다. 그는 결코 알아볼 수 없다.

그런데 왜 저기서 저러고 서 있느냔 말이다.

차들이 그의 주변을 맴돈다. 댁도 와서 좀 봐라. 그는 꼼짝도 않고 저기 서 있다. 그리고 육중한 자동차들이 그의 주위를 슬금슬금 기어 다닌다. 저게 권력이다. 그는 누구를 위해 움직이는 인간이 아니다. 지금껏 그래 왔고 앞으로도 그럴 것이다. 그의 몸에 스치거나 부딪히지 않고는 차들이 지나가기 어렵다.

그러나 그가 차 때문에 움직이는 일은 없을 것이다.

그가 가장 가까운 차로 시선을 던진다. 그 표정을 놓쳤다. 그가 반대편으로 고개를 까딱했기 때문에 볼 수 없었다. 하지만 운전사의 표정은 놓치지 않았다. 그래, 친구. 진땀나지? 보스가 당신을 쏘아봤으니까 말이야.

나는 그게 무슨 의미인지 안다.

내 양복 더럽히기만 해, 너 따위 갈아버리겠어.

차가 아슬아슬하게 그를 지나쳐 간다. 다른 차들도 뒤이어 샛길로 나가 일렬로 서서 기다린다. 매는 신경도 쓰지 않는다. 다시 고개를 들어 내 쪽에 시선을 고정시키고는, 천천히 걸어온다. 가까이, 더 가까이, 그리고 멈춘다. 창문 바로 아래다. 나는 창문 옆 벽에 찰싹 붙는다. 바깥 구경도 여기서 끝이다.

지금 그는 나를 볼 수 없다. 분명하다. 하지만 나 역시 그를 볼 수 없다. 그래서 불안하다. 벽에 몸을 붙이고 가만히 기다린다. 심장이 튀어나올 듯이 쿵쾅대고 온몸의 피가 미친 듯이 돈다. 들어 보자. 잘 들어야 한다. 둘 중 하나일 거다. 엔진 소리 아니면 유리 깨는 소리. 엔진 소리가 나면 다행이고, 유리 깨는 소리가 나면 끝장이다.

챙그랑! 유리 박살나는 소리.

몸이 굳는다. 칼을 쥐고 힘껏 힘을 준다.

그 순간 다른 소리가 들린다.

엔진 소리.

차 문을 쾅 닫는 소리도 난다. 딱 한 번. 그가 낸 소리이길. 제발, 그가 낸 소리여야 한단 말이다. 부릉부릉 엔진 돌아가는 소리, 끼이익 타이어 소리. 놈들이 차를 빼는 거다. 나는 칼을 단단히 움켜쥔 채 창문으로 슬며시 고개를 내밀어본다. 위험하지만 어쩔 수 없다. 속임수가 아니라는 걸 확인하려면 이 수밖에 없다.

속임수가 아니다. 놈들은 진짜 떠나는 중이다.

자동차들이 전부 사라져간다. 매도 함께 간다. 차 뒷 유리 안으로 그의 뒤통수가 보인다. 데미안의 어깨에 팔을 두르고 꼭 붙어 있다. 아이가 뒤돌아본다. 단 한 번 잠깐의 순간이었지만 내 몸은 다시 뻣뻣하게 굳는다.

하지만 녀석은 다시 몸을 돌려 앉아 아빠의 어깨에 머리를 기댄다.

그렇게 그들은 가버린다.

이제야 안도의 한숨을 길게 내쉰다. 심장은 여전히 두방망이질 친다. 주변을 살펴야겠다. 정말 안전해진 것인지 확인해야 한다. 이것도 함정일 가능성이 있다. 어쩌면 내가 여기 있는 걸 알아챈 그가 똘마니 한두 명에게 근처 어딘가에 숨어 있다가 내가 빠져나가는 길에 덮치라고 일렀을 수도 있다.

난 분명히 유리창 깨지는 소리를 들었다.

계단으로 내려간다. 조용히, 조심스럽게 주변을 확인하면서. 모든 공간과 그림자까지도. 건물 안은 적막하다. 널빤지 삐걱대는 소리조차 나지 않는다. 한 층 한 층 빠짐없이 확인한다. 맨 아래층에 닿는 순간, 걸음을 멈춘다.

다시 한 번 확인한다.

귀를 기울여본다.

아무도 없다. 아래층 방들을 돌아다니며 창문으로 샛길 쪽을 살핀다. 지금까진 아무 일 없다. 정문에서 가장 가까운 방. 바닥에 깨진 유리들이 흩어져 있다. 낡고 울퉁불퉁한 벽돌도 있다. 그가 던진 거다.

매.

그가 한 짓이다. 그가 몹시 분노해 있기 때문이다. 내 피를 원하기 때문이다.

그리고 그는 내가 여기 있다는 걸 알지 못했다.

이번엔 내가 운이 좋았다.

칼을 놓고 몸을 구부려 벽돌을 집어 든다. 꽉 쥐어본다. 돌아서서 벽에다 내팽개친다. 벽돌은 요란한 소리를 내며 바닥에 튕겼다가 다시 잠잠해진다. 나는 벽돌을 노려본다.

불현듯 알게 됐기 때문이다, 구경꾼이여. 이제야 머릿속이 명료해진다. 바로 지금, 여기서 나는 깨닫는다. 누가 사냥꾼이고 누가 먹잇감인지. 나 역시 몹시 화가 나 있다. 나 역시 피를 원한다. 나는 떠나지 않을 것이다. 이제 확실히 알았다. 야수의 눈을 피해 달아나지 않으리라.

이유? 우선, 재스가 무사한지 알아야 하니까. 누군가가 그 아이를 잘 보살펴주는지 확인하는 거다. 그 애를 다시 볼 수 없다 해도 잘 지낸다는 것만은 확인해야겠다. 두 번째 이유는, 내가 바로 잡아야 하는 과거의 일이 있기 때문이다.

적어도 내가 할 수 있는 만큼은 최선을 다하고 싶다.

그리고 또 다른 이유가 있다. 중요한 이유.

나에겐 적이 있다. 내 머릿속에 깊이 각인된 적. 그는 과거에도 내 머릿속 한 자리를 떡하니 차지하고 있었다. 암, 그렇고말고. 하지만 지금 다시 그를 보았고, 그는 그 어느 때보다 선명하게 내 안에 자리 잡았다. 난 이 사실을 확실히 인식하고 있다.

더 이상 도망치지 않겠다. 왜냐하면 말이다, 그는 결코 쉬지 않을 것이기 때문이다. 나를 잡을 때까지. 내가 그의 손에서 재로 흩뿌려질 때까지. 그러니 나에게 남은 선택은 단 하나뿐이다. 그를 굴복시키는 것.

바로 그거다, 구경꾼이여.

나는 싸워야 한다.

영감의 휴대폰을 꺼내어 번호를 누르고 기다린다.

"네?"

루비가 받는다.

"나예요."

그녀가 끙, 하고 싫은 내색을 내비친다.

"이 번호 어떻게 알았어?"

"외웠어요."

"너한테 알려준 적 없는데."

"베키한테 들었죠."

"그런다고 내가 반길 줄 알고?"

"벡스 좀 바꿔줘요."

"안 되겠는데."

"왜요?"

"나갔어."

"나갔다고요?"

"말했잖아, 귀 먹었어?"

"어디로……?"

"내가 어떻게 알아?"

그러고는 전화가 뚝 끊긴다. 다시 조용하다. 머릿속에서 생각들이 지글지글 얽혀 돌아가는 소리뿐. 그리고 샛길로 지나가는 차들의 둔탁한 엔진 소리. 다시 같은 번호로 전화를 건다. 따르릉, 따르릉. 그녀가 전화를 받는다.

"너한테 할 말 없어."

"루비."

"끊어."

"'턱스 헤드' 뒷골목에서 만나요."

"나 뒷골목 생활 접었어. 이제 그런 데 안 가."

"베키 일이에요."

그녀는 대답하지 않는다.

"베키에 대한 일이라고요."

또 그녀의 얼굴이 떠오른다. 아름답고 까만 얼굴. 그녀의 사진을 보는 것 같다. 웬일인지 그녀의 얼굴이 나를 향해 미소를 지어준다. 언제나 그랬듯이.

마지막 순간만은 그렇지 않았지만.

심호흡을 해본다. 쉽지가 않다. 공기가 나를 향해 시위를 하는 것 같다. 넌 숨 쉴 가치도 없어, 라며 비난하는 것 같다. 정당한 시위다. 정말로 난 숨 쉴 가치도 없는 놈이다. 다시 한 번 숨을 들이켠다. 끅, 하는 소리와 함께 약간의 공기가 들어온다.

"루비, 들어봐요. 그 애가 어떻게 됐는지 말해주고 싶어요."

"지금 해. 뒷골목까지 갈 필요는 없어."

"그 일이 벌어진 장소를 보여주고 싶어요. 그리고…… 설명하고 싶어요."

그녀가 다시 조용해진다. 나를 향한 증오는 여전하다. 그녀는 내가 죽기를 간절히 바란다. 난 그런 그녀를 원망하지 않는다.

"내가 죽인 게 아니에요. 맹세코 난 아니라고요. 하지만……."

다음 말이 차마 나오지 않는다.

"하지만 뭐?"

"나 때문에 죽은 건 사실이에요."

수화기 너머로 훌쩍이는 소리가 들리기 시작한다.

"루비, 제발…… 설명할 기회를 줘요."

"나 좀 내버려둬."

"턱스 헤드 뒤에서 만나요."

"이 거지 같은 자식!"

나는 전화기를 꽉 쥔다.

"아줌마가 나 싫어하는 거 알아요. 하지만……."

소용없다. 더 이상 입이 떨어지지 않는다. 내뱉고 싶은 말들이 입안에서 얼어붙었다. 모든 일을 바로잡고 싶지만, 목숨을 걸고라도 그러고 싶지만, 이제 와 백 마디 말이 무슨 소용인가. 이미 너무 늦어버린 것을. 베키는 죽었고 무엇도 그녀를 되살릴 수 없다.

돌연히 루비가 말을 꺼낸다. 한마디에도 까끌까끌한 가시가 느껴진다.

"갈게."

"좋아요. 자정에 만나요."

"아니, 자정 말고 지금."

"자정밖에 안 돼요. 내가 그때나 돼야 도착할 수 있거든요."

그렇다, 구경꾼 양반. 거짓말이다. 자정 전에도 갈 수 있다. 하지만 반드시 자정이어야 하는 이유가 있다. 첫째, 먼저 해치워야 할 일이 있기 때문이다. 둘째는…… 됐다, 신경 꺼라. 그냥 자정인 거다, 알겠나?

"턱스 헤드 뒷골목. 자정에 봐요."

루비는 대꾸도 없이 전화를 뚝 끊어버린다.

문밖으로 나서서 건물을 끼고 돌아 샛길 쪽으로 간다. 당장 여길 떠야 한다. 바람처럼 빠르게 빠져나가야 한다. 매는 없지만 그의 똘마니들이 가까이에 있을 것이다. 놈들은 이 근방을 가장 먼저 훑을 테고.

그게 상식적이다. 그들이 알기에 내가 마지막으로 있었던 곳이 여기다. 그러니 이 주변에 그물을 치고 만약의 경우 그 그물로 나를 옥죄어 올 것이다. 난 여기서 숨을 만큼 숨었다. 여긴 더 볼일이 없다. 대문을 지나 샛길로 들어선다. 왼쪽과 오른쪽을 모두 살펴본다.

길 끝, 큰길과 만나는 지점에 차 두 대가 주차돼 있다. 별 문제 없을 것 같지만 안심하기엔 이르다. 반대편을 살핀다. 차고 쪽도 안전해 보인다. 나는 목적지로 가는 지름길을 안다.

따라와라, 구경꾼.

길을 건너 차고 쪽으로 간다. 스톱, 주변을 잘 살핀다. 괜찮은 듯하다. 맨 끝에 있는 차고 앞에서 다시 한 번 스톱. 또 한 번 주변을 살핀다. 담벼락 아래에 말라비틀어진 풀들 외에는 아무것도 눈에 띄지 않는다.

차고를 돌아 우거진 잡풀을 넘어서 담벼락에 기대어 선다. 귀를 쫑긋 세운다. 담 너머로 웅웅대는 차 소리가 들려온다. 지금 담을 넘는 건 좀 위험할 것 같다. 난데없이 담벼락 위에 웬 남자가 나타나면 도로의 운전자들이 수상쩍게 여길 수 있다. 재수 없으면 하필 그때 지나가던 '놈들' 중 하나와 마주칠지도 모른다.

그래도 부딪혀봐야 한다.

담을 기어오른다. 벽돌이 약간 헐거운 듯하지만 잡고 버틸 곳은 충분하다. 위로 올라가 건너편을 바라본다. 택시, 자전거, 자동차, 버스. 틈을 기다리다가 담을 타고 넘어 반대편으로 뛰어내리자마자 담 쪽으로 얼굴을 돌린다. 등 뒤로 각종 엔진 소리가 지나간다. 후드를 뒤집어쓴 다음 고개를 푹 숙이고 도로를 산책하듯 걸어간다. 어떤 차의 보닛이 눈에 들어온다.

내 걸음걸이와 비슷하게 천천히 움직인다. 왠지 나를 따라오는 것 같다.

고개를 숙인 채 돌아본다. 완전히 담벼락 쪽으로 돌리진 않는다. 절반쯤은 차를 봐야 한다. 아직 있다. 나와 같은 속도로 움직인다. 걸음을 늦춰본다. 차는 나를 앞질러 가지 않고 속도를 늦춘다. 내 뒤꽁무니에 들러붙은 것처럼.

걸음을 멈춘다.

차도 멈춘다.

나는 홱 돌아서서 차를 노려본다. 꽤 크고 으리으리한 차다. 정장 차림의 남자 넷이 타고 있다. 조수석 창문이 내려가더니 한 놈이 목을 빼고 외친다.

"어이, 듀크 스트리트가 어딘지 아나?"

"첫 번째 골목에서 우회전, 그다음 세 번째에서 좌회전하세요."

"고맙다, 꼬마야."

그리고 그들은 사라진다.

천천히 걸어간다. 여전히 후드를 뒤집어 쓴 채. 안전한지 살핀다. 좀 전의 남자들과 같은 방향으로, 하지만 좀 더 멀리 가야 한다. 도로의 차들을 슬쩍 훑어본다. 안전하다는 확신이 서면 버스를 탈 생각이다. 아니면 택시라도.

그래도 방심할 수는 없다. 놈들이 빈틈없는 감시망을 펼치고 있을 것이다. 더구나 내가 매의 아들을 빼돌린 탓에 지금은 더욱 이를 갈고 있을 테고.

길을 건너 첫 번째 골목에서 우회전, 공사장을 지난 후 주위를 둘러본다. 택시 두 대가 지나간다. 둘 다 손님을 태웠다. 세 대 더 지나간다. 역시 손님이 있다. 걸어간다. 반대 방향에서 버스가 털털대며 지나간다. 상점가를 따라가다가 길을 건넌다.

버스가 또 한 대 온다. 34번이다.

저거면 되겠다. 안전하기만 하다면. 정류장으로 뛰어가 어깨를 웅크리고 고개를 숙인 채 줄 맨 뒤에 선다. 시선만 올려 버스를 훑어본다. 승객들로 가득 차 있다. 통로에도 사람들이 서 있다. 흠, 저들의 표정이 마음에 들지 않는다. 내 감이 틀린 건지도 모르지만 굳이 위험을 무릅쓸 필요는 없다.

문이 열린다. 승객들이 우르르 내리고 내 앞에 줄 선 사람들이 올라탄다.

난 맨 뒤에 선 채 신중히 관찰한다.

저들의 표정, 역시 싫다.

줄에서 벗어나 길 따라 걷는다. 그냥 뭔가 찜찜했다. 딱히 '놈들'의 냄새를 풍기는 사람도 없었다. 하지만 나라고 항상 놈들을 구별해낼 수 있는 건 아니다. 내 발걸음이 빨라진다. 의도한 건 아니다. 신경이 팽팽하게 곤두섰다. 이건 좋지 않은 징조다. 두려움이 점점 커져가는 게 느껴진다. 야수 놈이 내 목을 조여오고 있다.

예전의 그 도시가 그립다. 그녀는 거칠었고 나를 겁먹게 만들기도 했다.

그렇지만 야수와는 달랐다. 그녀에겐 그래도 친절한 구석이 있었다. 내가 갈 수 있고 안전하다고 느낄 수 있는 장소들을 품고 있었다. 여기는 아니다. 모든 거리가 지금 이곳과 다를 바 없다. 설령 놈들이 눈에 보이지 않는다 해도. 문득 뒤에서 들려오는 발소리를 눈치챈다. 달려오는 소리.

나를 뒤쫓는 소리다.

담벼락 위로 풀쩍 뛰어올라 후드를 쓴 채로 뒤돌아본다.

남자 둘이 내 쪽으로 돌진해 오고 있다. 흑인 녀석들. 열일곱, 열여덟 살쯤. 그리고 섬뜩한 번쩍임. 틀림없이 칼을 지닌 거다. 나는 신경을 곤두세우고, 코트 안쪽에서 칼을 단단히 쥔다. 녀석들이 사정거리 안으로 들어온다.

그리고 나를 지나쳐 간다.

내게는 눈길도 주지 않는다.

둘 다.

잠시 후 버스 한 대가 부웅 지나간다. 역시 승객을 가득 태우고 있다. 어쩐지 이번에는 좀 달라 보인다. 더 늙은이들이다. 연금으로 연명하는 사람들 같다. 승객 절반이 노인네다. 단체로 관광이라도 나왔나. 조촐한 나들이 말이다. 동물원으로 가는 길인가보다. 혹은 다른 관광지겠지.

룰루랄라 즐겁게 놀러가는 버스로군.

그대로 사라진다. 좀 전의 흑인 녀석들처럼.

도대체 내가 왜 이러지?

보는 것마다 화들짝 놀라는 꼴이라니.

걷는다. 계속 걷고, 계속 움직인다. 아무리 간이 콩알만 해졌어도 할 일은 해야지. 자, 움직이자. 다리를 놀리자. 부지런히 가자.

벽을 껴안다시피 바짝 붙어서서 거리를 따라간다. 코트 안쪽의 손이 칼을 단단히 움켜쥐고 있다. 손가락을 느슨하게 풀어보려 하지만 잘 안 된다. 손이 칼을 놓으려 하지 않는다. 칼을 착 감싼 채 한사코 버틴다. 떨어지려 하지 않는다.

젠장. 이제 정말 뭐가 옳은지 모르겠다.

칼의 감각이 느껴지는 게 두려운데 칼이 없어도 두렵긴 마찬가지다.

여전히 칼자루를 부여잡은 손.

"놓아버려."

소리 내어 중얼거린다. 들었나, 구경꾼 양반? 그만큼 내 상태가 만신창이라는 증거다.

"놓으라고."

"혼잣말하지 마."

이젠 대화씩이나? 주거니 받거니. 말하고 대꾸하고. 맙소사, 지금 나 혼자 북 치고 장구 치고 아주 쇼를 하고 있다.

"혼잣말하지 말라니까."

"닥쳐!"

계속 이런다. 망할 놈의 이 짓을 계속하고 있다.

심호흡을 하고, 걷는다. 다시 심호흡. 한 걸음 걷고 심호흡, 또 한 걸음 걷고 심호흡. 여전히 손은 빌어먹을 칼을 움켜쥔 채다.

"치워버리라니까!"

얼씨구, 고함도 치네? 난 말을 쏟아내고 있다. 아니, 말이 내게서 쏟아져 나오는 거다. 막을 수가 없다.

"놓아! 치워버리라고!"

길 건너 인도에서 어떤 사내가 나를 쳐다본다. 난 그를 무섭게 노려본다. 그는 황망히 시선을 거두고는 뒤도 돌아보지 않고 재빨리 자리를 뜬다. 난 걷는다. 계속 걷는다. 내 몸뚱이를 시체처럼 질질 끌고 가는 기분이다. 기분이 아주 엿 같다. 이런 정신 상태로는 매에게 대적해 싸울 기회조차 없을 거다.

정신 바짝 차려야 한다. 차분하게 마음을 가라앉히자. 걸음을 멈추고 잠시 시간차를 둔 다음 또 한 번 심호흡한다. 빌어먹을 칼들을 놓는다.

됐다.

이리 고마울 데가.

손을 꺼내 손가락을 움직여 푼다.

주위를 둘러본다.

버스가 또 한 대 온다.

37번이다.

34번이 더 나은데. 기회 있을 때 그걸 잡아탔어야 했다. 하지만 이미 지나간 일, 곱씹어도 소용없다. 37번을 타도 조금이나마 시간을 절약할 수 있다. 안전하기만 하다면. 그리고 내가 정류장에 빨리 도착할 수만 있다면. 거리를 따라 뛴다. 아이고, 숨차다. 너무 피곤해 쓰러질 지경이다. 어쩌면 못해낼지도 모르겠다.

힐끗 뒤를 본다. 버스는 밴에 막혀 있다. 다행이다. 시간을 좀 번 셈이다. 계속 달려 정류장에 닿자마자 버스도 함께 도착한다. 한 걸음 물러서서 후드를 깊숙이 뒤집어쓴다.

승객들을 눈으로 쭉 훑는다. 이 버스엔 사람이 그리 많지 않고 다들 문제될 것은 없어 보인다. 그러거나 말거나 난 여기에 올라탈 테지만. 문이 열리는데 내리는 사람은 없다. 폴짝 올라탄다. 무뚝뚝해 보이는 남자가 운전대를 잡고 있다. 돈을 내밀고 버스표를 낚아챈 다음 고개를 숙인 채 두리번거리며 자리를 찾는다. 문이 닫히고 버스가 출발한다.

다시 한 번 버스 안을 둘러본다. 천천히, 조심스럽게. 위험해 보이는 사람은 없다. 다들 지쳐 보일 뿐이다. 나도 죽도록 피곤해 보이겠지. 그들 눈에 비친 나의 또 다른 모습은 무엇일지 궁금하다. 단지 피곤에 전 남자애 말고, 뭐가 있을까? 겁먹은 소년? 불안에 몸서리치는 아이?

아마 아무것도 보지 못할 거다. 아예 나를 쳐다보지도 않겠지. 나를 주의 깊게 살펴보는 사람은 아무도 없다. 지금 내 존재가 바로 이런 것인지도. 난 아무도 아닌 거다. 눈길 주는 수고조차 아까운, 그야말로 아무것도 아닌 존재. 내 존재를 알고 원하는 사람들은 내가 죽기를 바라는 이들뿐이다.

세상의 나머지 인간들은 신경도 안 쓰고 관심도 없다.

버스가 덜컹거리며 거리를 내달린다. 길 끝에서 좌회전, 덜컹덜컹, 흔들흔들, 다음 정거장에서 스톱. 마치 내 인생 같다, 구경꾼이여. 덜컹덜컹 가다가 멈추고, 흔들흔들 가다가 멈추고. 문이 열린다. 내 눈동자가 예리하게 휙휙 돌아간다. 습관의 힘이다. 그냥 그렇게 된다. 생각할 필요도 없다. 몇 사람이 버스에 올라탄다.

그냥 일반인들이다.

확실하다.

고개를 푹 숙인다. 후드가 내려오면서 얼굴의 반을 덮는다. 편안한 어둠. 아니, 편안한 느낌은 아니다. 느낌이 아예 없다. 그냥 어두울 뿐이다. 문 닫히는 소리가 들리고, 다시 덜컹거린다. 덜컹덜컹, 하염없이 덜컹덜컹.

구경꾼이여, 아까 내가 한 말은 진실이다. 지금의 난 아무것도 아니다. 어둠 속에 숨은 채 여기서 저기로 실려 가는 한갓 생물체일 뿐.

"조금만 옆으로 비켜주실라우?"

여자 목소리다. 꼬부랑 노파인 것 같다. 다시 말한다.

"옆자리 절반이나 넘어와서 차지하고 있구먼. 내가 앉을 수가 없네."

흘끗 시선을 올려본다. 그래, 맞다. 노인네다. 완전히 늙어빠진 할망구. 입가에 수염 같은 게 돋아 있다. 웩, 역겹다. 난 할멈의 눈동자를 들여다본다. 엄하고 사나운 눈초리를 예상했지만, 틀렸다. 부드럽고 다정한 눈이다. 메리 할멈의 두 눈처럼. 이 할멈이 내 옆자리를 손으로 가리킨다.

"여기 앉고 싶은데 청년 때문에 안 되잖수."

나는 끙, 하면서 자리를 내준다.

"고마우이."

할멈은 인사치레를 하며 자리를 잡고 앉는다. 나는 고개를 숙이고 다시 얼굴 위로 후드를 내린다. 옆자리 할멈이 말을 걸지나 않으면 좋겠다. 버스가 부릉대며 출발한다. 할멈은 말이 없다. 그냥 앉아 있을 뿐이다. 그러나 뭔가 잘못됐다. 할멈 몸의 움직임이 느껴진다. 내 몸과 맞닿은 부위가…… 바들바들 떨린다. 이유를 모르겠다.

그리고 그 순간, 나는 깨닫는다.

또다시.

내 두 손이 칼을 잡고 있다. 코트 안자락에 칼을 넣어두었는데 어느새 두 자루를 모두 쥐고 있다. 아까처럼 단단히. 세상에, 언제 이런 거지? 코트 안으로 손을 넣은 기억도 없는데. 물론 칼을 쥔 기억도 없고. 도대체 무엇 때문에? 제기랄, 옆자리를 차지한 건 그냥 늙다리 할망구란 말이다. 힘없는 노인네가 누굴 해칠 수나 있겠는가.

할멈은 여전히 떨고 있다. 내게 닿은 늙은 몸이 오들오들 떨리는 게 느껴진다. 나는 고개를 살짝 돌려 할멈을 힐끔 쳐다본다. 할멈은 눈을 동그랗게 뜨고 내 눈치를 살피고 있다. 혹시 아픈 건가. 병원에 가야 할 정도로 아픈가. 아니, 그게 아니다. 그냥 아픈데 저런 눈을 할 리 없다. 할멈은 겁을 먹은 거다. 나 때문에 겁을 집어먹은 거다. 나 때문이다.

"해치지 말아요."

할멈이 중얼거린다. 할멈이 내 코트를 내려다보고는 두리번거린다. 관심을 끌어보려 하는 것 같다. 하지만 아무도 보지 않는다.

할멈은 빨리 포기하고 다시 나를 본다.

"해치지 말아요."

숨죽여 애원한다.

"코트 안에 뭐가 있는 거 알아요. 칼인 것 같은데. 그게 보이는 건 아니지만 청년이 그리로 손을 넣는 걸 봤다우. 지금도 잡고 있네. 지갑을 통째로 줄게요. 해치지만 말아요."

"해치지 않아요. 돈도 필요 없어요."

믿지 않는 눈치다. 표정에 다 드러난다. 할멈이 다시 한 번 불안한 눈으로 버스 안을 둘러본다. 여전히 이쪽으로 눈길을 주는 승객은 단 한 명도 없다. 아직 아무도 눈치채지 못했지만 누군가는 곧 알아챌 것이다. 할멈이 곤란한 처지에 있다는 걸 알아챌 것이다. 그러면 곧바로 내게로 시선이 쏠리겠지. 할멈이 도와달라고 소리치기 전에 막아야 한다.

"칼 같은 거 없다고요, 네?"

나는 칼을 놓고 빈손을 꺼내 보인다.

"보세요."

할멈은 내 손을 물끄러미 바라보다가 고개를 들어 내 얼굴을 쳐다본다. 아직도 못 미더운 표정이다.

난 어깨를 으쓱한다.

"그리고 할머니 돈도 필요 없어요."

억울하다는 듯 한숨을 내쉬고는, 고개를 돌려 차창 밖을 내다본다. 할머니, 제발 문제를 키우지 말아요. 할머니 때문에 곤경에 처할 순 없다고요. 할멈이 일어나 자리를 뜬다. 기척을 느낀 나는 고개를 돌려 살펴본다. 할멈은 버스 뒤쪽으로 가고 있다. 빈 좌석을 찾아 앉더니, 내가 쳐다보는 걸 보고는 시선을 돌린다.

나도 시선을 돌린다.

날카로운 전율이 온몸을 훑는다.

고개를 떨어뜨리고 후드를 끌어 내린다. 또 눈물이 솟구친다. 난 거친 숨을 몰아쉬며 이를 악문다. 망할 놈의 눈물. 안 돼, 막아야 한다. 눈에 힘을 꽉 주고 어둠을 쏘아본다. 간신히 눈물을 삼킨다. 그러나 속으로는 악을 쓰며 울부짖고 있다. 낡은 폐선에서 나와 만났을 때의 재스처럼. 그때 그 아이는 내 얼굴을 보고 숨넘어갈 듯 비명을 질러댔다. 지금은 처음 보는 노인네가 나를 보고 그렇게 공포에 사로잡혔다. 내가 원한 것도 아닌데.

이런 거, 더 이상은 감당이 안 된다. 벌떡 일어나 후드를 덮어 쓴 채 버스 문가로 걸어가서 손잡이를 잡는다. 할멈 쪽으로는 시선을 던지지 않는다. 아무도 보지 않는다. 그렇지만 나를 지켜보는 할멈의 시선이 느껴진다. 다른 승객들의 시선도. 온몸의 감각과 본능이 아우성친다. 그들이 나를 보고 있다고.

버스 안에 있는 사람들 전부가 나를 주시하고 있다고.

어쩌면 아닌지도 모른다. 내 본능도 예전만 못하다. 이유는 모른다. 어쨌든 난 뭔가를 잃어버렸다. 할멈과 재스를 만난 이후로.

어쩌면 베키 이후인지도. 아니, 그보다도 훨씬 전이다. 더 이상 내가 살인을 할 수 없게 됐다는 걸 깨달은 그날부터.

그래, 아마 나를 주시하는 이는 없을 것이다.

그 할멈마저도.

난 아무 이유 없이 그냥 공포에 잠식당한 것이다. 나한테서 그것이 사라졌기 때문이다, 구경꾼이여. 모든 것이 사라졌기 때문이다. 나는 버스 정면을 물끄러미 바라보고 있다. 차 세워, 기사양반. 난 당장 여기서 나가야겠어……. 하지만 다음 정류장까지 400미터는 더 가야 한다.

내 안은 지금도 울부짖고 있다. 내 안 깊숙한 곳의 몸부림. 마치 누군가가 내게서 벗어나기 위해 내지르는 비명 같다. 그리고 난, 그게 누군지 안다. 바로 나다. 나로부터 벗어나기 위해 안간힘을 쓰며 내지르는 나 자신의 비명. 하지만 불가능하다. 나는 내 안에 갇혀 있다. 지금 내가 이 빌어먹을 버스에 갇힌 것처럼.

엔진 소리가 달라진다. 기사가 기어를 바꿔 넣은 탓이다. 버스가 조금씩 속도를 줄인다. 정류장이 점차 가까워진다. 아무도 없다. 나는 버스 안을 둘러보며 승객들 표정을 살핀다. 모두 바닥만 쳐다보거나 딴 곳을 보는 중이다. 나를 보는 이는 없다. 그 할멈마저도.

할멈은 옆자리의 늙은이와 두런두런 담소를 나누는 중이다.

버스가 선다.

문이 열린다. 나는 비척비척 내려 뒤돌아보지 않고 거리로 나선다. 문이 닫히는 소리에 이어 부릉부릉 엔진 돌아가는 소리가 들린다. 곧 버스가 굴러가기 시작한다. 나는 얼른 고개를 반대편으로 돌린다. 할멈이 나를 지켜보는 걸 굳이 확인하고 싶진 않다. 버스가 모퉁이를 돌아 사라진 후에야 다시 거리로 시선을 옮긴다.

돌아다니는 사람이 많다. 적어도 내 시야에 들어오는 인간들은 다 별 문제없어 보인다. 택시, 자동차, 자전거, 버스가 도로를 메우고 있다. 옆 거리로 접어들어 길 끝에서 오른쪽으로 꺾는다. 놀이터를 통과해 골목길을 따라가다 뉴크로스 로드로 나온다.

이제 제대로 살펴야 한다, 구경꾼 양반.

놈들은 물론이고 짭새들도 조심해야 하니까. 매의 똘마니들이 재스를 내려놓은 곳이 여기다. 저기 저 큰 건물. 보이나? 거리 오른편 중간쯤 되는 지점. 그리고 그들이 알 만한 사실이 있다. 짭새와 놈들 모두 말이다.

그들은 내가 나타날 거란 사실을 안다.

재스 때문에.

언제든 내가 이 장소로 다가올 것을, 그들은 이미 알고 있을 것이다.

지금 이렇게 왔잖은가.

그 애를 볼 수 있을 거란 꿈같은 기대를 하는 건 아니다. 그래도 어쩔 수 없다. 난 와야 했다. 그 애가 저기 어딘가에 있단 말이다. 저 크고 촌스러운 건물 안에. 아직은 다른 데로 보내지 않았을 것이다. 그럴 거란 확신이 있다. 재스는 저 안에 있을 것이다. 내가 바란 대로 배너만, 편과 함께. 그들이 아니라도 괜찮은 경찰과 함께.

그 애가 무사하기만을 바랄 뿐이다.

그 애에게 불상사가 생겼을지도 모른다고 생각하면 견딜 수가 없다.

머릿속으로 그림이 그려진다. 나는 저 건물의 구조를 훤히 꿰고 있다. 여덟 살 때까지 뻔질나게 들락거렸으니까. 배너만, 편과 엮였던 그 일, 당신도 기억하겠지? 내가 말해준 적이 있는데. 내 나이 여덟 살 때, 횡단보도 사건 말이다.

저 건물 안. 그때 내가 취조 받던 곳이다. 거기 말고도 저 건물 안 공간이라면 안 가본 데가 없다.

그런데 그 애는 어디에 있을까? 예쁘고 사랑스런 아이 재스는.

주차된 차들 뒤로 몸을 숨긴 채 길을 따라 내려간다. 정문 근처에 다다른다. 도로 맞은편이다. 이제 잘 봐라, 구경꾼 양반. 현관으로 이어지는 계단이 있다. 놈들은 바로 저기에 그 애를 내려놓았을 것이다. 계단 바로 앞에. 그러고는 다시 차에 올라타 그대로 내뺐을 것이다.

그 애가 바로 저기에 서 있었겠지. 바로 저 지점에. 어쩌면 저기 앉아 있었을지도 모르고.

그 애는 울었을까? 당신 생각은 어떤가? 그 애가 울었을 것 같은가? 그 애 상태는 어땠을까? 그나저나 만약……. 아아, 어쩌지? 당신에게 미리 말하지 않았지만, 사실 난 걱정이 된다. 만약 편이 나를 속인 거라면 어떡하지? 그녀는 재스가 살아 있다고 했다. 하지만 그게 진짜인지 가짜인지 어떻게 안단 말인가.

속임수였을 수도 있다.

나를 끌어들이기 위한 속임수. 내가 반드시 재스를 보러 올 거란 사실을 이용한 것이다. 그 애는 여기 있지도 않은데 말이다. 이런 생각이 자꾸만 나를 괴롭힌다. 어쩌면 그 애는 이미 죽었을지도 모른다는 생각. 살아 있다는 말을 편에게 들었음에도 불구하고.

문이 열리고 사람들이 나온다. 나는 얼른 차 뒤에 몸을 숨기고 가능한 한 자세히 살핀다. 제복 차림의 짭새 둘, 남자와 여자다. 둘 다 모르는 얼굴이다. 그리고 세 번째 사람. 이번엔 아는 얼굴이다. 대번에 알아볼 수 있다. 하지만 재스는 아니다.

저건 벡스다.

고개를 푹 숙인 채 계단을 걸어 내려온다. 머리가 텅 빈 듯 멍해 보인다. 나는 하나도 놓치지 않고 똑똑히 지켜본다. 여경이 벡스와 팔짱을 끼고 있지만, 도망치지 못하게 꼭 붙든 건 아니다.

그녀를 보호하는 쪽에 가깝다.

별 소용은 없어 보인다.

벡스는 두려움에 떨고 있다.

문득 떠오르는 게 있다. 기억이 난다. 처음 저 여자애를 만나 어둠 속에 몸을 숨기고 다니며 꽤 긴 대화를 나누었지. 오두막에서 놈들을 피해 달아난 후로 말이다. 그녀가 언뜻 짭새 얘기를 했었는데, 구경꾼 당신도 기억하나?

그녀는 그들이 무섭다고 했다.

그들과 마주치고 싶지 않다고 했다. 잡는 즉시 돌려보낼 거라고.

분명히 그렇게 말했다.

돌려보낸다고.

하지만 어디로 돌려보낸단 말인가? 내 머릿속이 분주해지기 시작한다. 나중에 그녀가 털어놓은 것, 아버지에 대한 이야기가 함께 떠올랐기 때문이다. 배와 아버지에 얽힌 사연. 당신은 짐작이 가나, 응? 왜냐하면 난 알았거든. 이제 분명히 알겠다. 증거는 없고 내가 틀렸을 수도 있지만.

하지만 아니다.

알았나?

난 틀리지 않았다.

왜냐하면 내가 기억하는 세 번째 사실이 있으니까. 방금 떠오른 것이다. 벡스의 본명. 내 말은, 이름과 성 모두 말이다. 내가 이 걸 진작 알아채지 못했다니, 어이가 없군. 단 한 번도 생각해보지 않았다. 하지만 지금은 미친 듯이 머릿속을 꽝꽝 울려대고 있다. 그 이름, 바로 그 이름이.

레베카 제이크스.

제이크스, 제이크스, 제이크스.

제이크스라는 성을 지닌 짭새가 하나 있다. 덩치 큰 얼간이지만 경찰 고위직이다. 그리고 그는 야수의 품에서 산다. 여기서 떨어진 다른 지역이다. 나도 한때 그의 관할구역에서 일한 적이 있다. 하지만 그와 맞붙은 적은 없다. 그 개자식 근처엔 얼씬도 하지 않았다.

그는 몹쓸 개자식이었다. 뒷골목 인간들 모두가 그렇게 말했다.

만약 그가 벡스의 아버지라면, 그녀의 안색이 저 모양인 것도 놀랄 일은 아니다.

경찰차가 와서 선다. 저들을 태울 차겠지. 남자가 문을 열고 벡스에게 뒷좌석에 타라고 끄덕인다. 정중한 구식 매너. 벡스와 여경이 차례로 차에 몸을 싣는다. 남자는 반대쪽으로 돌아가서 탄다. 셋 다 뒷자리, 벡스가 가운데다.

그래, 그래.

친절하신 짭새 양반들.

뿐만 아니라 사려 깊기도 하시지.

그녀가 겁에 질렸을지언정 경찰 둘이 곁에 붙어서 빈틈없이 지켜주고 있다. 그리고 지금 이 순간, 또 다른 사실 하나가 분명해진다. 요동치는 내 심장만큼이나 확실한 사실. 짭새들이 그녀를 찾아낸 게 아니다. 저 애가 자포자기한 거다. 어떻게 아느냐고 따지지 마라. 게다가 저 여잔 자기 자신만 내버린 게 아니다.

그녀는 모든 것을 내버렸다.

희망, 걱정, 마음을 짓누르던 모든 짐들.

어떻게 된 일인지 알 만하다. 저 애는 루비의 집에서 나와 가장 가까이에 있는 경찰에게 간 것이다. 아니면 곧장 경찰서로 갔거나. 내가 여기에 있다고 일러바쳤겠지. 난 끝장이다. 다 끝난 거다. 재스를 보는 건 물 건너갔고 나도 할 만큼 했다. 난 이제 갈 데가 없고, 신경 쓸 일도 없다. 무엇이 나를 기다리고 있는지 안다.

법.

그리고 죽음.

그렇지만 상관없다.

경찰차가 출발하고 벡스도 사라진다. 젠장, 기분이 영 찜찜하다. 하지만 이런 기분 따위 얼른 떨쳐내야 한다. 벡스를 머릿속에서 밀어내고 재스가 정말 살았다고 믿으며 행동해야 한다. 다음 일에 집중해야 한다.

왔던 길을 되짚어간다. 길 끝에서 왼쪽으로 꺾고 다시 한 번 꺾는다. 교차로를 건너 공원으로, 공원을 통과하여 반대편으로 나온다. 후드를 얼굴까지 덮어쓰고, 기다린다. 버스가 굴러들어 온다. 14번이다.

승객들을 살펴본 후 올라타서 기사에게 버스표를 산다.

버스가 털털대며 움직이기 시작한다.

두 정거장. 세 번째, 네 번째. 눈에 띄는 얼굴은 족족 확인한다. 하나같이 바다의 파도거품 같다. 밀려왔다 밀려가는, 너무 많아서 일일이 셀 수조차 없는. 하지만 나는 세고 있다. 빠짐없이 모두 확인한다.

다섯 번째 정류장, 여섯 번째 정류장.

일곱, 여덟, 아홉 번째.

여기서 내린다. 왼쪽으로 가면서 카페를 지나고 골목길을 통과해 주택단지로 빠져나온다. 스톱, 인도 아래로 내려선다. 주변을 둘러본다.

한 번 더 확인한다.

아파트 건물이다. 낡아빠진 벽돌, 칠이 벗겨진 창틀. 저쪽에서 아이들이 차고 문에 대고 축구공을 뻥뻥 찬다. 아파트 지하층에서 한 사내가 아이들에게 버럭 고함을 친다. 아이들은 공을 한 번 더 차고는 낄낄대며 도망간다.

조용하다.

나는 코트 안으로 손을 밀어 넣고 칼의 감촉을 느낀다.

건물을 끼고 돌아 뒷문으로 들어가서 2층으로 올라간다. 잠깐 정지. 여전히 조용하다. 한층 더 올라간다. 다음 층, 그다음 층. 엘리베이터를 타진 않는다. 너무 위험하다. 안에 갇히기 십상이다.

한 층 남았다.

여전히 아무 소리도 없다. 마치 유령이 사는 곳 같다. 꼭대기 층이다. 복도 끝을 향해 걸어간다. 22호. 문은 다 같은 색깔이고 모두 같은 표시가 돼 있다. 심지어 잠금장치도 다 똑같다. 그가 이사를 갔을지도 모른다. 하지만 그럴 것 같진 않다. 워낙 게으른 놈이니 거처를 옮기는 귀찮은 짓을 했을 리 없다.

문에 귀를 갖다 붙인다. 그가 안에 있다면 텔레비전 소리가 나야 한다. 라디오 소리라도. 둘 다일 수도 있고. 여자가 있을 때도 그는 텔레비전이나 라디오를 켜둔다. 뭐, 십중팔구 여자와 함께 있지만. 그런 놈들 속이야 내가 알 게 뭔가. 하여튼 볼륨을 한껏 틀어놓지 않았다면 놈은 여기 없는 거다. 그런 똥파리 같은 인간들이란 소음 없이는 못 사니까.

내가 뭐랬지? 저 소리 들리나?

텔레비전 소리다. 게임 프로. 그리고 다른 소리도 난다. 더 희미하지만, 귀를 잘 기울이면 알아들을 수 있다. 들리나? 살며시 문을 열어본다.

잠겼다.

23호로 다가간다.

멈추고 귀를 기울인다. 안에서 아무 소리도 들리지 않는다. 다시 한 번 잘 들어본다. 초인종을 누르고 물러서서 그늘 속으로 숨는다. 양쪽 문을 다 살피며 기다려본다. 아무 일도 없다. 22호에서 텔레비전 소리가 새어나올 뿐이다.

다시 23호로 다가가 칼날을 편다. 순식간에 잠금장치를 푼다. 문을 열고 슬그머니 들어가 등 뒤로 닫는다. 보고, 듣고, 느낀다. 아무도 없다. 확실하다. 그래도 확인은 해야 한다. 주방, 화장실, 침실, 거실.

역시나 후지기 짝이 없다.

그리고 아무도 없다.

의자를 집어 들고 발코니 문가로 옮긴다. 발코니로 나가 바깥을 확인해본다. 아래에서 올려다보는 낌새도 전혀 없다. 심호흡을 하고, 의자를 들어 옆집 발코니 난간에 걸쳐놓는다. 난간을 타고 옆집으로 넘어간다.

칼을 움켜쥔다. 한 손에 하나씩.

22호 발코니 문 안을 들여다본다.

거실에는 아무도 없다. 소파 위에 널브러진 맥주 캔과 침실 문 앞바닥에 아무렇게나 쌓인 옷가지뿐. 의자를 집고 물러서서 발코니 문으로 휙 내던진다.

비명처럼 유리가 깨져나간다.

집 안에서 놀란 고함 소리가 나지만 나는 이미 들어왔다. 거실을 가로질러 침실로 성큼성큼 다가간다. 문이 열리고 놈의 얼굴이 빠끔 튀어나온다. 완전히 식겁한 표정이지만, 동시에 위험한 표정이기도 하다. 스물두 살이 된 그의 몸은 내가 마지막으로 봤을 때보다 한층 더 근육질이다.

"이런 세상에!"

그가 놀라 외친다. 눈앞으로 날아드는 칼날을 보고는 흠칫 물러난다. 나는 놈의 가슴팍을 칼끝으로 꾹꾹 찌르며 침실 안으로 밀어 넣는다.

"그래그래, 착하지, 이지."

놈은 벌거벗은 상태지만 한순간도 감시의 끈을 놓아선 안 된다. 그의 몸이 파르르 떨리는 게 보인다. 싸울 채비가 된 거다. 이 안 어딘가에 칼을 보관해두었을 것이다. 어쩌면 총일지도 모르고. 놈은 그걸 낚아챌 기회를 노리고 있다. 놈의 시선이 옷장을 향한다.

오케이, 저기로군. 아마 총일 것이다. 총이라는 느낌이 온다.

놈을 다시 쿡 찔러 침대 쪽으로 밀어붙인다.

잔뜩 움츠린 채 구석에 처박힌 흑인 소녀가 눈에 들어온다. 나는 그녀를 보며 턱으로 문을 가리킨다.

"나가는 게 신상에 좋을 거야."

그녀가 이지를 쳐다본다. 그는 관심도 없다. 놈의 시선은 나에게 고정돼 있다.

 나는 놈의 몸을 돌려 나를 등지게 하고는, 칼 하나를 놈의 목에, 다른 하나는 아랫도리에 댄다. 놈은 숨을 몰아쉬며 곁눈으로라도 끝까지 나에게서 시선을 떼지 않으려 한다. 겁먹은 걸 들키지 않겠다는 눈물겨운 노력. 여자애는 여태 움직이지 않았다. 난 좀 더 강한 어조로 쏘아붙인다.

 "당장 꺼져!"

 그녀가 허둥대며 침대 가장자리로 돌아서 간다. 나는 그녀를 힐끔 보고는 다시 이지에게 집중한다. 이 녀석에게 잠시도 틈을 줘선 안 된다. 어차피 저 여자애는 별거 아니다. 내가 그녀에게 큰 소리로 이른다.

 "참 거기, 힘들게 스핏한테 갈 필요 없어. 누구한테 가도 마찬가지야. 놈들이 여기 올 때쯤이면 난 가고 없을 테니까."

 이지에게 가까이 몸을 숙인다.

 "이 인간도 더 이상 이 세상 사람이 아닐 거고."

 소리가 들린다. 여자애가 다다다 달리고, 현관문이 열리고, 닫히는 소리.

 그리고 또 내달리는 발소리.

 복도를 지나 계단을 내려가는 소리.

 그리고 정적.

 나와 이지 둘만 남았다. 올려다보는 그, 내려다보는 나. 놈이 속삭이듯 말을 건넨다.

"내가 후회하는 게 뭔지 알아?"

난 대답하지 않는다. 그도 대답을 기다리지 않는다.

"네놈 등짝을 쫙쫙 그어놓고는…… 도망치게 내버려둔 것. 네놈 뱃가죽도 갈기갈기 찢어줄 수 있었는데 말이야."

그가 푸념 같은 웃음을 토해낸다.

"하지만 기회가 아주 사라진 건 아닌 것 같군."

"내 생각은 다르거든, 이지."

나는 놈이 느낄 수 있게 칼날을 약간 움직인다. 놈의 몸이 경직된다.

"그래서, 이건 뭐지? 복수?"

"일종의 복수지."

나는 다시 칼날을 놀린다.

"그 대상은 네놈이 아니지만."

"무슨 뜻이야?"

"너보다 더 큰 놈을 낚아야 하거든. 너도 나보다 더 큰 놈을 낚아야 하잖아?"

나는 잠시 그의 눈치를 살피다가 한 발짝 뒤로 떨어진다. 놈은 나를 계속 응시할 뿐 움직이지 않는다. 나는 잠시 더 놈을 바라보다가 칼날을 거둔다. 그가 움찔하며 상체를 웅크린다. 나는 칼을 쥔 두 손을 그의 몸 위로 뻗는다. 그런 다음 칼들을 침대 위, 그녀석 바로 옆에 떨어뜨린다.

물러선다.

그리고 기다린다.

그가 상체를 펴고 앉는다. 그의 뜨거운 시선이 내 얼굴에 꽂힌다. 그다음 일은 이미 예상한 바였고, 그 일은 순식간에 벌어졌다. 놈이 칼을 낚아채 튀어 오르더니 팔로 내 가슴팍을 퍽 치고는 칼을 목에 겨눈 채 벽으로 밀어붙인다. 그러고는 나를 갈아 마실 기세로 으르렁댄다.

"해봐! 해보라고, 이 새끼야!"

"무기가 없어, 이지."

"허튼소리 집어치워. 칼이야? 총인가? 뭐든 간에 있겠지. 네놈 코트 안에 말이야."

나는 고개를 젓는다.

"내 유일한 무기는 지금 네 손에 있어. 축축한 네놈 손안에."

그의 얼굴이 어두워진다. 그 육중한 몸을 나에게 들이민다. 여전히 화가 나 있고, 여전히 혼란스러워 보인다. 무기가 없다는 내 말을 믿지 않는다.

"말했잖아. 나는 너보다 더 큰 놈을 노린다고. 너는 나보다 큰 놈을 노리고."

"그러니까 누구?"

"네 친구들을 제거한 나쁜 놈들. 그리고 꼭대기에 앉아 있는 진짜 대어."

"그놈들 정체는 이미 파악했어."

"아니, 넌 절반도 몰라. 그 위에서 꼭두각시 줄을 조종하는 높은 양반이 누군지도 모르지. 넬슨이라면 이 정보에 관심이 좀 있을 것 같은데. 네가 그걸 찔러준다면, 그 자식도 너한테 엎드려 절하고 싶을걸? 네놈의 다른 형님들도 마찬가지겠지. 핏츠나 지미—조 스파이스 같은 녀석들 말이야."

"형님들 좋아하시네."

"앞으로 그렇게 될 거야. 자기네를 공격한 것도 같은 놈들이라는 사실을 알게 된다면 말이지."

계단에서 발소리가 들린다. 점점 커진다. 오래 안 걸렸군. 아까 그 소녀가 날 엿 먹일 줄은 알고 있었다. 쾅 소리와 함께 문이 열리고 덩치가 모습을 드러낸다. 이지와 동갑이지만 덩치는 두 배다. 나는 그에게 윙크를 날린다.

"잘 지냈나, 스핏? 여기까지 오느라 시간 좀 썼겠어, 그치?"

놈은 그 자리에 선 채 안을 둘러보고는, 상황 파악이 됐다는 듯 이지에게 명령한다.

"칼 이리 내."

이지는 여전히 헷갈린다는 표정으로 그를 쳐다본다. 스핏은 기다려주지 않는다. 다짜고짜 다가가 칼을 뺏으려 든다. 이지는 등 뒤로 칼을 숨기고 버틴다. 스핏이 그를 노려보더니 자기 칼을 꺼내어 나에게 뻗는다.

나는 피하지 않는다. 중요한 순간이다. 이대로 칼을 맞든지, 무사히 피하든지, 한순간에 결정 나는 거다. 그리고 그 결정은 이지가 내려야 한다. 절체절명의 찰나, 그가 마음을 정한다. 정확한 타이밍에 팔을 뻗어 스핏의 손목을 움켜쥐고는 칼의 위치를 확인한다. 내 심장과의 거리, 2센티미터.

스핏이 이를 갈며 거칠게 외친다.

"이거 놔. 이 거지 같은 자식 숨통을 끊어놓겠어."

이지는 놓지 않는다.

"아직은 참아둬. 시간은 많아, 안 그래?"

스핏은 잠시 그를 물끄러미 쳐다보다가 다시 나를 본다. 그러고는 비열하게 웃는다.

"그럴까아……."

일부러 말꼬리를 늘인다.

"시간이야 많지. 서두를 거 없어, 그래……."

그렇다, 구경꾼 양반. 저 자식의 머릿속 계산이 훤히 들여다보인다. 그리고 이 시점에서 당신에게 해주고픈 말이 있다. 난 저 미소를 기억한다. 저 둘이서 내 등을 그어댈 때, 특히 저놈은 저 미소를 띠고 있었다. 놈들과 마주 볼 때 난 저 미소를 보았다. 놈들은 쓰러진 내 몸을 돌려놓은 다음 칼날을 세우고 그 일을 시작했다. 얼굴을 진흙탕에 처박은 상태로도 난 느낄 수 있었다.

저 미소.

나를 얕잡아보고 비웃던 미소.

내가 고통에 몸부림치며 비명을 질러댈 때조차.

나도 억지로 웃어 보인다.

"다시 내 몸에 손대보시지, 스핏. 그날로 너도 죽는 거야. 이유가 궁금한가? 왜냐하면 말이야, 너에 대해 아는 사람이 너무 많거든. 내가 그렇게 만들어놨어. 나 바보 아닌 거 알지? 아주 자세히, 낱낱이 알려줬지. 네놈이랑 이지에 대해서 말이야. 그리고 네가 한 온갖 시시껄렁한 짓들까지 몽땅 넘어갔어. 네놈이 지금 쭉정이 신세가 아닌 것도 어찌 보면 다 내 덕이야. 네놈이 쓸모 있을지도 모른다고 해뒀거든. 그러니까 조심하라고. 혹시 알아? 그러면 목숨이라도 부지할 수 있을지."

스핏은 대답하지 않는다. 하지만 더 가까이 다가온다. 나는 눈을 가늘게 뜬다.

"네놈이 오기도 전에 내가 이지를 골로 보낼 수도 있었다고."

"왜 안 그러셨나?"

이지가 끼어든다.

"글쎄, 왜 안 그랬을까?"

난 다시 이지를 똑바로 쳐다본다.

"흥미로운 질문이야. 그러니까 이 무서운 물건은 치우고 얘기해보자고."

"더 큰 놈을 낚겠다고 했지?"

"이 물건 먼저 치우고 얘기하자고 했어."

나는 기다린다. 시선은 이지에게 고정시킨 채. 스팟이 한 걸음 물러서는 게 느껴진다. 내 눈이 놈을 위에서 아래로 쭉 훑는다. 놈의 손은 아직 칼을 단단히 움켜쥐고 있다. 나는 이지에게 한 손을 내민다.

"내 칼들 돌려줘."

"돌려받으시겠다?"

"그래, 받아야겠어. 너한텐 필요 없잖아. 옷장에 총이 있으니."

이지는 어깨 너머로 옷장에 시선을 던졌다가 고개를 되돌린다.

"어떻게 알았지?"

맙소사. 구경꾼 양반, 알겠나? 이렇게 둔해빠진 주제에 뒷골목 주먹 행세를 하는 놈들도 있다.

"알 거 없어. 칼이나 내놔. 정 불안하면 가서 네 총을 가져오든가."

그는 움직이지 않는다. 하지만 칼을 돌려준다. 스팟이 뭔가 움직일 준비를 하는 게 느껴진다. 놈을 향해 미소를 날려주고, 칼을 코트 안에 찔러 넣는다.

"좋아, 친구들. 협상해보자고."

놈들이 물러난다. 끽해야 꿈틀하는 정도지만. 스팟은 나와 문 사이에 서 있다. 놈은 나를 죽이고 싶어 온몸이 근질근질하다. 일단은 내 몸뚱이를 갈기갈기 찢어놓고 싶겠지. 이지의 분노도 하늘을 찌르긴 마찬가지다. 둘 다 간신히 참고 있을 뿐이다. 왜냐하면 나한테 뭔가 있을 거란 생각에. 그리고 놈들을 찾아다니는 이들에게 정보를 죄다 까발렸다는 내 말이 허풍이 아닐지도 모른다는 걱정에.

하지만 놈들은 여전히 속으로 부글부글 끓고 있다.

나는 쿨하게 행동하고 가볍게 이야기해야 한다.

"일단 텔레비전은 끄지."

"왜?"

이지 녀석이다.

"시끄러워 죽겠어."

"난 켜두는 게 좋은데."

"꺼."

그는 나를 노려보다가 스팟을 힐끔 쳐다본 뒤 다시 나를 본다.

"이거 시간 낭비야. 당장 꺼."

이지는 움직이지 않는다. 스팟이 끄응 소리를 내면서 거실로 나간다. 나도 뒤따라 나서고, 이지는 뒤에 바짝 붙어 온다. 스팟이 텔레비전을 끄고 몸을 일으켜 세우더니 카펫 위에 흩어진 유리조각들을 발견한다.

"발코니 문인가? 이거 왜 이래?"

"이 친구 짓이야."

이지가 일러바친다.

나는 주머니 속의 돈을 헤아려본다. 이런 인간쓰레기들 소굴에 들고 들어오기엔 좀 넘치는 액수다. 정확하고 빠르게 행동해야 한다. 안 그래도 심기가 불편한 이지를 발코니 문 문제로 더 자극할 필요는 없다. 하지만 몇 푼 찔러주는 것으로 될 일이 아니다. 놈은 오히려 내가 지닌 돈이 얼마나 되는지 궁금해서 그것만 파고들 거다.

빨리 화제를 돌려야 한다.

"그래 나야, 미안. 이 안으로 들어올 다른 방법이 없어서 말이야."

신속하게 거실 안을 둘러본다.

"종이하고 펜이 필요해."

"지금 장난해?"

스핏의 목소리에 불만이 가득하다.

어련하실까. 하긴 이런 얼간이들이 뭘 끼적이는 모습 자체가 상상 불가지.

"종이랑 펜."

나는 그에게 또박또박 말한다.

"적어놓아야 해."

"그냥 말로 해."

"말로 하면 다 못 외워."

"어디 시험해보시지."

놈들이 다가온다. 나를 믿지 않는 놈들이다. 조심하지 않으면 모든 것이 수포로 돌아갈 것이다.

"네놈들이 원하는 이름이 나한테 있어. 거물들이지. 넬슨이 알고 싶어할 만한 이름들."

"이름 정도는 다 외울 수 있어."

"이렇게 많이는 못 외워. 게다가 이름만이 아니라고. 그들을 찾을 수 있는 장소들도 있지. 그 밖에도 여러 가지가 있어. 네놈들이 일일이 기억해내지 못할 것들. 종이하고 펜이 필요해. 여기서 기다려."

나는 발코니 문으로 향한다.

스팟이 앞을 가로막는다.

"어디 가?"

"옆방에 전화번호 수첩이 있더라고. 들어오면서 봤어."

"내가 가져오지."

그가 내 두 눈을 뚫어져라 노려본다.

"넌 여기서 꼼짝도 하지 마."

그는 이지에게 눈짓을 하고는 발코니로 걸어 나가서 난간을 타고 건너 옆집 안으로 사라진다. 몇 분 후, 수첩과 펜을 한 손에 들고 다시 나타난다. 다른 손엔 칼을 들었다. 역시 난간을 타고 건너온다.

이지는 여전히 내 곁에 붙어 서 있다. 총을 가지러 가지도 않았다. 하지만 바지를 챙겨 입었고 지금은 나를 주시하고 있다. 스핏이 수첩과 펜을 건넨다. 나는 그걸 받자마자 써 내려가기 시작한다. 놈들이 곁으로 모여든다. 난 놈들을 한 번 올려다보고는 다시 고개를 숙이고 계속 적는다.

목록이 길어진다.

"이제 잘 들어. 이건 공짜가 아니야."

다 썼다. 다시 한 번 쭉 확인해본다.

두 녀석은 여전히 내 양옆에 찰싹 붙어 있다.

내 모습을 신기하게 쳐다보면서.

나는 첫 장을 부욱 뜯어낸다.

"글 읽을 줄 아는 사람?"

"이 자식이!"

스핏이 으르렁댄다.

이지가 종이를 빼앗아 읽기 시작한다. 놈의 눈동자가 글씨를 따라 아래로 내려간다.

"모르는 이름들인데."

"당연히 모르지. 그런데 그들은 널 알아. 스핏도. 네놈과 어울리는 따까리 벌레들도 전부 다 알아. 어디 그뿐이겠어? 네놈 패거리의 나머지 녀석들도 안다고. 넬슨 아래로 한 명도 빠짐없이 몽땅. 그들은 넬슨의 행적도 죄다 파악해두고 있지."

손을 내민다.

"종이 다시 줘봐."

이지에게 건네받은 종이를 한 손으로 구겨 어깨 너머로 던져버린다. 두 녀석의 표정이 딱딱하게 굳는다.

"뭐, 뭐야?"

"저 이름들은 너희가 알 필요 없거든. 저들은 고작 피라미들일 뿐이야. 네 친구들처럼 따까리 벌레 처지라고. 저런 이름들 따위 잊어버려도 돼."

그는 잊지 않을 거다. 실은 나도 그가 잊지 않길 바란다.

나는 넬슨의 똘마니들이 저 목록에 있던 놈들을 전부 다 해치워버리길 바란다.

하지만 그건 부차적인 문제다. 나중에 이지가 저 종이를 주워서 볼 것이다.

난 다시 펜을 잡는다. 스팟과 이지가 아까처럼 가까이 다가와 있지만, 이번에는 시선이 나를 향하지 않는다. 내 어깨 위로 목을 길게 빼고 종이를 들여다본다. 그리고 이제야 흥미를 느낀다. 안 봐도 비디오다.

"아는 이름이야."

스팟이 중얼거린다.

당연히 알겠지. 스팟은 물론이고 이지도 알 거다. 목록에 있는 이름 모두가 그들 세계의 거물급이니까. 매의 세계에선 손톱만

한 피라미에 불과하지만. 매의 밑을 닦아주는 똘마니들 말이다. 여기 있는 두 얼간이의 머리로는 절대 이해할 수 없을 거다. 이 녀석들에겐 넬슨이 최고 윗대가리다.

넬슨은 우물 안 개구리 왕이고.

피츠나 스파이스처럼.

비슷한 지위의 다른 녀석들처럼.

그래, 그런 놈들은 쌔고 쌨다. 자기네 작은 연못에서만 가장 큰 존재들.

그러나 매는 그 연못들을 주무른다. 그들은 알지 못하지만. 그들은 매가 존재하는지도 모른다. 자기네가 만나는 사람만을 알 뿐이다. 매의 일을 수행하는 '놈들' 말이다. 놈들 일부는 구겨진 채 바닥에 떨어진 목록에 있다. 그리고 지금 내가 적어 내려가는 이 목록에는 더 높은 지위에 있는 이름들 일부가 있다.

피라미와 윗대가리 중간에 걸친 인물들.

맨 윗대가리 근처에 있는 이름들은 아니다. 넬슨 패거리는 윗대가리들과 거래하지 않고, 그들의 존재를 아예 모른다. 하지만 이 이름들 정도라면…….

이지에게 종이를 건넨다. 그가 목록을 훑어본 뒤 스핏에게 넘긴다.

"이 사람들은 알아."

나는 고개를 젓는다.

"아니, 넌 몰라. 안다고 생각할 뿐이지."

"우리랑 동업 관계인 사람들인데."

"그자들이 너희를 없앨 거야. 넬슨도 제거하겠지. 같이 일하는 패거리 전부를 쓸어버릴 거라고."

침묵이 흐른다.

복도에서 발소리가 들려온다. 희미하게 여자 목소리도 들린다. 다시 조용해진다.

"이거 아무 의미도 없잖아. 증거 같은 것도 없으면서."

나는 종이 몇 장을 한꺼번에 뜯은 다음 그들에게서 벗어나 탁자 옆에 앉는다.

"뭐하는 거야?"

"이번 건 좀 길어. 그래서 앉았어."

그들은 움직이지 않지만, 나를 유심히 지켜본다. 나는 천천히 신중하게 써 내려가기 시작한다. 틀린 곳 없게 제대로 적어야 한다. 전부 3년도 더 된 일들이다. 뛰어난 내 기억력이 고마울 따름이다. 모든 기억이 분수처럼 솟구쳐 손끝으로 흘러나온다. 날짜, 장소, 모든 것이. 마치 펜이 저절로 움직이는 것 같다.

쓰기라는 것도 퍽 재미있군.

이렇게 간단한 일이.

뭘 써본 경험 자체가 별로 많지 않았다. 그럴 일이 없었다. 이미 말했다시피 난 학교에 다닌 적이 없다. 하지만 구경꾼 양반,

한번 곱씹어 생각해봐라. 나에게 읽고 쓰는 법을 가르쳐준 게 누군지 아는가?

짐작했겠지.

매다.

그리고 나는 여기서 그를 무너뜨릴 단어들을 적어 내려가고 있다. 물론 이깟 단어들이 그렇게 한다는 건 아니다. 내가 여기서 뭘 하건 그는 너무도 강하니까. 하지만 이 단어들이 도움이 될 수는 있다. 불씨를 당길 수는 있다. 들여다봐라, 구경꾼이여. 이 작은 단어들을.

작은 불꽃처럼 우수수 떨어지는 단어들을.

이 사회의 찌꺼기, 독침 같은 존재들.

짭새들이 써먹을 만한 정보는 없다. 이건 더러운 인간쓰레기들 사이의 일이다. 그리고 이 목록은 맨 꼭대기까지 올라가지도 않는다. 하지만 말했듯이 이건 큰 불의 씨앗이 될 것이다. 매도 그 열기 정도는 느끼게 되겠지.

쓰기가 끝나고 내가 종이를 집어 올린다. 몇 장에 걸친 목록이다.

이지와 스팟이 주춤주춤 다가온다.

놈들의 태도가 조금 달라졌다. 그래 구경꾼 양반, 뭐가 다른지 알겠나? 이 녀석들이 머리를 굴리고 있다. 이 꼬맹이한테 시간을 주지, 뭐. 다 적고 우리한테 필요한 정보를 넘기게 하는 거야. 그런 다음에 없애버리면 돼.

나는 고개를 젓는다.

"날 없애봤자 눈곱만치도 도움이 안 될걸. 여기서 모든 정보를 넘기진 않을 거거든. 일단 읽어봐. 자, 읽어보라고."

이지가 종이를 받아서 읽기 시작한다. 스핏은 읽지 않는다. 놈은 나를 지켜보고 있다.

눈빛이 사납다.

"거기 다 있어. 네놈들이 원하는 건 모두 있어. 각종 '작업'과 수법들. 너희가 아는 적과 여태껏 몰랐던 적들까지. 그런데 난 어떻게 이런 걸 다 알까? 왜냐하면 내가 그 일부였거든. 네놈들이 날 싫어하는 건 네놈들 식구가 내 손에 죽어서겠지. 하지만 크게 보면 난 아무것도 아니야. 너희가 아무것도 아닌 것처럼 말이야. 넬슨 자식, 수백 번은 '작업'을 수행했을 텐데 본인은 그걸 알지도 못해. 그 목록에 있는 놈들이 책임자지. 넬슨이 친구로 여겼던 인간들."

이지는 목록에서 시선을 떼지 않는다.

스핏은 나에게서 시선을 떼지 않는다.

슬금슬금 다가온다. 탁자 옆에 서서 나를 내려다본다.

나는 그를 올려다보다가 그의 동료에게 시선을 옮긴다. 이지가 읽기를 끝내고 다가와 역시 나를 내려다본다. 여전하다. 저들의 표정 말이다. 아직도 날 죽이고 싶어 몸이 달았다. 내가 입을 연다. 천천히, 분명하게.

"자, 거래를 하지."

그들은 대답하지 않는다. 그냥 쳐다만 본다. 이지는 종이를 꽉 움켜쥔다. 다른 손으로는 주먹을 단단히 쥔다. 나는 코트 안의 칼을 떠올린다. 이것들을 쓰고 싶지는 않다. 이 두 녀석은 살아 있어야 한다. 피라미를 죽이는 정도로는 매를 건드리지 못한다. 털끝 하나 스치지도 못할 거다.

"거래를 하자고. 난 너희한테 정보를 넘겼어. 넬슨이 아주 반겨 줄 거야. 피츠나 스파이스, 뭐 다른 놈들도 마찬가지고. 그게 그놈들하고도 관련이 있거든. 이제 잘 들어. 난 이 모든 정보를 넬슨한테 넘기는 거야. 그러니까 그 대가로······."

"뭘 원해?"

이지가 재촉한다.

나는 말을 끊고, 놈들의 눈동자를 들여다본다.

"그 대가로······ 넬슨, 피츠, 스파이스의 똘마니들이 나한테 따라붙지 않게 해줘."

"그러지, 뭐."

이지가 선선히 응한다.

그렇겐 안 될 거다, 구경꾼이여. 당연하지. 넬슨이나 다른 두 놈 같은 건달들이 이런 거래를 인정하고 요구에 따라줄 리 없다. 놈들은 내가 넘긴 정보를 갖고도 날 죽이려 들 것이다. 내 꼬임에 넘어가 나처럼 되어버린 놈들 똘마니가 한둘이 아니니. 하지만 괜찮다. 어차피 보호를 기대한 건 아니다. 아니고말고. 단지 그런 것처럼 꾸민 것뿐이다. 내가 원하는 건 놈들이 이 정보를 갖게 되는 것이다. 그걸 이용할 수 있도록.

그게 전부다.

그리고 이 정보는 이런 식으로 놈들에게 흘러들어가야 한다. 아무런 대가 없이 정보를 넘기면, 놈들이 받아들이지 않을 것이다. 받아도 믿지 않을 테고. 내가 아니라 자기들의 충직한 끄나풀이 귀띔해도 믿지 않을 놈들이다. 그러나 놈들이 가뿐히 묵살해버릴 만한 요구를 들먹이면, 놈들은 아주 쉽게 넘어온다. 그래 봤자 겨우 손쉬운 일 하나를 해치운 셈이지만.

이제부터가 어렵다.

여기서 빠져 나가는 일말이다.

나는 일어선다.

"네 개의 이름이 더 있어. 진짜 대어들이지. 그건 30분 뒤에 전화로 알려주겠어."

"지금 뱉어."

스핏이 말한다.

나는 당당히 고개를 쳐든다. 놈들이 내 앞을 떡하니 막아선다.

다시 코트 안의 칼에 신경이 쏠린다. 옆구리에 딱딱한 칼날이 느껴진다. 나는 미간을 모으고 목소리를 낮게 깐다.

"그냥 나를 죽여. 그럼 알짜 정보는 날아가는 거야."

놈들은 아무 말도 없다. 나는 천천히 말을 이어간다.

"이제 너희도 웬만한 이름은 다 가졌어. 그것만 해도 충분할 거야. 그렇지만 진짜 대어들은 아니지. 진짜 거물급 말이야. 최고 윗대가리 이름 넷. 여기서 안전하게 나가게 해주면 그 정보도 네놈들 거야."

스핏의 얼굴이 험악해진다. 나는 그에게 속삭인다.

"어이 덩치, 강제로라도 입을 열게 하고 싶어 죽겠지? 근데 그거 알아? 네놈이 작정하면 아주 불가능한 일도 아니야. 하지만 머리를 좀 쓰셔야지. 내가 죽어도 입을 안 열면 어쩌려고? 난 그럴 작정이거든. 그러면 어떻게 된다? 내가 한 말 기억하라고. 우리 모두가 낚고 싶어하는 진짜 대어가 남았잖아? 무지막지하게 큰 놈이지. 그러니까 스스로 한번 물어봐. 네놈들이 나 하나 없애자고 정작 중요한 대어를 놓쳐버리면, 넬슨 형님이 뭐라고 할까?"

잠시 말을 쉬었다가 잇는다.

"그래 뭐, 넬슨은 그냥 눈감아준다 쳐. 하지만 나한테도 친구들이 있거든. 나중에 그 친구들한테 붙잡히면 네놈들은 어떻게 될까?"

스핏의 턱이 씰룩거리다 멈춘다. 나는 이지를 쏘아본다.

"휴대폰 번호가 뭐야?"

그는 대답하지 않는다.

"이지."

"뭐?"

"휴대폰 번호가 뭐냐고."

그는 어깨를 으쓱한다.

"적어주지."

"됐어. 그냥 말해."

"하지만……."

"그냥 말해. 숫자는 금방 외우니까."

스핏의 턱이 또 씰룩거린다. 이지가 웅얼웅얼 번호를 부른다. 내가 못 듣기를 바라는 투지만, 난 다 알아들었다. 그리고 머릿속에 단단히 새겼다.

"비켜."

내가 조용히 말한다.

놈들은 움직이지 않는다. 성난 얼굴로 나를 뚫어져라 노려볼 뿐이다.

"비키랬지."

놈들은 한참 더 노려본다. 그러다가 천천히 옆으로 비켜선다.

나는 그들 사이를 비집고 걸어가 현관문을 열고 뒤를 돌아본다.

그리고 나간다.

복도 끝으로, 계단 아래로, 가능한 한 빠르게, 가능한 한 조용하게. 신속하게 빠져나가되 놈들 귀에 내가 내빼는 소리가 들어가지 않게 해야 한다. 낭비할 시간이 없다. 놈들이 생각을 고쳐먹고 당장 패거리를 불러 모을지도 모른다.

1층에 닿기도 전에 포위될 수도 있다.

하지만 아무도 없다.

아직까진 무사하다. 문가에 날라리 여자 둘이 널브러져 앉아 있을 뿐이다. 바깥에서 들려오는 목소리는…… 그냥 꼬맹이들이다. 난 멈춰 서서 숨을 고른 다음 문을 밀어 열고 앞마당으로 나간다. 남자아이 셋이 나를 향해 조잘댄다. 열두 살쯤 돼 보인다.

"뭘 봐?"

한 녀석이 시비를 건다.

나는 걸음을 멈추지 않는다. 근처에 위험이 도사리고 있다. 아주 가까이, 그리고 아주 많이. 감으로 알 수 있다. 아이가 또 한 번 내 신경을 긁는다.

"병신!"

일부러 큰 소리로 야유한다.

손가락을 치켜세우더니 친구들을 보며 킬킬거린다.

이런 우라질. 당장 칼을 꺼내 저 녀석의 귓가에 갖다 대고 싶다. 내가 자기만 한 나이였을 때 얼마나 많은 사람을 죽였는지, 저 녀석은 알기나 할까? 알 리가 없지. 아직도 나를 향해 히죽거리고 있는 꼴을 보니 말이다.

오른쪽 건너편에 그림자가 있다. 쓰레기통 뒤다.

좀 더 멀리에 또 하나. 그리고 몇 놈 더.

이지와 스팟이 끌어들인 건 아닐 거다. 그냥 이 주변에서 얼쩡대는 건달 무리겠지. 하지만 그림자의 정체를 알아내려고 나까지 여기서 얼쩡거릴 순 없다. 그대로 대문 밖으로 나간다. 거리를 건너 주택단지를 통과한다.

주변을 둘러본다. 최선을 다해 꼼꼼하게. 젊은 양아치들 때문에 이러는 게 아니다. 내가 걱정하는 건 '형님'에 해당하는 놈들이다. 어이 구경꾼 양반, 이건 10대 깡패들 얘기가 아니라고. 10대 깡패들이 커서 되고 싶어하는 자들을 말하는 거다.

진짜 악당은 따로 있다. 넬슨이 하는 일들도 일부나마 그 윗선을 위한 것이다. 그리고 그가 유일한 호구 건달은 아니다. 피츠와 스파이스는 댁도 이미 들어서 알 테고 그들 말고도 더 있다. 이 시점에서 중요한 사실 하나.

그들 중 '하플러—데베룩스 경'에 대해 들어본 이는 없다.

알겠나?

단 한 명도 없다고.

혹여 그 이름을 들어봤다 해도, 그를 '사회의 은인'으로만 알고 있겠지. 성매매나 마약밀매 따위와 그를 연관 짓는 건 상상도 못할 테고. 그런 이들도 매의 부하들은 몇 명쯤 알고 있을 것이다.

그들이 친구로 여겼던 개자식들, 조금 전에 내가 목록에 올린 놈들 말이다. 그러나 진짜 윗대가리가 누군지는 아무도 모른다.

그저 재미 삼아 그들을 죽음으로 몰아넣는 장본인을.

그리고 그들만 H에 대해 잘 모르는 건 아니다.

세상도 알지 못한다. 물론 그에 대해 들어본 사람들은 있을 거다. 주로 상류층 인사나 정치인, 사업가들이겠지. 하지만 그들이 아는 H는 거의 '지상에 강림한 천사'다. 세상이 믿을 수 있는 사람. 그렇게 막대한 돈을 자선단체에 기부하는데 천사라 불리지 않을 도리가 있나?

지금 내가 하는 말 잘 들어라, 구경꾼 양반.

악도 재능이랄 수 있다면, 그는 가히 천재다.

그가 얼마나 영악한지 설명해주지. 그가 거느린 조직을 다 합하면 야수 전체를 아우르게 된다. 각각의 조직에는 호구가 하나씩 있다. 죄다 똑같다. 자기가 호구인 줄 모르고 조직 두목인 줄로만 아는 얼간이들. 검은 돈을 주무르고도 잡히지 않았다는 이유로 스스로 거물이라 믿는 따까리들.

더구나 그들은 이지나 스핏 같은 똘마니들을 잔뜩 데리고 있다. 일에 방해가 되는 놈들을 처리하는, 말단 졸개들 말이다. 그렇다, 모든 조직이 이런 식으로 돌아간다. 하지만 진짜 핵심은 이거다. 호구 조직들, 각 조직의 활동구역에 있는 동업자들, 그리고 마약과 섹스 같은 지저분한 사업으로 쓸어 모은 어마어마한 돈들.

이 모든 게 그의 것인데, 어떻게 된 일인지 그 돈들이 몽땅 한곳으로 흘러든다는 사실을 알아채는 사람이 없다.

돈의 종착지가 매의 둥지라는 사실을 말이다.

그렇다. 그 돈은 전부 한 남자의 손으로 들어간다. 정작 그의 밑에 있는 인간들은 자기네가 누굴 위해 일하는지 까맣게 모른다. 그의 이름을 들어본 적조차 없다. 그런데 그는 그 돈을 어디에 쓸까? 확실히 마약은 아니다. 아니면 여자? 혹은 조직 간의 세력다툼? 아니다. 그에겐 훨씬 더 고차원적인 목적이 있다.

파멸.

경제, 비즈니스, 생명, 뭐든 간에. 기다렸다가, 치고 들어가서, 넘겨받는 것. 이건 전쟁이다, 구경꾼이여. 그렇게 보이지 않겠지만 엄연히 전쟁이다. 매와 그의 동료 윗대가리들을 위한 전쟁.

그들이 원하는 게 뭔지 나는 모른다. 자세히는 알지 못한다. 어떤 것이든 될 수 있을 거다. 하지만 전에 얘기했듯이, 이건 전 지구적인 일이다. 그들이 세계의 금융 시스템을 위기로 몰아넣는 이유가 바로 여기에 있다. 불안을 창출해내는 것. 전 세계의 내분을 독려하는 것. 다 같은 이유에서다. 필요하다면 뭐든 하겠지.

사실 그들이 정말로 좋아하는 건 따로 있다.

암, 좋아하고말고. 아주 침을 질질 흘리지.

그건 바로 무기다.

어떤 무기냐고? 자, 어디까지 올라가보고 싶은가? 맨 꼭대기까지? 좋아, 가보지 뭐. 매가 노리는 높이도 그만큼이니까. 닿을 수 있는 한 가장 높은 곳. 누가 이 최고 윗대가리들과 거래하는지는 정말 아무도 모른다. 내가 아는 건 조만간 누군가가 그들에게 그들이 원하는 것을 팔 거라는 사실뿐이다.

그런 다음에는 당신도 이게 전쟁이라는 걸 알 테지.

주택단지 끝에 이르러 상점을 지나 모퉁이를 돈다. 마침 버스가 들어온다. 17번이다. 승객들을 확인한 후 올라탄다. 일곱 정거장을 지나 내린다. 도로를 건너고 묘지를 통과해 공원으로 들어간다.

기념비 옆에 멈춰 선다.

주위를 둘러본다.

안전해 보인다. 유모차를 끄는 젊은 엄마. 벤치에 앉아서 담배를 말아 피우는 영감탱이. 개를 데리고 산책 나온 사람들 두어 명. 가능한 한 꼼꼼히 다시 한 번 확인한다. 남은 휴대폰들을 꺼낸다. 배터리가 나갔다.

어느 정도 예상한 바다. 기념비 뒤쪽 땅바닥에 버리고 공원 정문으로 나와 도로변의 슈퍼마켓으로 간다. 사람들을 확인한 후 문 안으로 들어간다. 잘하면 여기서 일석이조의 효과를 누릴 수 있을 거다.

젠장, 배가 고파 쓰러질 지경이다.

샌드위치, 사과, 소시지롤, 생수. 진열대로 돌아가 소시지롤을 더 집는다. 계산대로 가져간다. 계산대의 소녀가 재미있다는 듯 나를 쳐다본다. 하지만 별말은 없다. 나는 지폐를 건네고 거스름돈을 받은 다음 슈퍼마켓에서 나간다. 길 건너 공중전화로.

동전 하나면 충분할 것이다. 할 말이 많진 않으니까.

번호를 누르고 기다린다. 퉁명스런 목소리가 귓전을 두드린다.

"네?"

이지는 사교성이란 게 참 부족한 녀석이다.

"받아 적을 준비는 됐겠지?"

"아니. 펜하고 종이가 없는데."

"뭐든 찾아봐."

투덜투덜 구시렁대는 소리. 나는 거리 쪽을 확인한다. 슈퍼마켓 쪽으로 걸어가는 사내 둘. 양복쟁이들이다. 그냥 일반인인지 '놈들'인지 잘 모르겠다. 내 쪽을 보지는 않는다. 하지만 왠지 수상하다. 수화기로 다시 이지의 목소리가 들린다.

"연필 준비됐어."

"종이 같은 건?"

"벽에다 쓸 거야."

내 시선은 양복쟁이 두 사내를 떠나지 않는다. 지금은 길 건너편 인도에 둘 다 그냥 서 있다. 한 녀석이 나를 쳐다본다. 다른 놈은 휴대폰을 꺼낸다. 난 주변을 둘러본다. 저들이 '놈들'이라면 근방에 몇 놈 더 있을 테고 지금쯤 저 둘의 용무도 끝났을 것이다.

그러나 아무도 없다. 아무도 보이지 않는다.

"받아 적어."

내가 전화기에 대고 낮게 말한다.

"하플러—데베룩스 경."

"에, 뭐라고?"

나는 철자를 하나하나 일러준다.

"하플러—데베룩스 경? 대체 이 인간은 누구야?"

"네놈한테 넘긴 목록 중에서도 가장 거물이지. 넬슨에게 전해. 모두에게 전하라고. 그보다 더 큰 대어는 없을 거야. 그럼 난 이만."

"그나저나 이 자식은 어디에 있지?"

"직접 찾아봐. 쉽게 찾을 수 있을 거야. 이제 끊는다."

양복쟁이 둘이 길을 건넌다. 곧장 이쪽으로 향하고 있다. 이지가 볼멘소리로 따진다.

"다른 이름들은? 네 명이라고 했잖아."

"뻥이었어. 하나뿐이야. 하지만 그걸로도 충분해."

전화를 끊고 전화박스 밖으로 나온다. 사내 둘은 흩어져 각자 딴 길로 갔다. 그들이 누구인지 이제 명확해졌다. 하지만 위험한 건 그 두 놈이 아니다. 위험은 다른 곳에서 올 것이다.

어떻게 아느냐고 묻지 마라.

알았다.

이 거리 반대편 끄트머리.

두 명이 더 있다. 점차 거리를 좁혀온다.

슈퍼마켓으로 다시 들어간다. 계산대를 지나 첫 번째 통로로. 신속하게 주위를 휘둘러본다. 내 뒤를 밟는 놈은 둘이다. 사람들을 피해 걸어간다. 카트를 미는 할멈 하나가 길을 막는다.

"거 똑바로 보고 다녀야지!"

할멈이 침을 튀기며 나무란다.

할멈을 에돌아 지나서 가게 안쪽 끝까지 간다.

비상구가 있다.

벌컥 열고 나간다. 상품 창고다. 밴 두 대가 있다. 운전수들이 차창에 기대어 노닥거리고 있다. 뒤를 살핀다. 놈들은 사람들을 거칠게 밀치며 오고 있다. 한 놈은 휴대폰에 대고 뭔가 씨부렁대고 있다.

모퉁이를 돌아 다시 거리 방향으로 달리기 시작한다. 먹을 것이 든 봉지를 여전히 손에 움켜쥔 채. 등 뒤로 인도를 내달리는 발소리가 들려온다. 내가 먼저 나오긴 했지만 한참 앞선 건 아니니까 곧 놈들도 모습을 드러낼 것이다.

내가 먼저 거리에 도착하지 못한다면.

하지만 내가 먼저다, 아주 가까스로.

놈들은 바로 뒤에 따라붙었다. 게다가 이제는 오른쪽에서 나타난 동료들까지 가세해 들이조이는 중이다. 나는 아까 왔던 길을 되짚어 돌아간다. 목표한 지점까지만 무사히 닿으면 잠시나마 안전할 것이다. 그것도 저놈들을 따돌린다는 전제 하에서지만.

적어도 길거리에 쇼핑객들이 이렇게 북적이니 놈들도 큰일을 벌이진 못할 것이다.

그러나 인파로 몸을 보호하는 것도 잠시뿐이다. 저들이 나를 포착한 이상 놈들의 수는 금세 불어날 테니. 주변을 둘러본다. 놈들은 서두르지 않는다. 별로 뒤처지지도 않았지만 굳이 나서지 않고 일반인 행세를 하며 때를 기다리고 있다. 둘 다 휴대폰으로 통화 중이다.

한 놈의 얼굴에 미소가 감돈다.

섬뜩한 미소.

그래, 아저씨. 내가 이미 독 안에 든 쥐다, 이거지?

하지만 속단하긴 이르다고.

나한테 유리한 물건이 여기 있거든. 우체국 밴. 문이 열렸고 시동도 걸려 있네? 우편배달원은 길 건너 빵집 아저씨한테 소포를 건네는 중이고, 나는 냅다 달려가 슈퍼마켓 비닐봉지를 조수석에 내던지고 운전석으로 뛰어올라 문을 닫고 가속페달을 밟는다.

밴이 달리기 시작한다.

좋아, 달려라 달려.

아주 후진 차다. 까마귀 같은 소리를 낸다. 하지만 아무렴 어떠

랴? 백미러를 확인해본다. 놈들은 망연자실한 채 서서 나를 바라보고 있다. 뛰어봤자 소용없다는 걸 아는 거지. 하지만 집배원은 뛰고 있다. 이런, 가엾어라. 어떻게든 붙잡으려고 숨이 턱에 닿도록 쫓아온다.

아저씨, 미안하게 됐어요.

곧 돌려줄게요. 멀리 가진 않을 거거든요.

집배원도 이내 포기하고는 달리기를 멈추고 두리번거리며 도움 청할 곳을 찾는다.

하지만 난 이미 거기에 없다. 거리 끝에서 좌회전, 신호등에서 우회전, 다시 우회전. 일부러 틀린 길로 가다가 바른 길로 돌아온 거다. 집배원 아저씨가 짭새들에게 내가 사라진 방향을 고해바쳤을 경우에 대비한 것이다.

그가 내 얼굴을 봤을 것 같진 않다. 그러나 다른 누군가가 봤을 가능성도 있다. 곧 그 지역에 짭새들이 쫙 깔릴 것이다. 숨을 곳이 있는 게 다행이다.

빈집은 아니다, 구경꾼 양반. 야수에게 나를 위한 빈집이나 은신처 따위는 없다. 그러나 거기는 앞으로 몇 시간 정도 내가 몸을 숨기기로 계획한 곳이다. 날이 저물 때까지 말이다.

주차장 건물을 지나 로터리를 끼고 돈 다음 신호등을 건너 술집에서 좌회전하자마자 차를 세운다. 한 바퀴 휘휘 둘러보라. 정말 구리지 않은가? 누가 여기서 살고 싶겠나? 베란다가 딸린 집들이지만 거의 무너져 내리기 직전이다.

여하튼 따라와라. 움직여야 한다. 다시 걸어야 한다.

하지만 다른 길로.

슈퍼마켓 봉지를 챙겨서 밴에서 내린다. 거리 쪽을 확인해본다. 저쪽 끝에 아이들이 있고, 벤치에 앉은 세 남자는 다른 곳을 보고 있다. 내가 밴에서 내리는 건 못 봤을 것이다. 어쨌든 걱정할 틈도 없다. 걷기 시작한다.

잠깐.

밴으로 되돌아간다. 거리를 다시 한 번 살핀다. 왜 이러는지는 묻지 마라. 나도 모르니까. 휴우, 그래. 실은 안다. 집배원이 마음에 걸려서다, 됐나? 아무 잘못도 없는데 나한테 차를 뺏겼잖은가. 뭐, 어떻게 보면 그의 잘못이긴 하다. 하지만 나 때문에 그 아저씨가 곤란해지는 건 싫다.

밴뿐 아니라 그가 배달해야 할 편지들까지 잃어버리게 생겼으니.

밴 안으로 손을 집어넣어 시동키를 뽑고 문을 잠근다. 몸을 구부려 앞바퀴 안쪽 바닥에 키를 내려놓는다. 자, 그럼 이제 가볼까.

거리를 따라 공업단지 뒤로 돌아간다. 큰길을 건너고 골목으로 들어가 반대쪽으로 빠져나온다. 오케이, 여기가 어딘지 알겠나? 정면을 봐라. 알아보겠나?

휴대폰을 쓰려고 꺼내봤던 공원이다.

아까는 반대 방향에서 들어왔었지. 묘지를 통해서 말이다. 기억나나? 휴대폰을 버렸던 기념비가 저기 있다. 벌써 누가 주워갔을까? 뭐, 신경 쓸 일은 아니다. 확인할 필요도 없다. 당신에게 보여줄 건 따로 있다.

하지만 이제부터는 정말 은밀하게 움직여야 한다.

대낮에는 하기 힘든 일이다.

공원 가장자리로 간다. 사람들 몇몇이 있지만 여전히 호젓하다. 내 감으로는 다 평범한 일반인이다. 푸들을 끌고 산책하는 여자, 자전거 타는 아이, 벤치에 앉아 있는 노부부. 후드를 덮어쓰고 고개를 숙인 채 걷는다. 비니는 어느 틈에 잃어버렸다.

상관없다.

목적지가 멀지 않았다.

공원 끝이다. 가장자리를 따라 천천히 움직인다. 옆문을 지나치고 예전에 매점이 있던 곳으로 가서 오솔길을 건너 숲으로 들어선다. 다시 주변을 확인한다. 이제 공원 중앙부가 오른쪽 저편에 있다. 여기서도 기념비는 보인다. 하지만 뒷면뿐이다. 찾았나?

이제 왼쪽을 봐라.

땅이 약간 패여 있고 그 너머에 오래된 석판이 몇 개 있다.

따라와라. 자세는 낮게 유지하고. 여긴 좀 찜찜한 곳이니까. 마약쟁이들은 이곳으로 모여든다. 마약소굴로는 영 꽝이지만 바람을 피할 수 있다. 게다가 그곳에는 주삿바늘도 모르는 비밀이 숨어 있다.

내가 열 살 때 어떤 부랑자가 그곳을 알려줬다. 그는 1년 뒤 죽었다. 그러니 지금은 아무도 모른다. 아마 모를 거다. 아무튼 그렇다고 믿어보자고.

경사로를 내려가서 멈추고 주변을 둘러본다. 아무도 없다. 천천히 걷는다. 발 디딜 곳을 조심해서 골라야 한다. 석판들이 죄다 울퉁불퉁한 거 보이지? 머리 위로 나무들이 우거져서 웬만해선 사람들 눈에 띄지 않는다.

다시 멈춘다.

주변을 좀 둘러보실까, 구경꾼 양반? 여기가 마약쟁이들이 앉는 곳이다. 돌 위에 그 인간들이 버리고 간 것들이 있을 거다. 자, 다시 한 번 잘 봐라. 마약쟁이들 쓰레기는 잊어버리고. 또 뭐가 보이는지 말해봐라.

그래, 그래. 당신이 무슨 생각하는지 알겠다. 층층이 쌓인 석판들밖에 없다고? 이런, 또 틀렸군. 좀 더 안쪽 구석을 잘 살펴보라고. 틈이 있지 않나? 저 틈으로 몸을 쑤셔 넣을 수도 있다. 물론 체구가 작아야 하겠지만.

마약쟁이들은 저런 틈새에 신경 쓰지 않는다. 부랑자들도 마찬가지다. 너무 좁아서 말이지. 그 틈 안에 뭐 대단한 게 있는 것도 아니고 ─ 라는 게 그들 생각이다. 하지만 내게 여기를 알려준 그 부랑자 영감은 비쩍 곯은 홀쭉이였다. 그가 저 안에 무엇이 있는지 보여줬다. 당신이 그걸 제대로 볼 줄 알아야 할 텐데.

뭐, 딱히 보기 좋은 건 아니다. 그렇지만 미리 일러두지.

그건 아주 긴요하다.

가자.

슈퍼마켓 봉지를 그 안으로 떨어뜨리고 몸을 틈새로 구겨 넣는다. 튀어나온 돌들의 감촉을 느끼며 내려간다. 좀 힘들군. 예전에 여기로 기어들어올 때보다 내 몸이 더 자란 탓이다. 게다가 주머니도 불뚝 튀어나와 있고. 하지만 발아래에 또 디딜 만한 공간이 있다.

자, 들어왔다.

단단한 돌 위에 앉아서 숨을 고른다.

암흑, 암흑.

기다린다. 어둠에 적응되기를 기다린다. 느리지만 적응이 되어간다. 이제 조금씩 다시 보이기 시작한다. 밀폐된 좁은 공간. 머리 위에 내가 미끄러져 들어온 작은 틈이 있다. 그 아래 서늘한 빈 공간에 우리가 있는 것이다. 구석에 죽은 쥐가 있다. 캔, 병.

이게 다다.

그런 것 같지? 하지만 아니다. 뭔가 더 있다.

늙은 부랑자 영감이 진짜로 나한테 보여주고 싶어했던 것. 하지만 그걸 보고 싶다면 우리 모두 엉금엉금 기어야 한다. 저기 안쪽 맨 구석, 위쪽의 돌이 내려앉은 곳으로. 박박 기다가 생채기가 날 수도 있다. 혹시 폐소공포증 같은 게 있다면 눈을 감는 편이 좋을 거다.

천천히, 천천히, 조심하면서 천천히. 안전을 위해 이런 것쯤은 감수해야 한다. 당장은 안전하다고 할 만한 곳 자체가 거의 없다. 특히 놈들과 짭새들이 한꺼번에 움직이는 야수 안에서는 더더욱. 놈들은 곧 나타날 거다, 구경꾼 양반. 내 말 믿어라.

지금쯤 이 근방을 샅샅이 뒤지고 있을걸.

그들이 개를 풀 경우 이곳마저 위험해진다.

그러지 않기만을 희망해보자고.

빈 공간의 끝. 돌이 쑥 내려앉은 지점에서 스톱. 이제 유심히 살펴봐라. 어두워서 잘 안 보이는 건 알지만 제대로 살펴보도록. 이건 벽이 아니다. 위에서 내려앉은 돌이다. 이쪽에서 공간이 벽으로 막힌 것처럼 보이지만 그렇지 않다. 어둠의 장난일 뿐이다.

돌이 거의 바닥까지 내려앉았지만 아래에는 또 하나의 틈이 있다. 잘하면 몸이 빠져나갈 만한 틈이다. 정말 잘해야 하지만.

먼저 슈퍼마켓 봉지를 밀어 넣는다. 숨을 한껏 들이마신 다음, 바닥에 찰싹 달라붙어 틈새로 몸을 집어넣는다. 이 부분은 항상 싫었다. 그래도 몸집이 더 작았을 때는 한결 쉬웠는데. 하지만 이건 몸집만의 문제가 아니다. 요령이 중요하다. 반쯤 통과했다. 조금 더, 조금 더, 됐다. 반대편으로 몸을 빼낸다.

자, 이제 봐라.

또 다른 공간. 그리고 터널.

아래로 향한다.

어둠 속으로.

아래로, 아래로. 여전히 비좁게 웅크리고 있지만 이제 납작 엎드릴 필요는 없고 손과 무릎만 고생하면 된다. 갈수록 차차 나아질 것이다. 여기 숨으면 괜찮을 테지만 여전히 왠지 불안하다. 조금만 더 가면 훨씬 나은 곳이 있는데.

어둠 속에 점 두 개가 찍혀 있다. 두 개 더.

쥐새끼들이다.

찍찍거리며 비닐봉지 주위를 맴돌고 있다. 팔을 내저어 쫓아버린다. 녀석들은 터널 아래로 사라진다. 난 계속 기어간다. 환기구에 닿는다. 터널은 좀 더 깊이 이어진다. 보이나? 방금 쥐들이 사라진 곳. 하지만 우리는 환기구를 타고 내려갈 것이다.

잘 살펴봐라.

뭔지 알겠나? 지금쯤이면 알아챘어야 하는데. 휴, 난 알려주지 않을 거다. 어차피 맥도 금방 알게 될 테니. 하지만 일단은 내려가야 한다. 걱정하지 마라. 이 정도는 식은 죽 먹기니까. 나무로 된 뼈대가 보이는가? 층층이 쌓였으니 손잡이 삼아 잡고 내려가면 된다.

금방 내려갈 텐데, 뭐.

30초면 끝난다.

이런, 내가 잘못짚었군.

2분 걸렸다. 하지만 나도 몇 년 만에 온 거 아닌가. 더구나 손에 비닐봉지까지 들었고. 아무튼 이제 주위를 둘러보라.

또 터널이다. 훨씬 큼지막한 터널이지. 혹은 더 높다고 해야 하나. 아주 멀리까지 뻗은 건 아니다. 굳이 탐험할 것도 아니고. 부질없거든. 양쪽이 다 막혀 있으니 말이다. 하지만 벽의 모양을 잘 살펴보라고. 이제 알겠나?

맙소사. 당신 아직도 모르는군.

그럼 힌트 하나 주지. 저 방향으로 몇 분만 더 가면 바닥에 놓인 녹슨 철길을 발견할 수 있을 것이다. 다른 철길과 합류하는 지점은 없다. 터널 반대편 끝 지점에 닿기도 전에 그 철길은 뚝 끊긴다.

이제 파악이 되나, 구경꾼 양반?

우린 옛 뱀굴 한구석에 있는 거다. 야수의 지하에는 이런 터널들이 잔뜩 있다. 철길이 있는 터널도 있고 없는 터널도 있다. 그 위로 열차가 달린 적이나 있는지 의문이다. 어쩌면 착공만 하고 완공은 안 된 건지도 모른다.

터널 대부분은 웬만한 사람들도 다 안다.

고로 우리는 이용할 수 없다.

하지만 이건 좁고 아늑한 비밀장소다. 우린 여기서 잠시 숨을 돌릴 거다.

여기서 저녁이 되기를 기다리는 거다. 다음에 다가올 일을 기다리는 거다.

땅바닥에 털썩 주저앉아 벽에 기댄다. 천천히 숨을 들이마시고, 천천히 내쉰다. 슈퍼마켓 봉지를 열어 소시지롤을 찾는다. 어둠 속에 더 까만 점들이 보인다. 또 쥐새끼들이다.

어이 꼬맹이들, 이거 좀 달라고? 엉?

쳇, 꿈도 꾸지 마.

쫓아버린다. 쥐들이 찍찍대며 도망가는 소리를 듣는다. 별로 거슬리지 않는다. 심지어 녀석들이 귀엽게 느껴진다. 벌레만도 못한 인간들에게 둘러싸여 살아온 내게 쥐 정도는 아무것도 아니다. 쥐새끼들이야 맘껏 돌아다니라지, 뭐. 단 내 음식을 넘보지만 않는다면.

나는 걸신들린 듯 먹어치운다.

우와, 정말 배고프다.

우적우적, 쩝쩝, 꿀꺽.

쥐들이 돌아와 나를 구경한다. 난 봉지를 무릎 위에 놓고 소중하게 움켜쥔 채 다른 손으로 계속 먹는다. 소시지롤을 깨끗이 해치우고 샌드위치를 입에 넣는다. 그다음은 사과. 살을 발라 먹고 단단한 속은 어둠 속으로 툭 던져버린다. 생수를 벌컥벌컥 들이켜고 병을 내던진다.

벽에 기댄다.

심호흡을 한다.

쥐 친구들은 사라졌다.

주머니에서 돈을 꺼내어 세어본다. 일부만 도로 집어넣는다. 이 정도면 충분하다. 있는 돈을 다 가지고 다니는 건 의미가 없다. 너무 위험하기도 하고. 한 방에 몽땅 잃어버릴 수도 있다. 그래서 대부분은 여기에 두고 갈 생각이다.

이대로도 안전할 거다. 쥐들이 와서 갉아먹지만 않는다면.

슈퍼마켓 봉지에 지폐 묶음을 넣고 일어나 벽을 더듬더듬 만져본다. 봉지를 둘둘 말아서 내 손이 닿는 가장 높은 곳의 돌 틈에 끼워 넣고 물러선다. 훌륭한 비밀금고다. 아예 보이지도 않는다. 일부러 찾아온 게 아니고서야.

나중에 기회가 있을 것이다.

지하로 다시 내려올 기회.

지금은 따로 할 일이 있다.

종이와 펜을 꺼낸다. 내가 이거 챙긴 거, 당신은 몰랐지? 이지하고 같이 있을 때 말이다. 그건 그쪽이 관찰에 게을렀기 때문이라고. 내가 누누이 일렀잖은가. 좋다, 이제 잘 들어라. 난 뭘 좀 적어야겠다. 좀이 아니라 많이.

그러니까 그쪽은 이만 사라져줘.

난 생각을 해야 하거든.

기억해내야 한다고.

많은 사람들을.

적고, 적고, 또 적는다. 이게 뭔지 댁은 신경 쓸 것 없다. 뭐, 나중에 알게 될 거다.

개중 몇몇은 이지와 스팟에게 넘겨준 이름이다. 하지만 그건 일부에 불과하다.

적고 또 적는다.

팔이 아프고 눈이 뻑뻑하다. 눈을 비비며 벽에 기댄다. 깜빡거리는 점이 또 보인다. 이번엔 두 개뿐이다. 쥐 한 마리. 나를 보고 있다. 나도 마주 봐준다. 그 너머 어둠도.

그런데 말이다…….

불현듯 다른 어둠을 마주 보는 기분이 든다. 마치 예전 그 도시의 어둠 같다. 제길, 그녀가 그립다. 어떨 때는 꽤 못 돼먹은 여자였지만 난 그래도 그녀가 보고 싶다. 그녀에게서 가장 그리운 점이 무엇인지 아는가?

당신에게 보여주었던 자그마한 빈집.

온 사방에 책이 가득하던 노부부의 집, 기억나는가?《보물섬》과 니체에 관한 책이 있던 집. 그리고《버드나무에 부는 바람》. 그 날 밤 내가 읽었던 책이다. 캄캄한 어둠 속에서 말이다. 그게 바로 내 삶이다, 구경꾼이여. 내 삶은 어둠이다.

나는 그 안에서 읽는다. 그 안에서 끼적인다.

그 안에서 산다.

저기서 두 눈을 깜빡이는 쥐새끼처럼.

"쥐……"라고, 나직이 중얼거려본다.

문득 《버드나무에 부는 바람》이 다시 떠오른다. 물쥐 래트와 두더지 모울이 생각난다. 땅속에 살던 모울이 밖으로 나왔다가 '와일드 우드'에서 길을 잃고, 거기에 눈까지 오고, 주위에서 온통 알 수 없는 휘파람 소리 같은 것이 들려오고…….

모울은 겁에 질린다.

그렇지만 래트가 와서 모울을 구해준다.

나는 저만치 있는 쥐의 작은 두 눈을 쳐다본다. 한참을 우두커니 나를 응시하던 두 눈이 이윽고 사라진다. 나는 시선을 내리깔고 다시 적는다. 계속, 계속, 계속 적어 내려가다…… 멈춘다. 등을 벽에 기대고 칼을 꺼내어 무릎 위에 놓는다. 베키와 메리 할멈, 그리고 재스를 생각한다.

마음을 가라앉히려 애써본다. 하지만 잘 안 된다. 심장이 맹렬히 뛴다. 칼을 움켜쥐고 어두운 공간을 둘러본다. 시간이 멈춰버린, 아니 아예 존재하지도 않았던 곳 같다. 구경꾼이여, 당신에게 털어놓지 않은 이야기가 있기 때문이다. 그래, 안다. 하지만 다른 얘기다.

나는 3년 전에 여기로 내려왔었다.

같은 장소로.

정확히 이 지점이다.

그때가 어떤 날이었는지 아는가?

내가 야수를 떠나 도망친 날이다. 다시는 돌아오지 않겠다고 다짐했었다. 베키가 죽은 걸 알았고 그게 나 때문이라는 것도 알고 있었으므로. 나는 여기 앉아서 허공을 바라보고 있었다. 바로 지금의 나처럼.

역시 같은 순간인지도 모른다.

다시 처음부터 시작인 거다.

왜냐하면 아무것도 변하지 않았으니까. 그 무엇도, 전혀.

더 많은 사람들이 죽었을 뿐.

나는 고개를 떨어뜨리고 다시 한 번 칼을 꽉 쥔다. 어둠 속에서 칼날이 희미하게 번뜩인다. 두 눈을 감고, 내가 원하는 것을 떠올린다. 내가 가져야만 하는 것을.

당장 시작하고 싶다. 지금 당장 나가서 해치우고 싶다. 하지만 그럴 수 없다. 그럴 수 없다는 것을 안다. 인내심을 갖고 저녁까지 기다려야 한다. 저 위의 세상이 어두워질 때까지. 그렇다고 너무 늦게까지 기다릴 수도 없다. 할 일이 너무도 많다.

어쩔 수 없는 기다림의 연속이다. 한참을 기다리다가, 몸을 움직여 살핀다.

그리고 쳐들어간다.

아주 적절한 타이밍에.

그러나 적절한 타이밍이 아니었다.

시계는 일곱 시 반을 가리키고 있다. 텔레비전 위에 놓인 시계. 여기서 50분을 죽쳤건만 아직까지 아무 일도 없다. 내가 알던 게 확실하지 않은 모양이다. 하긴 어디까지나 추측일 뿐이었다. 그래도 근거가 있는 추측이었는데. 왜냐하면 이 똥통 같은 장소가 다 습관의 산물이니까.

그중 하나가 저 장식장 안을 채운 술병들이고.

실내를 둘러본다.

여기 와본 적은 없다. 그러나 생각했던 모습 그대로다. 아무도 거하지 않는 거실. 한쪽은 열리고 한쪽은 닫힌 커튼. 저게 뭘 의미하는지는 모른다. 실내가 어둡고 난방은 꺼져 있으며 시간이 흐르고 있다는 것, 이 정도가 내가 아는 전부다.

여덟 시, 십오 분이 더 흐른다.

현관문이 딸깍 하고 열린다.

나는 바짝 긴장한다. 복도에 불이 들어온다. 거실 문 아래로 불빛이 새어든다. 나는 벽을 더듬어 움직인다. 문 너머에서 기침소리가 들린다. 편지봉투 뜯는 소리, 탁자 위에 내려놓는 소리. 이쪽으로 다가오는 발걸음 소리.

나는 문가 벽에 찰싹 붙는다.

문이 열리고 그림자가 걸어 들어온다. 난 미끄러지듯 그 뒤로 다가가 칼 두 개를 모두 그의 목에 들이댄다. 순간 그의 몸이 굳으며 얼음이 된다. 우리는 그렇게 서로에게 붙어서 파르르 떨고 있다. 그가 먼저 입을 연다. 나직한 목소리.

"너 같은 놈이 서른 명은 되는데 말이야."

그는 천천히 한숨을 내쉰다.

"하지만 오늘밤에 내가 기대한 사람은 딱 한 명뿐이야."

내가 코웃음을 친다.

"그쪽하고 볼일이 있는 놈이 서른 명은 넘는다고, 배너만 아저씨."

"네놈은 거기에 속하지 않으니 난 운이 좋은 편이군."

"그거 확실한 거야?"

"내 생각으론 그래."

"그럼 한번 확인해볼까요?"

나는 그의 목에 댄 칼날을 위아래로 움직인다.

"원하는 게 뭐야?"

그가 되묻는다.

"나 거래하러 왔어요."

"그렇다면 이 칼은 도움이 안 될 텐데."

"내 생각은 달라요."

"그거야 쓸 준비가 됐을 때나 도움이 되겠지. 내 생각엔 이제 너한테 쓸모없는 물건인 것 같은데."

나는 그의 살갗에 대고 칼날을 쓱 문지른다. 양쪽에 하나씩, 경동맥 위에 고정시킨다. 그가 침을 꿀꺽 삼킨다. 나는 더 가까이 다가가 그의 귀에 대고 속삭인다.

"하지만 짐작일 뿐이잖아. 확신은 못하겠죠, 퍼그 아저씨? 확신할 수가 없지. 사실 아무도 확신할 수 없거든. 나조차 그런 걸. 이런 게 진짜 무서운 거야. 설령 내가 칼을 내던지고 싶다 해도 내게는 나를 막을 힘이 없다고요. 나하고 칼은 한 몸이나 다름없거든. 아저씨랑 저기 장식장의 술병들처럼."

"저건 비었어."

"아뇨, 안 비었어요."

"안을 들여다봤군, 그렇지?"

"그쪽을 기다리는 동안 뭐라도 해야 했으니까. 한 부대가 와서 지내도 부족함이 없을 만큼 잔뜩 쌓였더라고. 이런, 아저씨가 왜 승진을 못했는지 알 만해요."

침묵이 흐른다. 집 밖의 거리를 지나다니는 자동차 소리뿐이다. 배너만의 거친 숨소리도 함께. 나는 그의 뒤에서 칼날을 목에 바짝 들이댄다. 그는 꼼짝 않고 선 채 정면을 바라보고 있다. 아주 신중한 태도다.

이 인간은 영리하다. 내 말 믿어라, 구경꾼 양반. 알코올 중독일지언정 머리가 비상하다. 아마 정말로 오늘밤 내가 올 줄 알았을 거다. 그가 갑자기 말투를 바꾼다. 잡담이나 나누자는 듯 가벼운 말투다.

"오늘 아주 이상한 일이 있었어."

그러고는 입을 다문다. 내 반응을 기다리는 것이다. 하지만 나는 대꾸하지 않는다.

"데미안이라는 아이가 있어. 부잣집 도련님이야. 진짜 어마어마한 부자지. 그 녀석 부친이 가진 돈으로 도시 하나를 통째로 사도 될 만하지. 아무튼, 데미안이 오늘 학교 근처에서 납치를 당했어. 누가 차에 태워서 내뺐다지."

나는 아무 말도 하지 않는다. 배너만의 목에 칼을 단단히 대고 있을 뿐이다. 그는 계속 수다를 늘어놓는다.

"목격자들이 납치범에 대해 꽤 괜찮은 진술을 해줬어. 그런데 이상도 하지. 데미안은 분명 납치됐는데, 갑자기 되돌아왔어. 다친 데 없이 건강하게. 겨우 한두 시간 뒤에 말이야. 그 녀석 부친 말로는 익명의 누군가가 전화로 정보를 줬대. 그 아무개의 말대로 오래된 차고에서 아들을 되찾았고."

"요점만 말해요, 아저씨."

"그냥 이상하다고. 그런데 그보다 더 이상한 점이 있어. 데미안이 발견된 시점. 그게 재스가 나타난 직후였다지? 그 애가 네 녀석 말대로 경찰서로 왔어. 그러니까 말이야, 내가 궁금한 것도 당연하잖아?"

"궁금하긴 뭐가요?"

"네 녀석이 데미안에 대한 것도 좀 알까 싶어서."

그래, 그렇군. 이 인간이 날 갖고 놀고 싶은 모양이다. 나 원, 혼자 잘 놀아보시든가.

"이봐요, 아저씨."

그러나 그가 단칼에 내 말을 잘라버린다.

"'핑크'라고, 들어본 적 있나?"

그의 말투가 또 바뀌었다. 한층 흥분돼 있다. 대답을 기다리지도 않는다.

"하비 새뮤얼슨 핑크. 혹시 본명이 궁금할까봐 알려주는 거야. 카지노 체인이랑…… 다른 사업체의 소유주지. 들어봤어?"

"아마도."

"그 작자 한 시간 전에 총 맞았어."

이번엔 내 몸이 굳는다.

"식당에서 나오는 길이었지. 즉사했어. 주변에 사람도 많았는데 말이야. 경호원, 가족, 친구들. 딸내미 생일파티였다더군. 괴한 둘이 오토바이를 타고 와서는 세 발을 쏘고 사라졌대. 다른 사람은 아무도 다치지 않았고. 그러니까 괴한들이 노린 게 누군지는 명백한 셈이지."

이런 세상에, 이거 생각보다 시작이 빠르잖아. 이지의 목록에 있는 첫 번째 이름. 누구 짓인지는 잘 모르겠다. 아마 넬슨의 똘마니들이겠지. 그러나 넬슨 혼자 저지른 일은 아닐 것이다. 피츠, 스파이스와 손잡았을 것이다.

그 외에 다른 조직 두목들과도.

이제 사방에 선혈이 낭자하리라. 그 와중에 매의 피도 함께 흐르길 바랄 뿐이다. 허나 그렇게 되진 않을 것이다. 이런 식으로는 턱도 없다. 그래, 이제 그들도 그의 이름을 알고 있다. 하지만 매는 그들 모두를 합한 것보다 훨씬 더 영악하단 말이다. 매를 해치우려면 두 명의 오토바이 괴한 정도로는 어림도 없다. 더구나 호구 건달들이 자신을 노린다는 사실을 이제 그도 알지 않는가.

"그래서 무슨 거래를 하자는 거지?"

배너만이 말한다. 이제 그의 목소리에 두려움은 없다. 깨끗이 사라졌다. 내 칼날이 여전히 그의 경동맥과 맞닿아 있지만 그는 이미 긴장을 거의 다 풀었다. 더 이상 떨지도 않는다. 아무래도 좀 더 확실하게 위협을 가해야겠다. 안 그러면 이 인간한테서 아무것도 못 얻어낼 판이다.

칼날을 날쌔게 놀려 그의 살갗에 대고 지그시 누른다. 그의 왼쪽 목에서 한 줄기 피가 주룩 흘러내린다. 그의 몸이 경직되고 숨소리가 다시 거칠어진다. 또 한 번 붉은 선이 흘러내린다. 이번엔 오른쪽이다. 그의 온몸에 힘이 들어가는 게 느껴진다.

기다리며 지켜본다.

그리고 속삭인다.

"이제 잘 들어, 퍼그 아저씨. 나는 그쪽한테, 그쪽은 나한테 뭔가를 주는 거야."

"거래란 보통 그런 식으로 이뤄지는 법이지."

"머리 굴리지 마, 아저씨."

"나한텐 뭐가 떨어지지?"

"정보."

"어떤 정보?"

"중요한 정보. 아저씨는 상상도 못할 만큼 크고 중요하지."

"그걸 나한테 넘기려는 이유는?"

"내가 원하는 걸 줄 수 있는 인간이 아저씨뿐이니까."

그가 손을 움찔한다. 보이진 않지만 느낄 수 있다. 양쪽 허벅지 옆에 늘어뜨린 두 손, 여태껏 거기서 꼼짝 않고 있었다. 나는 칼날에 다시 힘을 준다. 아주 살짝, 그가 느낄 수 있을 만큼만. 그의 손이 움직임을 멈춘다. 그가 길게 심호흡을 하고는 다시 말한다.

"네놈이 원하는 건?"

"재스를 보고 싶어."

그의 손이 또 한 번 움찔하고는 잠잠해진다.

"딱 한 번만."

내가 말한다.

"그 애가 어디에 있는지 알잖아. 어딘가 안전한 곳에 데려다 놨겠지. 하지만 곧 또 다른 곳으로 보낼 예정인 거 알아. 양부모라든가, 후견인이라든가, 누군지 몰라도 그 애를 멀리 데려가겠지. 하지만 아직은 아닐 거야. 그러니까 그 애가 떠나기 전에 한 번만 보고 싶어."

"아마 이미 떠났을 거야."

거짓말이다. 이 인간이 나한테 뻥을 치고 있다. 어떻게 아느냐고 묻지 마라. 어쨌든 그는 내가 당황했는지 떠보려고 수작을 부리는 거다.

아아 구경꾼이여, 제발 그렇다고 해줘.

"아직 안 떠났어. 아직 안 갔다고. 재스는 여기에 있어. 누군가가 그 애를 잘 돌봐주고 있어. 경찰 중 하나겠지. 양부모는 아직 나타나지 않았어. 내일쯤 오려나. 하지만 아직은 아니야."

이거 좋지 않다. 바들바들 떨리는 내 목소리가 들린다.

배너만도 들었겠지.

그는 쉽사리 대답해주지 않는다. 날 가지고 놀듯이 기다린다. 그런 다음 입을 연다. 말투가 또 바뀌어 있다. 좀 더 부드러운 것도 같다.

"그 애가 널 찾고 있다."

나는 긴장한다.

"계속 네 이름만 부른다고. 블레이드, 블레이드, 블레이드. 끝도 없이 네 녀석을 찾아. 그리고 제이크스 딸내미도. 베키 말이야."

"베키가 아니라 벡스야."

"뭐든 간에. 여하튼 재스가 그 여자애도 계속 불러대더군."

"벡스는 그 애랑 같이 있나?"

"아니, 그 여자애는…… 가족의 품으로 돌아갔어."

잠시간의 침묵.

"그 애 부친이 고위 경찰이야. 뭐, 네놈도 이미 알 테지만."

나는 다시 긴장한다. 후우, 감당이 안 된다. 갖가지 생각과 감정들이 밀려든다. 정신을 똑바로 차릴 수가 없다. 아무것도 제대로 생각해낼 수 없다. 재스에게 집중해야 한다. 난 그 애 때문에 여기로 왔다. 그 애가 떠나기 전에 만날 수 있는 기회는 딱 한 번뿐이다.

그 후에 일어날 일은 신경 쓰지 않는다. 그 애가 행복하기만 하면 된다. 중요한 건 그것뿐이다. 나야 어떻게 되건 상관없다. 하지만 그 애를 보고 싶다. 봐야 한다. 딱 한 번만 더.

배너만의 목에 칼날을 단단히 밀어붙인다.

"재스를 보고 싶어."

난 숨소리처럼 나직이 얘기한다.

"나랑 그 아이 단 둘이서만. 아저씨가 자리를 마련해줘야겠어. 지금 당장. 꼼수 쓰지 말고 날 체포하지도 마. 간단하잖아? 난 재스를 만나고 그쪽은 정보를 얻는 거야. 그런 다음엔 조용히 사라질 수 있게 해줘. 그럼 되는 거야, 오케이?"

대답이 없다. 긴 침묵이 흐른다.

다음 순간, 그가 움직인다.

날쌔게.

나도 빠르다. 젠장, 나도 잽싸단 말이다. 그러나 그의 동작은 스커드 미사일처럼 빠르고 저돌적이다. 내가 미처 반응하기도 전에 내 두 손목을 움켜쥐고는 비틀어 칼을 바깥쪽으로 향하게 한다. 그러고는 돌아서서 칼 두 개를 모두 낚아챈다. 이제 그는 나를 정면으로 마주 보고 있다. 빛나는 눈동자에 한 치의 흔들림도 없다.

나는 한 걸음 물러선다. 등이 벽에 닿는다. 배너만이 문을 발로 뻥 차서 닫는다. 나에게 가까이 다가오더니 얼굴을 들이민다.

"좋아. 거래하지."

그러고는 칼을 되돌려준다.

"가자고."

차 안은 조용하다. 둘 다 입을 열지 않는다. 나는 스쳐 지나가는 거리를 내다본다. 술집, 카페, 클럽, 식당, 어디 할 것 없이 사람들이 많다. 짭새들도 우글거린다. 저 인파 속에 '놈들'도 섞여 있을 것이다.

당장 내 눈에만 안 띌 뿐이지.

왜냐하면 내가 상관하지 않으니까. 나는 거의 아무것도 보고 있지 않다. 지금은 아니다. 놈들이 날 덮칠 수도 있고 그렇지 않을 수도 있다. 어차피 신경도 안 쓰인다. 내 머릿속엔 한 가지 생각뿐이다. 그게 전부다.

나는 재스를 만날 거다.
아마도.
왜냐하면 배너만이 거짓말을 했을 수도 있기 때문이다. 그냥 나를 차에 태워 경찰서로 데려가는 것인지도 모른다. 그렇다면 엉뚱한 길로 돌아갈 텐데, 그것 또한 사기의 일부일 수 있다. 내가 그를 믿게끔 하려는 수작이겠지. 정작 약속을 지킬 생각도 없으면서.

그렇다고 그를 탓할 생각은 없다. 날 엿 먹이는 것 말이다. 내가 배너만이라도 똑같이 할 것이다. 여러 명을 죽인 살인자, 모두가 찾고 있는 소년, 바로 그자가 자기 차 안에 있지 않은가. 나라면 이 쥐새끼 같은 자식을 곧장 잡아서 처넣었을 거다.

하지만 배너만은 다르다. 그래서 내가 위험을 무릅쓰고 그를 따른 것이다. 술독에 절어 사는 우울한 인생이지만, 그래도 꽤 괜찮은 짭새니까. 적어도 그는 정직한 경찰이다.

그를 흘끗 본다. 입술을 앙다물고 있다.
"고민돼 죽겠지, 퍼그 아저씨?"
"뭘 고민해?"
"날 넘길까, 말까."
"흐음…… 그게 아니야."
"그럼 뭔데?"
그가 나에게 시선을 던진다.

"나한테 네 살 난 딸이 있다면 너 같은 녀석에게 보여줄 마음이 생길까…… 그 생각 중이었어."

그는 다시 정면을 주시하며 운전에 집중한다. 교차로에서 좌회전하여 신호등까지 직진.

빨간불이다.

멈추고 기다린다.

툭, 툭, 빗방울이 떨어지기 시작한다. 이내 맹렬한 기세로 퍼붓는다. 배너만은 빗방울들을 보고 있다. 맹렬한 눈빛으로. 와이퍼가 움직인다. 신호가 바뀌고, 차가 다시 굴러간다. 첫 번째 골목에서 우회전, 두 번째에서 좌회전. 배너만이 차를 세운다. 나는 길거리를 둘러본다.

주택가다.

출발은 괜찮군. 경찰서는 보이지 않는다. 역시 속임수일 수도 있지만. 배너만이 시동을 끈다. 앉은 채로 몸을 틀어 나를 향해 인상을 쓴다.

"내가 왜 이 짓을 해야 하는지 아직도 모르겠는데."

"내가 좋은가보지, 퍼그 면상."

"난 네놈이 싫어. 네놈도 날 싫어하지. 그러니까 그런 잡소리는 건너뛰자고. 네 녀석이 넘긴다고 했던 정보나……."

"나중에."

"확실한 정보라는 증거가 있어야……."

"나중에요."

나는 그를 노려본다.

"재스를 만난 후에. 그리고 나를 조용히 보내준 후에. 그쪽이 정보를 넘겨받는 건 그다음 일이야."

"네놈한테 정말 정보가 있는지, 그걸 나한테 넘길지, 어떻게 알아?"

"알 수가 없지."

그가 눈을 가늘게 뜨고 나를 뜯어본다. 그리고 차문으로 손을 뻗는다.

"여기서 기다려."

"꼼수는 안 통해요, 배너만 아저씨."

"속고만 살았나."

그는 차에서 내려 길 건너 7번지로 향한다. 나는 그 집을 신속하게 살펴본다. 위층에 두 곳, 아래층은 한 곳에 전등불이 들어와 있다. 저 안에 짭새 한 명이 있겠지. 그게 편이라면 다행이고. 만약 저기 있는 짭새가 한 명 이상이라면, 난 다시 생각을 해봐야 한다.

그는 벨을 누르고 기다린다.

응답이 없다. 난 최대한 신중하게 지켜본다. 일이 심각하게 꼬일 수도 있다. 그는 미리 전화나 문자메시지를 넣지 않았다. 그건 내가 안다. 그의 집에서 나온 후 줄곧 가까이에서 그를 관찰했으니까. 그러니 저기서 누가 살건 간에 내가 온다는 사실은 모른다. 그렇지만 왠지 마음이 놓이지 않는다. 저 집 안에 몇 명이 있는지는 오직 하늘만이 안다. 어쩌면 재스는 저기 없을지도 모른다.

문 유리에 그림자가 나타난다. 조금 안심이 된다. 익숙한 형체다. 풍만한 몸매. 문이 열린다. 펀이다.

마지막으로 봤을 때보다 훨씬 나이 들어 보인다. 하긴, 세월이 꽤 흘렀으니. 그래도 위쪽은 여전히 훌륭하다. 물론 저 여자 머리를 말하는 건 아니다. 뭐, 경찰이니 공부는 많이 했겠지만.

배너만이 그녀에게 거리 쪽으로 나오라고 손짓한다. 좋은 징조다. 둘이서 안으로 들어가지 않은 것. 비는 퍼붓지만 그는 내가 볼 수 있는 곳에서 그녀와 얘기하고 있다. 하지만 나는 여전히 초조하다.

재스의 모습이 머릿속을 부산하게 헤집는다. 그 모습에 온통 마음을 뺏긴 나머지 난 앞뒤 잴 것 없이 당장 차에서 뛰쳐나가고 싶다. 위험이고 나발이고 그냥 저 집으로 뛰어들고 싶다. 드디어 그 애를 지척에 두게 됐다. 난 느낄 수 있다.

하지만 침착해야 한다. 인내심을 갖고 기다려야 한다. 내가 다짜고짜 쳐들어가면 재스가 어떻게 받아들이겠는가? 이전에도 난 그 애를 겁에 질리게 했다. 그 애는 나를 보고 공포에 휩싸였었다. 그리고 지금도 이미 그 애는 충분히 겁을 집어먹은 상태일 것이다. 참아야 한다. 내가 나서면 일만 더 꼬인다.

그렇지만 정말이지 저 집 안으로 들어가고 싶어 죽겠다.

배너만이 돌아온다.

나는 차에서 내려 보도 위에 선다. 그가 다가와 나를 위아래로 훑는다. 비는 여전히 주룩주룩 내리고 있다. 나도 그를 쳐다본다. 그의 표정을 읽기가 어렵다. 길 건너편으로 시선을 옮긴다. 펀이 현관 앞에 서서 우리를 지켜보고 있다.

그녀의 표정도 읽어내기 어렵다.

배너만이 입을 연다.

"따라와."

나는 그를 따라 집으로 다가간다. 현관문이 활짝 열린다. 난 들어가지 않는다. 들어갈 수가 없다. 펀이 입구를 막고 서 있다. 그녀를 살펴본다. 무기도 수갑도 없다. 다만 심각한 표정이 얼굴에 가득할 뿐.

그녀 뒤편의 집 안을 재빨리 훑어본다. 가운데로 쭉 뻗은 복도 양쪽으로 문 닫힌 방이 늘어서 있다. 복도 끝은 계단이다. 다른 사람은 전혀 없다. 펀이 말한다.

"코트 줘."

경직된 목소리다. 그녀의 얼굴만큼이나 굳어 있다.

손을 내밀며 그녀가 다시 말한다.

"코트."

나는 코트를 벗어 건넨다. 그녀는 코트 주머니를 뒤져보지 않는다. 그렇다고 옆으로 비키지도 않는다.

배너만이 짝다리를 짚고 선다. 그녀는 그를 흘낏 보고는 다시 나를 본다.

"몇 분만이야. 너한테 줄 수 있는 시간."

그리고 물러서더니 들어가라고 턱짓을 한다. 나는 그녀를 다시 살펴본다. 배너만과 그 너머의 길거리도. 집 안으로 들어선다. 뒤에서 문 닫히는 소리가 난다. 난 멈춰 서서 다시 그들을 돌아본다. 둘 다 나를 유심히 지켜보고 있다. 내 눈도 그들을 향해 있다. 하지만 내 몸의 다른 부분들은 모두 청각에 집중한 상태다.

위험을 감지하기 위해.

그리고 재스의 소리를 듣기 위해.

위험도 재스도 느껴지지 않는다. 집 밖에서 들려오는 자동차 소리뿐이다. 이 안에는 정적만이 흐른다. 편이 왼쪽으로 손을 뻗어 현관문 옆 옷걸이에 내 코트를 걸고는 다시 나를 본다.

"나갈 때 찾아 가."

나는 대답하지 않는다. 그렇게 멀리까지 생각해본 적도 없다. 여기서 나가는 것 말이다. 당장 원하는 것 외에는 아무것도 떠올릴 수 없다. 재스와 함께 있을 수 있는 시간. 편은 단 몇 분만이라고 했다. 흠, 주어진 시간을 나는 기꺼이 받아들일 작정이다. 그리고 그다음에는?

그 후의 일은 전혀 짐작할 수가 없다.

아마 난 달아날 것이다. 하지만 아닐 수도 있다. 내가 고작 코트 하나 잃어버릴까봐 전전긍긍할 것 같은가? 뭐, 칼은 저들이 가져가겠지. 당연히 그럴 거다. 그럴 수밖에 없다. 배너만은 저 코트 주머니에 칼이 있다는 걸 안다. 그러나 그게 중요한가? 지금 상황에서 다른 어떤 게 중요할 수 있겠는가?

재스와의 몇 분.

내가 그것을 갖게 되는데 말이다.

편이 천천히 다가와 선다. 나직이 말한다. 다정한 말투는 아니다. 그저 낮고 부드러울 뿐이다.

"아이는 저기 맨 끝 방에 있어."

난 그쪽을 돌아본다. 굳게 닫힌 갈색 문. 자그마한 숨소리조차 새어나오지 않는 문.

정말 그 애가 저 안에 있을까? 지금 난 의심으로 가득 차 있다. 그리고 만약 그 애가 있다면, 이 모든 대화를 엿들었을까? 아마 못 들었을 것이다. 편의 목소리가 너무 작았으니까. 나는 한마디도 내뱉지 않았고.

불현듯 외치고 싶어진다. 재스의 이름을 소리쳐 부르고 싶다. 내가 왔다고 말해주고 싶다. 사랑한다고 얘기해주고 싶다. 그러나 그럴 수 없다는 걸 안다. 어리석은 충동이다. 모든 걸 다 망쳐버릴지도 모른다. 편이 다시 말한다. 아까처럼 나직한 목소리.

"너한테 그 애를 보여주는 이유는 단 하나야. 배너만 경감님이 그 애한테 도움이 될 거라고 하셨거든. 내 생각은 다르지만. 이 일 때문에 경감님하고 내가 곤경에 처할 수도 있어."

그녀가 미간을 모은다.

"하지만 경고하는데……."

그녀는 목소리를 한층 더 낮춘다.

"저 작은 아이가 지금까지 겪었던 고통에 한 톨이라도 더한다면, 넌 내 손에……."

"재스한테 무슨 일 있었어요?"

내가 날카롭게 묻는다.

펀은 대답하지 않고 두 입술을 고집스레 꽉 다문다.

"말해요, 아이한테 무슨 일이 생긴 거죠?"

배너만이 끼어든다.

"우리도 저 아이가 무슨 일을 겪었는지 몰라."

그도 펀처럼 숨죽여 말한다.

"우리가 살펴봤지만 특별한 외상은 없었어."

"그럼 혹시……."

나는 말끝을 흐린다. 차마 끝까지 물어볼 수가 없다. 도무지 입 밖으로 나오지 않는다.

하지만 배너만이 알아서 대답한다.

"성폭행의 흔적도 없어."

"하지만 충격이 심한 것 같아."

펀이 말을 받는다.

"좀처럼 입을 열지 않아. 말없이 웅크리고 앉아서 꼼짝도 안 해. 저 애가 내는 소리라곤, 대부분 울면서 내는 소리인데…… 마치 강아지가 낑낑대는 소리 같아. 자그맣게 네 이름을 부르지. 혹은 레베카 제이크스를 찾거나."

나는 종종걸음으로 복도 끝으로 가서 문밖에 우뚝 멈춰 선다. 돌아보니 펀과 배너만은 그대로 서서 나를 지켜보고 있다. 나는 다시 고개를 돌려 문을 바라본다.

이런 세상에. 심장이 튀어나올 것만 같다. 내 평생 이토록 두려운 순간이 있었던가 싶다. 곧 보게 될 광경이 두려운 게 아니다. 그보다 훨씬 더 나쁜 상황이 두려운 거다.

이번에도 그 애를 달래줄 수 없을까봐, 그게 두렵다.

심호흡을 한 다음, 손을 뻗어 문손잡이를 잡는다.

문을 밀어 연다.

방 안으로 들어가 멈춘다. 한눈에 알아볼 수 있다. 등 뒤로 문을 닫는다. 그토록 원하던 것을 보았으므로. 그것을 오로지 혼자 독차지하고 싶으니까. 아이는 구석에 놓인 소파에 몸을 말고 앉아 있다. 그 외엔 아무도 없다. 나와 재스 단 둘뿐이다.

둘의 시선이 맞닿는다.

아이의 눈이 동그랗게 커지더니 그대로 멎는다. 입은 열지 않는다. 말하지도, 웅얼거리지도, 울거나 비명을 지르지도 않는다. 그냥 쳐다볼 뿐이다. 마치 내가……

모르겠다.

그냥 쳐다본다.

아이가 살짝 움직인다. 팔꿈치가 파르르 떨린다. 복슬복슬한 털 인형을 옆구리에 끼고 있다. 곰이나 다람쥐 인형인 것 같다. 아이의 팔 안쪽에 있어 잘 보이지 않는다. 나는 아이를 보는 동시에 방 안의 나머지 공간을 살펴본다. 정원 쪽으로 난 창문, 책장, 책상, 안락의자.

중요한 건 없다.

중요한 건 딱 하나뿐이다.

"재스."

내 목소리가 한숨처럼 새어나온다.

나는 얼음조각마냥 뻣뻣이 서 있다. 어떻게 움직여야 할지, 어떻게 해야 아이가 놀라지 않을지 모르겠다. 이미 아이는 겁을 집어먹은 상태다. 아이의 저 눈빛이 무엇을 의미하는지 알겠다. 새로운 위험을 예감하는 눈빛. 놈들에게 납치된 후부터 지금까지 마주한 모든 것이 위험이었을 테니까.

물론 그전에도 수없이 많은 위험을 목격했을 테고.

"재스, 나야."

아이는 인형을 더욱 세차게 끌어안는다. 난 슬그머니 움직인다. 미소를 지으려 애쓰면서 가능한 한 천천히 발걸음을 옮긴다. 아이는 여전히 휘둥그레 뜬 눈으로 나를 쳐다보고 어느새 입도 벌어져 있다. 그 안에 담긴 비명, 곧 터져 나올 태세인 비명 소리가 귓전을 때리는 듯하다.

그것만은 막아야 한다.

그렇지 않으면 펀이 당장 달려와 나를 내쫓을 것이다.

"재스, 아가야."

비명은 터지지 않는다. 아이는 여전히 입을 벌린 채 나를 응시할 뿐이다. 나는 소파 앞에서 무릎을 꿇는다. 손만 뻗으면 그 애를 만질 수 있다. 가만히 손을 뻗어보지만, 아이는 움찔하며 물러선다.

"괜찮아, 재스."

아이는 꼼짝도 하지 않고 내 손만 쳐다본다. 아주 가까이에서 멈칫거리는 내 손을.

"괜찮아, 재스. 나야."

아이는 팔 밑에 있던 인형을 꺼내어 가슴께로 옮기고는 꽉 껴안는다.

"다람쥐 너킨이구나."

난 손을 거둔다. 재스는 아무 말 없이 나를 쳐다보기만 한다.

"오빠도 다람쥐 너킨 동화 읽었어. 오빠가 가끔 지내는 집에 책이 있더라고. 피터 래빗도 읽었단다. 기억나니? 꼬꼬마 토끼 말이야. 너 예전에 꼬꼬마 토끼 인형 있었잖아. 내가 가져다줬지. 그 친구는 어디 있니?"

대답이 없다. 내 말을 듣고 있는지, 이해는 하는지, 도통 아무런 반응도 보여주지 않는다.

"어딘가에 떨어뜨렸나보구나."

나는 가만가만 팔을 뻗어 다람쥐 인형을 쓰다듬는다.

"대신 더 좋은 친구가 생겼네."

문밖에서 발소리가 들려온다. 두 명이다. 소리가 멎는다. 나는 기다린다. 재스를 보면서. 재스도 나를 보고 있다. 문은 열리지 않는다. 하지만 돌아가는 발소리도 들리지 않는다. 펀과 배너만이 문밖에서 귀를 기울이고 있다.

저들이 들어오지 않게 해야 한다.

왜냐하면 구경꾼이여, 난 지금 이 순간을 망치고 싶지 않으니까. 다음 기회란 건 영영 없을 것이므로. 뭐든 말해서 저들 귀에 들어가게 해야 한다. 이 안이 고요하면 저들은 지체 없이 쳐들어 올 것이다.

"그 얘기 기억나니, 재스? 지난번에 오빠가 들려줬던 이야기 말이야."

아이는 아무 말도 없다. 다람쥐 인형을 끌어안은 채 나를 응시할 뿐이다. 문밖에서 서성이는 펀과 배너만의 기척이 느껴진다. 마음이 급해진다.

"토끼 아저씨 이야기. 그리고 재스라는 꼬마 소녀에 대한 이야기였지. 그때 너 끝까지 이야기 못 들었잖아, 그치? 지금 마저 그 이야기 해줄까?"

아이의 표정을 살핀다. 내 말을 듣기는 하는 걸까? 난 은근슬쩍 소파에 앉는다. 아이는 물러서지 않고 지금까지와 똑같이 내 일거수일투족을 지켜보고 있다. 다시 문밖에서 부스럭대는 소리가 들린다. 그들이 내는 소리다.

나는 되도록 천천히 손을 뻗는다. 자기에게 다가오는 손을 바라보며 재스는 다시 입을 벌린다. 아이의 입과 눈이 비명 지를 준비를 한다. 나는 손을 더 뻗지 않고 다람쥐 인형 위에 얹는다.

"괜찮아, 재스. 괜찮아. 널 해치지 않을 거야. 오빠는 절대로 안 그래. 난 그냥 여기 앉아서 이렇게……."

"블레이드."

아이가 불쑥 말을 뱉는다.

소름이 오소소 돋는다. 아이가 말을 할 줄은 몰랐다. 입을 열어도 비명만 내지를 줄 알았단 말이다. 지금도 그렇다. 곧 비명을 지를 것 같다.

"블레이드."

아이가 또 중얼중얼한다.

"그래, 내가 블레이드야."

아이는 연신 내 이름을 되뇐다. 부드럽고 작은 목소리. 감정이 없다. 아무 의미 없이 그냥 만들어내는 소리. 문득 그 이름이 나에게도 의미를 잃은 것 같다. 아이는 그저 조용히 같은 소리를 반복해 뱉을 뿐이다. 아기 옹알이처럼, 주파수가 맞지 않는 라디오 소리처럼, 무의미한 작은 소리일 뿐이다.

그것뿐이다.

아이는 블레이드가 뭔지 모른다. 그냥 소리를 내는 거다. 그 단어와 나를 이어서 생각하는지조차 확실치 않다. 아니, 내 생각이 짧았다. 아이의 표정을 잘 봐라, 구경꾼 양반. 내가 알 수 없는 수많은 것들이 저 안에 녹아 있다. 하지만 내가 절대 놓칠 수 없는 것 또한 저 안에 있다.

바로 나다.

저 아이의 얼굴에 갇힌 나 자신.

내 이름에 갇힌 나 자신.

이제는 아이의 목소리에 갇혀버린 나 자신.

"블레이드. 블레이드, 블레이드, 블레이드."

나는 아이를 와락 끌어당긴다. 아이도 마치 원했다는 듯 폭 안긴다. 내 눈은 하염없이 눈물을 쏟아내고 있다. 아이는 울지 않는다. 그저 내 품에 가만히 안겨 있을 뿐이다. 어느새 다시 입을 다물어버렸다. 말없이 쌔근쌔근 숨만 쉰다. 내 품에 편안히 기대어서.

그러나 나는 계속 울고 있다.

역시 말없이. 훌쩍훌쩍 흐느끼거나 꺼이꺼이 목 놓아 울부짖는 게 아니라 그저……

눈물만 흘리는 거다.

내 생명 전부를 눈으로 흘려보낼 것처럼.

아이도 알 것이다. 내가 온몸을 들썩이고 있으니. 내가 산산이 무너져 내리고 있다는 걸 분명 알아챘을 것이다. 왜냐하면 진실로 그러하기 때문이다. 내가 정말 산산이 부서지고 있으니까. 나에겐 더 이상 온전하게 남은 구석이 없다. 단 한 군데도.

그러다 퍼뜩 정신을 차린다.

초인종이 울렸다. 확실히 들었다. 문밖에서 발소리도 난다. 복도를 따라 나가는 소리다. 재스는 아랑곳하지 않는다. 여전히 나에게 찰싹 달라붙어 있다. 나는 아이의 머리칼을 쓰다듬어준다. 예쁘고 고운 머리칼.

"재스."

난 가만히 속삭인다.

그러나 내 귀는 바깥을 향해 쫑긋 세운 채다. 현관문이 열리는 소리. 배너만의 목소리에 이어 편의 목소리. 다른 사람의 소리는 정확히 알아듣기 어렵다. 하지만 현관문 닫히는 소리에 이어 다시 발소리가 들린다.

아까보다 많은 수다.

훨씬 많다.

나는 천천히 한숨을 내쉰다. 그래, 결국 함정이었어. 어느 정도는 예상한 바다. 방 안을 둘러본다. 창문으로 빠져나갈 수 있겠다. 정원으로 가서 집 옆으로 돌아 나가면 된다. 무사히 내뺄 수 있을 것 같다. 그러나 나는 움직이지 않는다.

구경꾼이여, 난 말이다…….

도망칠 생각은 처음부터 없었다.

내가 원하는 건 전부 여기 있으니까.

"나 같은 놈에겐 과분하지."

아이가 갑자기 나를 올려다본다. 나무라는 듯한 눈빛.

"재스."

나는 작게 중얼거린다.

고개를 숙여 아이의 이마에 뽀뽀를 하고 다시 몸을 편다. 나만 쳐다보던 아이가 문득 문 쪽으로 얼굴을 돌린다.

문이 열렸기 때문이다.

그리고 자그마한 꼬마아이 하나가 안을 들여다본다.

재스 또래의 소녀가 혼자 서 있다. 예쁘장하게 생긴 얼굴이 수줍은 동시에 다정해 보인다. 밤색 머리칼, 갈색 눈동자. 아이의 시선은 나를 향한 게 아니다.

재스를 보고 있다.

재스도 그 아이를 본다.

나는 아이를 품에서 놓지 않는다. 창문을 때리는 빗소리가 들린다. 문간에 선 작은 소녀가 뒤를 힐끗 본다. 어른의 손이 나타나더니 아이의 머리를 쓰다듬는다.

여자의 손이다.

내 품 안에서 재스가 뒤척인다. 더 자세히 보려고 몸을 돌린다. 난 아이를 막지 않는다. 이게 어찌된 일인지 알기 때문이다. 구경꾼이여, 이건 함정이 아니었다. 하지만 그보다 더 나쁜 상황이다.

재스와 영원히 작별해야 하는 순간.

밖에 사람들이 있다. 보지 않아도 알 수 있다. 그들이 누군지 나는 정확히 알고 있다. 아마 재스도 그럴 것이다. 아이는 똑바로 앉아서 문 쪽을 물끄러미 쳐다본다. 겁먹은 표정은 아니다.

아마 자기 또래의 아이가 있기 때문이겠지.

그러길 바란다.

그래, 다행히도 그렇다.

척 보면 안다. 두 아이는 서로가 마음에 들었다. 둘 다 아직 수줍고 경계심도 다 풀어낸 건 아니지만, 적어도 서로 괜찮은 상대로 여기고 있다. 둘이 친해지려면 아직 멀었지만. 아무렴, 한참 멀었지. 하지만 시간이 좀 걸리는 게 무슨 대수인가. 제대로 되기만 한다면야. 나머지 사람들이 들어온다.

여자 한 명, 남자 한 명, 여섯 살 정도의 소년 하나. 소녀의 오빠인 것 같다. 얼굴도 퍽 닮았고, 수줍어하는 모습도 비슷하다. 언뜻 부모에게서도 같은 수줍음이 엿보인다. 침착하고 정중하며 예의 바른 태도.

마음에 드는 가족이다.

여자가 허리를 구부려 소녀의 손을 잡고는 재스를 향해 미소를 지어 보인다.

"안녕, 재스."

재스는 대답하지 않는다. 여자는 별로 당황하지 않은 기색이다. 그저 부드러운 미소를 계속 지어줄 뿐이다. 남편이 소년을 데리고 방 안으로 들어선다. 키가 크고 호리호리하다. 아들의 손을 잡고 아내와 딸 옆에서 허리를 굽힌다.

역시 재스에게 미소 짓는다.

재스가 내 품 안에서 또다시 꿈틀거린다. 나를 밀쳐내는 건 아니지만 아까처럼 찰싹 달라붙은 것도 아니다. 지금 아이의 기분이 어떨지, 난 정말 모르겠다. 더 이상 짐작도 못 하겠다. 하지만 한 가지만은 분명히 안다.

이제 내가 해야 할 행동.

아이를 감싼 팔을 풀고 소파 등받이에 몸을 기댄다.

아이가 고개를 돌려 나를 올려다본다. 난 아이를 마주 보며 최선을 다해 웃음을 지어 보인다. 아이의 두 눈이 나를 더듬고 있다. 웃음기 없이 멀거니 바라보는 두 눈. 나는 몸을 숙여 아이의 이마에 또 한 번 뽀뽀해준다.

"전 소피예요."

여자가 말한다.

나에게 하는 말임을 알아채고서야 난 고개를 든다.

"이쪽은 제 남편 로리고요."

남자가 나에게 끄덕, 하고 인사한다. 여자가 이번엔 아이들을 가리킨다.

"이 아이는 제 딸 멜로디, 그리고 아들 필립이에요."

나는 모두를 둘러본다.

"그런데 그쪽은……?"

그녀가 묻는다.

복도에 선 편과 배너만이 보인다.

나를 보고 있다. 메시지는 분명하다.

나는 여자에게로 시선을 되돌린다.

"재스의 친구예요"라고 간단히 대답한다.

자리에서 일어나 문으로 걸어간다. 뒤돌아보지는 않는다. 하지만 소리를 기다린다. 소리가 나길 간절히 기도하고 있다. 가느다란 훌쩍임, 혹은 자그마한 말 한마디, 혹은 내 이름. 재스에게서 나오는 소리라면 무엇이라도.

하지만 침묵뿐이다.

문가에 다다라 걸음을 멈추고 뒤를 돌아본다.

아이는 나를, 나만 바라보고 있다. 내 입이 달싹이며 안으로 재스의 이름을 되뇐다. 다만 소리는 새어나오지 않는다. 소피라는 여자가 소파로 다가가 허리를 굽히고는 다람쥐 인형을 만지작거린다.

"복실복실 친구가 있구나, 재스."

말을 건네며 인형의 머리를 쓰다듬는다.

"멜로디도 다람쥐 너킨을 좋아한단다."

재스의 두 눈이 다시 작은 소녀에게로 향한다.

나는 조용히 방을 빠져나온다.

복도를 지나 현관문으로 간다. 문 유리 바깥쪽으로 비가 주룩주룩 흘러내린다. 밤이 유리에 까만 어둠을 드리우고 있다. 편과 배너만이 내 양옆에 붙어 서 있다. 난 그들을 보지 않는다. 내가 보는 건 현관문을 두드리는 빗줄기뿐이다.

내 얼굴의 눈물처럼 유리를 타고 줄줄 흘러내리는 빗물.

배너만이 보든 말든 상관없다. 편이든 누구든 상관없다. 지금은 아무것도 신경 쓰이지 않는다. 방 안에서 목소리가 들려온다. 여자의 목소리, 소년과 아빠, 어린 딸 멜로디의 목소리.

재스의 목소리는 들리지 않는다.

빗물이 하염없이 흘러내린다.

현관문 앞에 우뚝 서서 옷걸이의 코트를 내린다. 편과 배너만은 곁에서 떨어질 생각을 하지 않는다. 그렇다고 문을 막아선 것도 아니다. 나를 가로막을 줄 알았는데. 여하튼 그들은 그저 내 곁에 딱 붙어 있을 뿐이다. 나는 코트를 걸치고 주머니에 손을 넣어본다. 칼이 그대로 있다.

멍한 얼굴로 배너만을 건너다본다.

"칼은 가져가도 돼. 어차피 이젠 아무도 해치지 못할 물건이니까."

"무슨 뜻이에요?"

"글쎄, 네가 다시 그걸 쓰는 일은 없을 테니까. 안 그래?"

막막한 어둠이 밀려오는 느낌. 그것은 문밖의 밤이 아니다. 내 머릿속에 있는 밤이다. 복도 끝 방에서 작은 목소리들이 속닥속닥 새어나온다. 빗소리가 현관문 유리를 리드미컬하게 두드린다. 내 숨결이 점점 거칠어진다. 진정해보려 하지만 역시 실패다.

펀의 목소리가 들린다. 어딘가 먼 곳에서 들려오는 것처럼 아득하다.

"아일랜드 출신 노부인, 그분에 대해 전화로 물어봤었지?"

"메리 말이야."

배너만이 거든다. 그의 목소리도 아득하기만 하다.

나는 입을 열지만 목소리가 나오지 않는다. 눈앞은 캄캄한 어둠뿐이다. 그리고 재스의 얼굴, 베키의 얼굴, 메리 할멈의 얼굴까지. 어둠 속에 갇혀버린 세 명의 얼굴. 펀이 하려는 말이 뭔지 나는 안다. 메리 할멈은 죽었다는 얘기겠지.

"호스피스 시설에 계신대. 나도 네가 도착하기 직전에 들었어."

나는 현관문을 벌컥 열어젖힌다. 빗줄기가 세차게 얼굴로 날아든다. 복도 끝 방에서 속닥거리는 소리가 끊이지 않는다. 나는 밤을 향해 한 걸음 내딛고는, 비틀거리며 대문으로 향한다. 배너만이 쫓아와 나를 붙잡고 돌려 세운다.

"이제 정보를 넘기셔야지. 우리 거래했잖아, 기억 안 나?"

나는 멍청히 그를 바라본다. 빗줄기가 그의 얼굴을 가린다. 온 세상을 가려버릴 듯이 퍼붓는 빗줄기. 나는 주머니 속의 칼을 움켜쥔다. 재스는 가버렸다. 베키도 없다. 몇 시간 후면 메리 할멈도 사라질 것이다.

이제 내게 무엇이 남았을까?

"한 시간 후, 집에 붙어 있어요."

내뱉듯이 이르고는 곧장 몸을 돌려 거리를 향해 어정버정 나아간다. 배너만이 뒤에 대고 고함을 친다.

"소용없을걸!"

"한 시간 안에 집에 가 계시라고요."

나는 뛰기 시작한다.

"도망쳐도 소용없다고!"

그가 외친다.

나는 더 빨리 달린다. 어둠이 날 집어삼킬 때까지 빗속을 질주한다. 배너만이 뒤에서 고래고래 악을 쓴다.

시간이 지났지만 그의 목소리는 여전히 잔뜩 성이 나 있다. 수화기 너머로 들리는 목소리가 말이다.

"한 시간이라며! 지금 몇 시인 줄 알아?"

"내 얘기 들을 거예요, 말 거예요?"

"좀 있음 자정이야!"

"그래서, 내 얘기 관심 없어요?"

공중전화 박스 안에서 나는 밖을 내다본다. 비는 그쳤지만 온 세상이 젖어 있다. 축축하고 춥고 어둡다. 저 밖에 가치 있는 것은 없다. 이 안에도 없긴 마찬가지다.

투입구에 동전을 몇 개 더 집어넣는다.

여기까지 오는 데 몇 년은 걸린 것 같다. 모든 걸 관찰해야 했다. 그림자 하나도 놓칠 수 없었다. 밖에 놈들이 쫙 깔렸다. 피의 전쟁이 발발한 지금, 그들의 수는 그 어느 때보다 많아졌다. 호구 건달들이 반기를 들고 일어섰으니 매가 응분의 대가를 원할 것이다.

그 대가는 건달들뿐 아니라 나도 함께 톡톡히 치러야 하리라.

그는 그 누구보다 나의 파멸을 가장 원한다.

짭새들도 들끓는다. 놈들과 같은 이유다. 모두가 나를 노린다, 구경꾼이여. 한 명도 빠짐없이 모두 다 말이다. 하지만 그거 아나? 난 신경 쓰길 그만뒀다. 이제 지쳤거든. 그렇다. 이제 나에겐 아무것도 남지 않았다.

여기까지 오는 내내 나 자신에게 쉼 없이 속삭였다. 적어도 좋은 일 하나는 했다고. 그래…… 재스를 되찾았고, 그 애가 안전한 것까지 확인했다. 하지만 다시 곰곰이 생각해보면 오히려 더 울컥한다. 과연 그게 정말 좋은 일이었을까? 아예 날 알지 못했다면 애초에 그런 위험에 처할 일도 없었을 텐데.

그러니까 내가 아이를 도와줬다는 변명도 결국은 다 개소리다.

결국은 그런 것이란 말이다. 지금껏 내가 한 일이라곤 상처 입히고 죽이는 것뿐이었다. 그리고 내가 저지른 그 일들이 이제는 내게 되돌아와 나를 때리고 내 목을 조른다. 그게 세상 돌아가는 이치 아니겠는가. 뿌린 대로 거두는 법이지.

배너만이 다시 말한다. 한층 누그러진 목소리다.

"관심 많아. 네놈이 가진 정보 말이야."

"지금 어디예요?"

내가 넌지시 묻는다.

"집이지. 네가 시킨 대로."

"집 안 어디에 있냐고요?"

"무슨 상관이야?"

"정확히 어디냐고 물었어요."

배너만이 한숨을 내쉰다.

"복도야. 복도에 서 있어."

"전화기 가지고 거실로 가요."

"왜?"

"아 그냥 시키는 대로 좀 해요, 퍼그 아저씨."

또 한 번의 한숨 소리, 그리고 저벅저벅 걷는 소리.

"거실이야. 이제 뭘 할까?"

"책장 쪽으로 가요."

"설마 독서가 취미라고 우길 생각은 아니겠지?"

허, 할 말이 없구먼. 이 인간이 잘 알지도 못하면서. 하지만 지금 한가롭게 책 얘기나 나눌 때가 아니다.

"맨 꼭대기 선반. 왼쪽 끝. 도시 지도책이 있을 거예요. 덩치가 보통이 아닌 놈이지."

그놈도 덩치가 보통이 아니다. 책도 책이지만, 야수 말이다. 그 야수를 묘사한 지도책이니 작으려야 작을 수가 없지. 그 책만 해도 페이지 수가 얼마나 엄청난지 모른다. 야수 안의 거리란 거리는 빠짐없이 담겨 있고, 수 킬로미터 거리의 교외지역까지 꼼꼼히 설명하고 있다.

"찾았어요?"

내가 묻는다.

"좀 기다려봐."

챙 하고 유리 부딪치는 소리가 들린다.

"아저씨 술 마셔요?"

대꾸는 없다. 발소리가 좀 들리고, 끄응 소리가 난다.

"찾았어, 지도책."

"책을 펴봐요. 12페이지. 가로로 평평하게 펴요, 그게 떨어질지도 모르니까."

"뭐가 떨어져?"

"잔말 말고 해봐요, 어서."

잠깐의 정적. 그리고 다시 쨍강 소리.

"그 망할 술잔은 좀 내려놓으시죠?"

그는 들은 체도 않는다. 어딘가 부딪쳤는지 둔탁한 쿵 소리가 들린다. 또 한잔 따르는 소리도. 하지만 그런 다음 그는 지도책 안에서 찾아낸 종이들을 팔락팔락 넘긴다. 내가 이지네서 챙겨와 아까 배너만의 집에 잠입했을 때 지도책 안에 끼워둔 수첩 쪼가리들이다.

"이게 뭐지?"

"읽어봐요. 몇 분 있다가 다시 전화할게요."

"잠깐만. 넌 어디냐?"

"알 거 없어요."

"네 번호를 알려줘. 내가 다시 전화하지."

"내가 해요."

"하지만……."

"거 참 말 많네. 그냥 읽으라니까."

전화를 끊는다. 만약의 경우를 대비한 거다. 그가 짭새 똘마니들에게 발신지 추적을 지시했을지도 모르니까. 하지만 아마 종이에 적힌 내용을 읽느라 정신없을 것이다. 그에게 시간을 좀 줄 생각이다. 천천히 읽고 받아들일 시간 말이다. 그리고 나 역시 시간이 필요하다. 그렇다, 구경꾼이여. 난 지금 상태가 별로 좋지 않다.

어떻게든 정신을 차려야 한다. 진정하고 마음을 굳게 먹어야 한다. 왜냐하면 어둠은 여전히 존재하기 때문이다. 저 밖에도, 이 안에도, 그 어디에도. 나는 거리를 오가는 그림자들을 꾸준히 확인하고 있다.

지금까지는 별 문제없다. 대부분 노숙자와 술 취한 사람들이다.

하지만 내 머릿속에서 돌아다니는 그림자들은? 그들이 문제다. 단언하건대, 그들은 가장 야비한 '놈들'보다 훨씬 더 야비하다.

배너만은 지금도 그 목록을 읽고 있겠지? 제길, 꼭 그래야만 하는데. 문제는, 그가 내 전화를 기다리다가 꼭지가 돌았다는 거다. 지도책을 아무렇게나 홱 펼치다가 종이를 몇 장 떨어뜨렸을 것 같다.

구경꾼이여, 난 내가 아는 모든 정보를 그에게 넘겼다. 그 작은 쪽지들에 몽땅 적었단 말이다. 이름, 수법, 기업, 은행, 내가 떠올릴 수 있는 모든 관련자들, 내가 아는 모든 거래들. 야수 내의 조직들이 '호구'인 이유, 검은 돈이 움직이는 방식.

그리고 그 돈이 흘러들어가는 곳.

모든 계좌번호, 전화번호, 상세 정보들.

내가 기억하는 모든 것을 적었다.

다른 것도 있다. 옛 도시 곳곳에 있는 내 비밀금고들. 예컨대 개울을 가로지르는 돌다리, 기억하지? 그런 비밀금고들의 위치를 죄다 적었다. 하나도 빼먹지 않고 몽땅. 알다시피 나한텐 비밀금고가 무지 많다.

그래, 내가 다 망친 거다. 역시 인정해야겠지. 3년 전 매에게서 달아날 때 난 아주 큰 실수를 했다. 그냥 빠져나왔어야 하는데. 야수의 품을 빠져나가 멀리 달아나서 납작 엎드려 지냈어야 한다. 그럼 어쩌면 그가 나를 그냥 내버려뒀을지도 모른다.

아닐 가능성도 높다. 자존심이 센 사람이니까.

하지만…… 그냥 놓아줬을지도 모른다.

화를 자초한 건 나다. 그의 것을 빼돌리다니. 그때 난 몹시 분노했고 그에게 해를 입히고 싶었다. 작아서 들고 다니기 쉬운 것들, 하지만 그가 정말 소중히 여기는 것들. 값을 매길 수 없을 정도로 비싼 것들. 내가 빼돌린 것들 대부분이 그랬다.

매에 대해 당신이 알아둬야 할 게 있다. 그는 소유욕이 강하다. 돈, 권력, 사람 ─ 그리고 예쁜 것들. 특히 다른 이의 소유물이었던 것을 빼앗아온 거라면. 그보다 더 좋은 건, 바로 미술관에서 나온 물건들이다.

그는 그림이나 조각, 공예품 원본을 자기만의 밀실에 두고 혼자 보며 희열을 느낀다. 짭새들과 예술계 종사자, 미술관 큐레이터들이 그것들을 찾으려고 전 세계를 휘젓고 다니는 걸 알기에 더더욱 흡족한 것이다.

하지만 난 그림은 챙기지 않았다. 부피가 너무 크기 때문이다. 쉽게 들고 다닐 수 있는 것들만 챙겼다. 사람 목숨 값을 능가하는, 미묘하고도 위험한 보석. 중국과 인도에서 건너온, 그 밖에 내력을 알 길 없는 자그마한 조각. 고대 양피지, 편지 원본, 모차르트의 머리칼 한 줌. 대충 이런 것들이다.

크기는 작지만 거대한 가치를 지닌 것들. 그것들을 꼼꼼하게 잘 싸서 내 비밀금고 안에 잘 감춰두었다. 역시 그에게서 빼돌린 돈과 함께.

그리고 내가 가지고 나온 게 또 있다.

조금 전 얘기한 작고 비싼 것들보다도 더더욱 그가 돌려받고 싶어하는 것이다. 그걸 건드린 게 내 최대의 실수다. 하지만 이젠 너무 늦었다. 전부 다 되돌려준다 해도, 어디에 있는지 알려준다 해도, 내 목숨을 부지할 순 없다. 난 그의 자존심을 건드리고 너무 많은 해를 입힌데다 그의 아들까지 납치했다. 내가 스스로 명을 재촉한 거다.

하지만 어쩌면, 정말 일말의 희망일 뿐이지만, 어쩌면 좋은 일 하나 정도는 할 수도 있을 것 같다.

어둠이 나를 끝장내기 전에.

수화기를 든다. 신호가 간다. 배너만이 바로 전화를 받는다.

"네?"

"다 읽었어요?"

"그래."

그의 숨소리가 들린다. 빠르고 불규칙적이다.

"이거 다 진짜야?"

"네."

"확실해? 하플러—데베룩스 경이라고?"

"그냥 '매'라고 부르죠."

"하지만 그 사람은 가장……."

"알아요. 아저씨가 생각하는 그 사람."

배너만의 숨소리가 새삼 거칠어진다.

"그리고 다른 이름들…… 까마귀, 백조, 칼새, 부엉이, 콘도르…… 이게 정말 네가 같이 쓴 실명에 해당하는 사람들의 암호명이라고?"

"네."

"하지만 이 사람들은……."

"각자 자기 나라를 주름잡는 인간들이죠. 나도 알아요. 젠장, 모르겠어요? 이건 세계적인 규모라고요. 전쟁이에요. 아저씨가 모른다고 해서 일어나지 않는 일이 아니라고. 그러니까 직접 확인해봐요."

"'독수리'라는 이름도 있던데. 하지만 실명이 없었어."

"그건 나도 독수리가 누군지 모르니까. 그냥 고위층 인사라는 것만 알아요. 어떤 나라인지도 모르고. 하지만 아주 꼭대기에서 노는 작자예요. 귀족이나 대통령급이 아닐까 싶어요."

수화기 너머에서 끄응, 하는 신음소리가 들린다.

"증거가 없잖아. 그리고 네가 어떻게 이런 정보를 알게 됐는지 궁금하군. 양도 어마어마한데. 이 종이 쪼가리들을 3년 동안 지니고 다녔다고 말하려는 건 아니겠지."

"오늘 다 적은 거예요."

"출처는?"

"내 기억력?"

"말도 안 돼. 너무 많잖아."

"글쎄, 다 내 머릿속에서 나온 거라니까. 나 기억력 좋아요. 그게 나예요. 보고 듣는 족족 머릿속에 쟁여둔다고. 아저씨 전화번호도 다 외우잖아."

내 몸이 긴장한다. 웬 놈이 공중전화 박스 쪽으로 비틀비틀 다가온다. 하지만 그냥 부랑자다. 안을 들여다보고는 인상을 쓴다. 내가 손가락을 들어 보이자 그대로 내뺀다.

배너만이 다시 말한다.

"알았어, 알았다고. 너한테 엄청 놀라운 기억력이 있다고 해두지. 보고 듣는 족족 외운다 이거지? 그리고 하플러—데베룩스 경이 매고, 이…… 조직이 실제로 존재한다고 치자고. 네 녀석이 종이에 적은 것들이 모두 사실이라고 믿어주지. 그래도 한 가지는 설명이 안 돼."

"뭐가요?"

"매처럼 위험하고 똑똑한 인물이 네가 이 정보에 접근하도록 내버려뒀다고? 그걸 나더러 믿으라는 거냐?"

나는 공중전화박스 바깥의 어둠으로 시선을 던진다. 아까 그 부랑자가 거리 반대편 끝에 앉아 땅바닥만 쳐다보고 있다. 전화박스 유리에 후두둑 부딪히는 빗방울이 시야를 흐린다.

나는 입술을 지그시 깨물고 동전 몇 개를 더 집어넣는다. 그리고 잠자코 대답을 기다리는 수화기에 대고 속삭인다.

"노예가 된다는 게 어떤 건지 알아요, 배너만 경감님?"

그는 대답하지 않는다. 나도 그의 대답을 원한 건 아니다. 난 얼굴을 찌푸린다.

"그건 마치 존재가 없는 것과 같아. 몸도 마음도 의지도 없어. 꼭두각시가 되는 거예요. 주인이 내 몸과 영혼을 모두 조종하죠. 언제 살지, 언제 죽을지, 언제 죽일지."

거리 끝자락에서 움직이는 또 다른 그림자가 보인다.

하지만 나는 이야기를 멈추지 않는다.

"나는 여덟 살 때 매의 것이 되었어요. 처음엔 그의 노리개였지. 무슨 뜻인지 아저씨도 알 거야. 하지만 그는 곧 내가 다른 쪽으로도 유용하다는 걸 깨달았지. 그래서 그와 가까워질 수 있었고. 내가 그 정보들을 갖게 된 건 그가 부주의했기 때문이에요. 그의 권력은 실로 엄청나거든. 나 따위가 그를 위험에 빠뜨릴 수 있을 거라곤 꿈에도 생각지 못했지."

거리 끝자락 그림자의 움직임이 멎는다. 난 계속 지켜보며 말을 이어간다.

"그는 나를 자기 삶 속에 들어오도록 했어요. 내가 겨우 여덟 살이었을 때. 내가 보고 듣는 모든 걸, 혹은 거의 모든 걸 기억한다는 사실을 몰랐으니까. 간혹 스스로 입단속 하는 걸 까먹더라고. 날 실컷 괴롭힌 다음엔 꼭 뭔가 말하고 싶어했어. 유치한 발상이었지. 나한테 강한 인상을 남기고 싶었나보지."

배너만은 조용하다.

숨소리조차 들리지 않는다.

"계속해."

간신히 이 한마디뿐이다.

"그는 나 따위야 아무것도 아닌 것처럼 대했어요. 그한테 전혀 위협이 될 만한 존재가 아닌 것처럼. 실제로 그렇기도 했고. 그때는 그랬지. 어차피 난 막나가는 놈이었으니까. 밑바닥 인생들과 함께 길거리를 배회하는. 매는 날 도시의 뒷골목 소굴에 심어뒀어요. 난 마약상이나 뚜쟁이 같은 인간쓰레기들하고 같이 살았어. 그가 날 원할 때 연락할 수 있는 인간들. 그런데 언젠가부터 그가 나를 자주 찾기 시작했어요."

"사람을 보내서 널 데려오게 한 건가?"

"그래요."

"안 가겠다고 버틴 적은 있고?"

"딱 한 번, 아홉 살 때. 하지만 그때뿐이었어요. 그 후론 단 한 번도 반항한 적 없었지."

"무슨 소리야?"

"알아서 생각해봐요, 배너만 경감님."

그는 더 이상 캐묻지 않는다. 난 말을 잇는다.

"매는 내 주인이었어. 내 전부가 그의 것이었다고. 그걸로 게임 끝이지, 뭐. 그가 날 골칫거리로 여긴 적은 없었어. 아무런 의심 없이 날 자기 밀실로 불러들여서 비밀 수집품들을 보여줄 정도였으니까. 책상에 앉아 일할 때나 비즈니스 파트너들을 만날 때도 날 바닥에 앉혀놓곤 했어. 다들 나한테 눈길도 안 주더군. 난 일종의 장난감 같은 거였어요. 마스코트. 그가 마음대로 휘두를 수 있는 아이. 세상 모든 사람들에게 위험하지만 그들에게만은 아무것도 아닌."

입을 다문다. 저기 그림자가 다시 움직이고 있다. 이쪽으로 다가온다.

천천히.

나는 그림자를 주시하며 이야기를 계속한다.

"그렇게 여러 가지를 들었고, 여러 가지를 파악했고, 죄다 외웠어요. 그가 컴퓨터에 두들겨 넣은 패스워드, 개인금고의 번호 조합 같은 것들. 그걸 써먹으려고 봐둔 건 아니에요. 그냥 눈에 보이니까 외운 거지. 그가 내 머릿속에 떨어뜨린 모든 것들이 그대로 남았어요. 그런데 내가 도망치기로 한 거야. 그 정보들을 이용하기로 결심한 것도 그때였고."

"왜지?"

나는 대답하지 않는다. 나는 그림자를 보고 있다. 거리 중간쯤에서 다시 움직임이 멈췄다. 내 쪽을 보는 건 아니다. 어쨌든 내가 보기엔 그렇다. 하지만 난 그림자에서 시선을 떼지 않는다.

"왜냐고."

배너만이 재차 묻는다.

"왜냐하면 그 인간에게 본때를 보여주고 싶었거든."

후드득, 빗줄기가 또 한 번 전화박스 유리를 후려친다. 거리 저편 끝자락에 앉았던 부랑자가 튕기듯 벌떡 일어나 비척비척 걸어간다. 그림자는 움직이지 않는다. 다시 어둠이 나를 휩싸고 조여오는 기분이다.

"그는 나를 너무 일찍 소유했어. 난 화나고 위험한 꼬맹이였지만 상처받기도 쉬웠지. 한편 그는 너무 강했어. 맘대로 날 가지고 놀 수 있었다고. 아주 잠깐씩이었지만, 가끔은 그가 나를 아낀다고 생각했어요. 아주 나긋나긋한 말투로 말을 걸고, 읽고 쓰는 법을 가르쳐주기도 했거든. 하지만 그러고 나서는 날 채찍으로 때렸어. 그냥 재미로 말이야."

"……."

"그는 고통을 즐겼어. 주는 쪽으로. 내가 고통스러워하는 걸 즐겁게 지켜보면서 내가 여전히 그의 것이라는 걸 확인한 거야. 내가 그를 위해 무엇이든 할 거라 여겼지. 뭐, 틀린 생각은 아니었어. 열한 살 무렵의 난 그의 개인 암살자였으니까."

과거의 장면들이 머릿속을 하나씩 스쳐 지나간다. 나는 눈을 질끈 감는다.

그리고 다시 눈을 뜬다.

"그가 시키면 난 무조건 죽였어요. 처음엔 쉬웠지. 열한 살짜리 꼬맹이를 의심하는 사람은 없었어요. 난 맘만 먹으면 얼마든지 귀엽고 순진한 어린아이로 보일 수 있었거든. 내가 위험하다는 걸 깨닫는 순간, 목표물은 이미 죽은 뒤였지."

계속 밀려드는 과거의 장면들을 밀어내고 나는 부지런히 입을 놀린다.

"내가 죽인 건 모두 살인자들이었어. 매의 목표물은 자기 똘마니를 죽인 놈들이었지. 난 보복을 실행하는 수단이었던 거야. 하지만 다른 범죄조직들이 내 정체를 알아채기 시작했어. 아저씨 같은 일부 경찰들도 낌새를 챘고. 살인이 점점 어려워졌어. 내 존재도 위태로워졌고."

말을 끊고 숨을 몰아쉰다.

머릿속의 장면들을 가만히 응시한다.

"내가 죽인 사람들의 얼굴이 머릿속을 떠나지 않았어. 한 명도 빠짐없이 모두. 요즘도 그래. 항상 과거의 장면들을 보면서 살지. 지금도 보여. 그 얼굴들이 나를 쳐다보고 있어. 어차피 다들 악당이었다고 끊임없이 자위하지만, 소용이 없어."

"그러니까 내 말 들어. 역시 넌······."

"난 무너지기 시작했어. 매가 또 다른 목표물을 줬지만 난 못하겠다고 했어. 벗어나려고 노력도 해봤어. 그런데······ 뭔가 다른 일이 생겼어······."

"무슨 일이지?"

배너만이 성마르게 묻는다.

나는 그림자를 쳐다본다. 어느덧 다시 움직이고 있다. 길을 따라 나를 향해 오다가 멈추더니 왼쪽으로 난 골목길로 꺾어 모습을 감춘다.

"뭐냐고?"

배너만이 재촉한다.

"마지막 장을 봐요."

"응?"

"쪽지 마지막 장을 보라고요."

"이름들이 있군."

"내가 죽인 사람들의 이름이에요."

"정말? 농담이지?"

"아니, 전부 내가 죽였어."

물론 패디도 그 목록에 있다, 구경꾼 양반. 혹시 궁금할까 봐 말해주는 거다. 하지만 레니와 투덜이는 거기에 넣지 않았다. 내가 죽인 게 아니니까. 안 그런가? 놈들이 스스로 발코니에서 뛰어내린 거지.

하지만 그들의 얼굴도 떠오른다.

다른 모든 이들의 얼굴에 섞여서.

"잘 들어. 너 자수해야 돼. 그동안 너무……."

"종이들 다 치워요."

"뭐라고?"

"종이 내려놓고 지도책을 보라고."

"왜?"

"하라면 해요."

"몇 페이지?"

"지금 펼쳐진 페이지."

그가 책을 들여다보는 동안 전화선으로 침묵이 흐른다. 나는 거리를 내다본다. 비는 그쳤다. 움직이는 그림자도 없다. 내 머릿속만 빼고.

"찾았어요?"

내가 묻는다.

"뭘 찾아?"

"위쪽, 오른쪽 끝에."

"작은 십자 표시…… 네가 그린 것 같군."

"묘지 끝의 한 지점이에요. 떡갈나무 옆에. 삽을 가져가서 파봐요. 외장하드가 든 양철상자가 하나 있을 거예요. 매 컴퓨터의 백업 드라이브예요. 도망칠 때 그 인간 금고에서 슬쩍했죠. 패스워드가 적힌 쪽지도 같이 있을 거예요. 외장하드에 담긴 내용을 한번 봐요. 아주 재미있을 거야."

바로 이거다, 구경꾼이여. 내가 절대로 빼돌려서는 안 됐던 것. 이유를 말해주지. 매가 날 그냥 놓아주지 않는 게 바로 이것 때문이거든. 하지만 그거 아나? 지금 이 순간만큼은, 그걸 빼돌렸다는 사실이 더없이 기쁘다. 이게 그놈을 침몰시킬 테니까. 배너만이 끈질기게 추적해줘야 한다는 조건이 붙지만.

그 백업 드라이브에 증거가 있다. 아마 모든 것이 있을 것이다. 3년이 지났고 그동안 매는 컴퓨터와 파일과 패스워드를 수백 번은 바꿨을 것이다. 그러나 그 백업 드라이브라면 그의 유죄를 입증하기에 충분하다.

어떻게 아느냐고? 이번엔 말해주지. 그게 별 볼일 없는 물건이라면 그가 그렇게 많은 놈들을 풀어 날 뒤쫓을 리 없기 때문이다.

"가서 파봐요. 서두르는 게 좋을 거예요."

전화기에서 삐 소리가 난다.

동전을 더 집어넣는다. 한 개만. 더 이상은 필요치 않다.

"이만 끊을게요."

"경찰서로 와."

"자수하면 뭐가 달라져요?"

"달라져. 달라진다고 약속하마."

배너만은 숨도 쉬지 않고 빠르게 말을 잇는다.

"잘 들어. 넌 살인을 했어. 여러 명을 죽였지. 그 사실을 직시하고 결과도 받아들여야 해. 하지만 너한텐 변론의 여지가 있어. 듣고 있나?"

"네."

"변론할 거리가 있다고. 다른 사람이 시켜서 한 짓이었어. 대부분 강요에 의해 억지로 저지른 살인이었다는 논리를 펴면 돼. 게다가 넌 경찰 측에 귀중한 정보를 제공했잖아. 정상참작이 될 거야. 경찰서로 와. 자수하라고."

나는 전화박스 옆에 몸을 기댄다.

구경꾼이여, 어차피 다 부질없는 일이다. 난 너무 지쳤다. 그리고 너무 두렵다. 다시 어둠 속으로 시선을 던지고 얼굴들을 찾아본다. 그러나 보이지 않는다. 온통 캄캄한 어둠뿐이다. 이제 남은 일은 하나뿐이다.

"미안해요, 아저씨."

기어들어가는 목소리로 속삭인다.

전화를 끊고 전화박스에서 빠져나가 골목으로 향한다. 걸음을 멈추고 골목 안을 들여다본다. 골목 중간쯤, 술집 뒷벽. 그림자가 기대고 서 있다. 나는 그리로 발걸음을 옮긴다. 내가 가까이 다가가자 그림자가 얼음처럼 굳는다.

"늦었잖아."

루비가 말한다.

나는 가만히 서서 그녀의 얼굴을 본다.

"정말 올 줄은 몰랐는데."

"웃기시네. 잡소리 집어치우고 본론만 얘기해."

골목을 따라 똥물 마녀 방향으로 걸어간다. 여기서도 그 강이 보인다. 밤 속에서 번뜩이는 그 시커멓고 역겨운 몸뚱이. 강가의 불빛이 그녀의 몸뚱이에 얼룩덜룩한 반점을 찍어낸다.

나는 루비가 따라오는지 확인하지 않는다. 따라오고 있는 걸 아니까. 난 느낄 수 있다. 그녀의 분노와 증오를 느낄 수 있듯이. 오른편의 술집 '턱스 헤드'에서 왁자한 웃음소리가 흘러나온다.

구경꾼 양반, 술집에서 새어나오는 웃음소리가 대개 어떻게 들리던가? 왜 항상 불행하게 들리지? 어쩌면 나한테만 그렇게 들리는 건지도 모르겠다. 내가 행복하지 않으니까, 사람들이 즐겁게 웃고 떠드는 소리에 기분이 더 나빠지는 거다. 아마 그래서일 거다.

하지만 아니다. 아닌 걸 안다. 어떤 웃음은 들어도 괜찮다. 아무렇지도 않다. 하지만 장담건대, 저런 웃음은 대부분 도와달라는 절규다. 내가 그럴 때 웃는다는 건 아니다. 그런들 무슨 소용이겠는가? 난 그냥 도와달라고 절규한다.

역시 소용없긴 마찬가지지만.

골목 끝이다. 걸음을 멈추고 루비를 기다린다. 그녀는 금세 따라와 옆에 선다. 그녀의 곱지 않은 시선이 느껴진다. 난 돌아보지 않는다. 그럴 수 없다. 그녀의 얼굴을 볼 때마다 죄책감에 숨이 막힌다.

큰길 쪽을 한동안 응시하다가, 그 너머의 똥물 마녀를 건너다본다.

"뭐하자는 거야?"

루비가 못마땅하게 묻는다.

나는 왼편을 턱으로 가리킨다.

"저쪽에 피시 앤 칩스(생선튀김과 감자튀김, 영국의 대표적인 음식) 가게, 보여요?"

"그게 뭐?"

"우린 주로 저기서 만났어요. 나랑 베키 말이에요."

어깨를 톡톡 두드리는 손길. 나는 화들짝 놀라 고개를 돌린다. 루비가 매서운 눈초리로 나를 쏘아보고 있다.

"말할 땐 내 눈을 똑바로 봐. 알았어?"

나는 대답하지 않는다.

루비의 손바닥이 내 얼굴을 짝 갈긴다.

"알아들었냐고!"

"알았어요."

"계속해."

"우린 저기서 만나곤 했어요. 아줌마가 베키한테 날 만나지 말라고 한 후부터."

"네놈은 머리끝부터 발끝까지 쓰레기니까."

절로 고개가 떨어진다. 그녀가 손을 뻗어 내 턱을 홱 들어 올린다.

"말했지. 말할 땐 내 눈을 보라고."

그게 보통 일이 아니다. 진심이다. 너무 괴롭다. 루비의 얼굴을 보는 건 마치 베키의 영혼을 마주하는 기분이다.

"우린…… 저기서 만났어요. 내 잘못이에요. 베키가 이 근방에 발을 들이게 된 게 나 때문이니까……."

또 한차례 쏟아질 힐난을 기다린다. 하지만 루비는 잔뜩 독기 어린 눈으로 날 노려볼 뿐이다. 나는 머뭇머뭇 말을 이어간다.

"그 애를 잃는 걸 도저히 견딜 수 없었어요. 베키가 다시는 나와 만나지 않겠다고 했을 때, 난 그저…… 애원할 수밖에 없었어요. 그러지 말라고, 그만 만나자는 말은 하지 말아 달라고. 그 애는 내게…… 내 삶에서 유일하게 좋은 존재였어요. 내가 쓰레기였다는 건 나도 알아요. 아줌마 말이 맞아, 내가 나빴어. 지금도……."

루비의 두 눈이 내 얼굴을 뚫어버릴 것 같다. 난 안간힘을 쓰며 그녀의 시선을 받아낸다.

"베키는 조건부로 날 계속 만나겠다고 했어요. 내가 더 나아지는 쪽으로 노력하고 밑바닥 인생들하고 더 이상 어울리지 않아야 한다는 조건을 걸었어요. 그 애는 내가 큰 곤경에 처했다는 걸 알고 있었어요. 그런데도 나를 계속 만나줬죠. 아줌마 눈을 피해 우리끼리 몰래 만날 수 있는 장소가 몇 군데 있었어요. 하지만 저긴 우리가 특별히 좋아하던 곳이에요."

내 시선은 어느새 왼쪽 저 아래의 피시 앤 칩스 가게로 향해 있다.

루비의 손이 다시 내 턱을 잡고 돌려 자신과 시선을 마주치게 한다.

"우린 저기서 자주 만났어요. 그 애는 버스를 타고 왔죠. 나는 항상 일찍 도착해서 기다렸어요. 이 동네에서 그 애 혼자 돌아다니게 하긴 싫었거든."

"그렇게 말한들 내 마음이 조금이라도 달라질까?"

"아뇨, 난 그냥……."

난 어깨를 으쓱한다.

"그래요, 그래주길 바라는 것 같아요."

"글쎄다, 턱도 없는 것 같네."

내 안 깊숙한 곳에서 예리한 통증이 느껴진다. 얼마나 더 견뎌낼 수 있을지 모르겠다. 루비가 얼굴을 가까이 들이민다.

"계속하시지."

"우린 피시 앤 칩스를 사서 이 골목으로 가져왔어요. 여기 앉아서 먹고 얘기하고…… 그랬어요. 나한테 베키는 세상의 전부였어요. 맹세해요. 난 결코……."

루비의 얼굴에 맹렬한 분노가 화르륵 불타오른다.

"따라와요."

난 재빨리 선수를 친다.

골목에서 나와 큰길로 들어선다. 루비는 바짝 붙어 따라온다. 그녀는 나를 믿지 않는다. 내가 약속을 깰 거라고, 더 이상 털어놓지 않고 그대로 내뺄 거라고 생각하는 것이다. 나는 천천히 걸음을 옮긴다. 어차피 빨리 걸을 수도 없다. 지금은 못한다.

남은 힘이 전혀 없다.

몸에도, 마음에도.

똥물 마녀가 밤의 그늘 속에서 일렁이고 있다. 자동차와 버스와 택시가 지나간다. 자정이 지났지만 여전히 번잡한 곳. 야수는 옛 도시보다 훨씬 더 활동적이다. 거리를 나다니는 사람들도 꽤 많다.

한 시간 후의 풍경은 완전히 다를 것이다.

그로부터 한 시간 뒤의 풍경도.

야수는 결코 잠들지 않으니까. 결단코, 절대로. 하지만 새벽 두 시에서 세 시 언저리엔 야수가 그나마 가장 조용해진다.

그렇게 우리는 걷는다. 똥물 마녀를 따라 걷고, 걷고, 또 걷는다. 골목에서 나온 후로 루비는 한마디도 하지 않았다. 나 역시 입을 열지 않는다. 내가 뭘 하는 건지 정말 모르겠다. 그저 걸을 뿐.

생각을 한 것도 아니다.

위험을 살피지도 않았다.

보통 하던 걸 전혀 하지 않았다.

마치 내가 죽어버린 것 같다, 구경꾼이여. 기분이 괜찮다. 정말 좋다.

멈춰 선다. 마침내.

돌아서서 루비를 본다. 걷느라 숨소리가 거칠지만 그녀의 두 눈은 여전히 분노와 증오로 활활 타오르고 있다.

"이렇게 걸을 만한 이유가 있어야 할 거야."

그녀가 내뱉으며 손목시계를 확인한다.

"지금은 새벽 두 시 반이라고."

난 그녀를 바라본다.

"베키가 죽은 시간이에요. 3년 전 일이죠. 그리고 바로 여기가 그 장소고요."

나는 몸을 돌려 강을 바라본다. 우리 앞에 꽁초 다리가 뻗어 있다. 그 위로 승용차와 택시 몇 대가 달려간다. 그 외에는 온통 적

요뿐이다. 평화로운 분위기마저 감돈다.
 다리를 향해 걸음을 뗀다. 루비도 뒤따라온다. 과거의 장면들이 또다시 머릿속에서 솟구친다. 그 얘기를 끄집어내는 건 무척 힘든 일이 될 것이다. 하지만 해야 한다. 루비를 위해.
 그리고 베키를 위해.
 "난 심각한 곤경에 처해 있었어요."
 천천히 걸으며 이야기를 시작한다.
 "베키도 그 사실을 알고 있었고요. 자세한 얘기까지 털어놓은 건 아니에요. 그런데도 그 애는 내 목숨이 위태롭다는 걸 알았어요. 항상 조심스레 설득하곤 했죠. 나쁜 짓 그만두고 그 세계에서 빠져나오라고요. 자기랑 같이 학교에 다니자고 했어요. 베키가 좋아하던 선생이 있었는데……."
 "브리스토우 선생."
 "그래, 그 사람이에요. 베키는 나에 대한 걸 그 사람하고 상의해보자고 했어요. 입학 문제라든가 이런저런 것들 말이에요. 그 애는 내가 넘어올 때까지 설득할 생각이었던 것 같아요."
 "요점만 말해."
 "내 목숨이 간당간당한 상태였어요. 권력을 쥔 자에게 불복했으니까. 그자가 보낸 사람들이 날 잡으러 올 게 뻔했죠. 그들에게 붙들리지 않으려면 도시에서 벗어나야 하고, 그건 곧 다시는 베키를 볼 수 없다는 뜻이었어요. 난 그 애에게 문자메시지를 보냈어요.

이제 다시는 널 볼 수 없어, 그러면 네가 위험해지거든, 이라고요. 베키에게 답문자가 왔어요. 나더러 그 골목에 있는지 묻더군요."

꽁초 다리 중간에 닿는다.

여기서 걸음을 멈춘다.

난간으로 다가가 검은 강물을 내려다본다.

"그래서 어떻게 됐지?"

그녀의 얼굴이 흙빛이다. 나는 길고 깊은 한숨을 토해낸다.

"내 실수였어요. 다시 문자를 보낸 게 실수였어. 응, 나 골목에 있어, 라고 보냈죠. 위험하니까 오지 말라고 했어요. 하지만 그 애는 기어코 왔어요."

"그래…… 그 애라면 그랬겠지."

"하지만 베키가 왔을 때 난 이미 거기에 없었어요. 설마 그 애가 나올 줄이야…… 생각도 못했어요."

"내가 뭐랬어. 그 애라면 나왔을 거랬잖아. 용감한 아이니까."

"그래요, 맞아. 하지만 난 몰랐어요. 생각하지도 못했어."

바람 한 점이 불어와 내 얼굴을 휘감는다. 과거의 장면들도 바람과 함께 소용돌이친다. 발아래로 똥물 마녀가 나직이 흥얼거리며 무심히 흘러간다.

"난 여기로 오는 중이었어요. 나를 잡으러 다니는 사람들이 있다는 걸 아니까, 몇 시간 정도 강 건너 남부에 숨어서 이 도시를 빠져나갈 계획을 세울 생각이었어요. 그런데 바로 그때 베키가 날 발견했어요."

부웅 하는 엔진 소리가 들린다. 소리가 나는 쪽으로 고개를 돌린다. 강 북부에서 오토바이 한 대가 다가오고 있다. 그러나 어느덧 오토바이와 엔진 소리는 흐릿해지고 베키의 모습이 그 자리를 대신한다. 그녀가 달려온다. 쉬지도 않고 계속 달리고 있다.

"곧장 나를 쫓아 달려왔어요. 블레이드, 블레이드, 블레이드…… 이렇게 내 이름을 외쳐 부르면서. 그 애가 붙여준 이름이죠. 그거 알고 있었어요?"

루비는 대답하지 않는다. 난 고개를 흔든다.

"여긴 골목에서도 한참 떨어진 곳인데, 어떻게 나를 찾았는지 몰라요. 틀림없이 이리저리 뛰어다니면서 온갖 곳을 다 찾아봤을 거예요. 그것도 혼자서…… 위험하다는 생각 같은 건 아예 떠올리지도 않았겠죠. 그 앤 여기서 날 따라잡았어요. 바로 이 지점에서."

내 시선이 다리에서 난간으로, 그 아래 강으로 옮겨간다.

오토바이가 쏜살같이 지나쳐 간다. 차 몇 대가 그 뒤를 따른다. 그러고는 다시 정적이 덮친다.

루비의 입술이 달싹인다.

"계속해. 전부 다 불어. 끝까지 들어야겠어."

"그들은 강 이남 쪽에서 나타났어요. 밴을 타고 왔죠. 그 밴을 본 순간 위험을 직감했어요. 다리 위에는 우리 말고 아무도 없었죠. 베키는 밴을 보지도 못했어요. 날 설득하는 데 너무 열중해 있었거든요. 도망 다니는 거 그만두라고, 경찰에 자수하고 아는 걸 전부 실토하라고……. 하지만 내 눈엔 그 밴밖에 안 보였어요. 다짜고짜 베키한테 뛰라고 외쳤죠. 이해를 못하더라고요. 난 무작정 그 애 손을 붙잡고 냅다 뛰기 시작했어요. 그다음 순간…… 총소리가 났어요."

"아아, 안 돼!"

루비가 두 손으로 얼굴을 덮는다. 내가 살며시 내미는 손을 세차게 뿌리쳐버린다. 나는 머뭇거리며 말을 잇는다.

"그 앤 그대로 풀썩 쓰러졌어요. 지금 아줌마가 선 그 자리에. 그 애가 죽었다는 걸 알았죠. 총을 맞았던 그 순간."

루비가 고통스럽게 신음하기 시작한다.

"아냐, 아니야, 아니라고."

"정신을 차릴 틈도 없이 밴이 질주해 왔어요. 그래도 베키를 거기에 버려두고 갈 순 없었어요. 도저히 용납할 수 없었다고요. 그 애를 들쳐 업고 강 북부로 향했죠. 다른 자동차든 사람이든 뭐든 나타나길 얼마나 바랐는지 몰라요. 그토록 절박했는데, 아무것도 오질 않았어요."

루비는 눈물로 얼룩진 얼굴을 돌리고 난간을 붙잡고 몸을 기댄다.

나는 조용히 그녀 옆으로 다가가 선다.

"될 일이 아니었어요. 그 애를 업고서는 달릴 수 없었으니까. 도망칠 수도, 그 애를 데리고 나갈 수도 없었다고요. 그냥 거기서 기다리다가 그들 손에 죽을 걸 그랬나봐요."

"그래, 그러지 그랬어."

"하지만 그러지 못했어요. 또 한 번 총소리가 울렸어요. 빗나갔지만 거의 맞을 뻔했죠. 그래서…… 그 애를 내려놨어요."

"이 나쁜 자식!"

"내가 그 애를 내려놨어요."

눈물이 터져 나온다.

"그러고는 달렸어요. 밴이 쫓아왔죠. 어깨 너머로 봤어요. 밴이 베키 옆에서 서더니, 남자 둘이 내렸어요. 놈들은 그 애를 난간 너머 강으로 던져버리고는 밴에 다시 올라타고 날 추격했어요."

"나쁜 자식."

"하지만 그때 난 이미 다리를 거의 다 건넜고 마침 다른 차 두 대도 나타났어요. 밴에 있던 놈들은 다른 사람들 이목 때문에 총을 쏠 수 없었고, 난…… 달아났죠."

이야기를 마치고 나는 입을 다문다.

택시 한 대가 빠르게 지나가고, 또 한 대가 지나간다. 그 뒤를 잇는 차는 없다.

다리 위엔 난간에 엎어져 흐느끼는 루비와 그녀를 바라보는 나뿐이다.

별안간 그녀가 고개를 돌려 나를 노려본다.

"그래, 넌 달아났어! 하지만 내 딸 베키는 달아나지 못했지!"

"……"

그녀가 성큼성큼 다가와 내 얼굴을 힘껏 갈긴다.

"넌 목숨을 구했는데 난 베키의 시신조차 구하지 못했어. 영원히 지울 수 없는 사실이지. 이제 나한텐 아무것도 없어. 그 애한테도 없어. 하지만 넌 아니야. 너한텐 있잖아. 너한텐 그 거지 같은 목숨이 남아 있잖아."

난 고개를 들지 못한다. 하지만…… 루비의 말은 틀렸다.

왜냐하면 나에게 남은 것 역시 아무것도 없으니까. 그래, 목숨은 구했다. 하지만 구차하게 건진 목숨 따위 무슨 의미가 있겠는가? 내게 마음 써주는 사람, 내가 마음 쓸 만한 사람이 아무도 없는데. 내가 원하는 건 마음을 주고받는 것인데. 한때는 그런 사람들이 있었지. 메리, 재스, 베키를 만났지. 그들이 좋았고, 그들에게 마음을 썼었지. 당신은 알지 않는가.

안 그런가, 구경꾼?

내가 정말 그랬다는 거 알잖아.

하지만 루비는 아직 끝나지 않았다. 또 한 번 내 얼굴을 세차게 갈긴다.

"누가 감히 아래를 보래? 고개 쳐들고 나를 봐."

난 고개를 든다. 다음에 나올 이야기를 나는 안다. 그녀의 눈빛이 내 눈을 파고든다.

"그런데 바로 그날."

"알아요."

"베키가 사라진 바로 그날, 내가 네놈을 찾아가 그 애를 봤느냐고 물었지. 그리고 넌……."

"그래요. 거짓말했죠."

"내 면전에 대고 거짓말을 했어. 쓸모없는 개자식 같으니."

"잘못한 거 알아요."

난 고개를 숙였다가 얼른 다시 올린다.

"그 사실을 받아들일 수가 없었어요. 차마 아줌마 얼굴을 볼 수도 없었다고요. 내가 나빴어요. 죄송해요. 진심이에요, 정말 죄송해요."

그녀는 코웃음을 친다.

"근데 난 네놈 말이 거짓이라는 걸 알았어. 얼굴에 다 적혀 있었어. 돌아가는 네 녀석 등에 대고 내가 그랬지, 돌아오면 죽여버리겠다고. 그래서였어, 네놈 거짓말을 알았기 때문이라고. 네놈이 내 집에 다시 나타났을 때 그 다짐을 지킬 배짱을 내게 주지 않은 하늘이 원망스러울 따름이야."

그녀는 몸을 돌려 다리 저편을 노려본다. 난 주먹을 꼭 쥔 채 한참 그녀를 바라보다가 난간 쪽으로 걸어간다. 그녀는 움직이지 않는다. 난 슬쩍 고개를 돌려 살펴본다. 루비는 여전히 반대편을 바라보고 있다.

차가 한 대, 또 한 대, 다시 또 한 대 지나간다.

다리는 다시 정적에 휩싸인다.

루비는 그 자리에 못 박힌 듯 서서 하염없이 눈물만 흘린다.

나는 다시 고개를 돌려 난간을 바라본다. 난간을 잡고, 기어오른다. 차갑고 섬뜩한 금속의 감촉. 비가 온 탓에 난간 위가 축축하게 젖었다. 아주 잠깐, 손이 미끄러지는 줄 알고 식겁한다. 게다가 구경꾼이여, 순간 간담이 서늘해졌다. 엉겁결에 잘못되는 건 싫으니까.

이것만큼은 제대로 해내고 싶으니까.

하지만 이제 난간 바깥쪽이다. 난간은 등 뒤에 있고 내 두 발은 다리 가장자리의 돌출부를 디디고 있다. 내 두 손이 등 뒤의 차가운 난간을 꽉 붙들고 있다. 손을 놓기만 하면 다 끝난다. 나는 발밑으로 시커먼 아가리를 벌린 강을 멀거니 내려다본다.

"네가 정말 싫어, 똥물 마녀."

나는 강을 향해 속삭인다.

"하지만 내 자신을 더 증오해."

괜찮다, 구경꾼 양반. 걱정하지 마라. 이게 운명이니까.

메리 할멈과 재스를 떠올린다.

베키를 떠올린다.

손을 놓는다.

블레이드 3 두 번째 복수의 시간

초판 1쇄 인쇄 2012년 2월 13일
초판 12쇄 발행 2022년 11월 30일

지은이 팀 보울러
옮긴이 신선해
펴낸이 김선식

경영총괄 김은영
콘텐츠사업3팀장 이승환 **콘텐츠사업3팀** 김한솔, 김정택, 권예진
편집관리팀 조세현, 백설희 **저작권팀** 한승빈, 김재원, 이슬
마케팅본부장 권장규 **마케팅1팀** 최혜령, 오서영
미디어홍보본부장 정명찬 **홍보팀** 안지혜, 김민정, 오수미, 송현석
뉴미디어팀 허지호, 박지수, 임유나, 홍수경, 김화정 **디자인파트** 김은지, 이소영
재무관리팀 하미선, 윤이경, 김재경, 안혜선, 이보람
인사총무팀 강미숙, 김혜진
제작관리팀 박상민, 최완규, 이지우, 김소영, 김진경, 양지환
물류관리팀 김형기, 김선진, 한유현, 민주홍, 전태환, 전태연, 양문현, 최창우
외부스태프 클로이 표지 일러스트

펴낸곳 다산북스 **출판등록** 2005년 12월 23일 제313-2005-00277호
주소 경기도 파주시 회동길 490 **전화** 02-704-1724 **팩스** 02-703-2219
이메일 dasanbooks@dasanbooks.com **홈페이지** dasan.group **블로그** blog.naver.com/dasan_books

ISBN 978-89-6370-797-6 (44840)
      978-89-6370-799-0 (세트)

• 파본은 구입하신 서점에서 교환해드립니다.
• 이 책은 저작권법에 의하여 보호를 받는 저작물이므로 무단 전재와 복제를 금합니다.